Annabel Wahba

TAUSEND MEILEN ÜBER DAS MEER

Die Flucht des Karim Deeb

DIE AUTORIN

Annabel Wahba, geboren 1972, studierte Politikwissenschaft in München und besuchte die Deutsche Journalistenschule. Ihr Vater ist ägyptischer Herkunft, ihre Mutter Deutsche. Sie berichtete als freie Korrespondentin aus dem Mittleren Osten, war Redakteurin beim Jugendmagazin Jetzt der Süddeutschen Zeitung und ist seit 2007 Mitarbeiterin der ZEIT. In Reportagen beschäftigt sie sich mit der Politik im Mittleren Osten und den Themen Flucht und Integration. Die Autorin lebt mit ihrem Mann und ihren Kindern in Berlin.

Annabel Wahba

TAUSEND MEILEN ÜBER DAS MEER

Die Flucht des Karim Deeb

Nach einer wahren Geschichte

Unterrichtsmaterialien zu diesem Buch sind erhältlich unter:
www.schullektuere.de

Penguin Random House Verlagsgruppe
FSC® N001967

4. Auflage
Originalausgabe Oktober 2016
© 2016 cbj, Kinder- und Jugendbuch Verlag
in der Penguin Random House Verlagsgruppe GmbH,
Neumarkter Straße 28, 81673 München
produktsicherheit@penguinrandomhouse.de
(Vorstehende Angaben sind zugleich
Pflichtinformationen nach GPSR.)
Alle Rechte vorbehalten
Umschlaggestaltung: Geviert, Grafik & Typografie, Christian Otto
unter Verwendung mehrerer Motive von © Gettyimages/Sarah Leen,
Plainpicture/NOI Pictures/Aaron Joel Santos und Shutterstock/Nejron Photo
kk · Herstellung: UK
Satz: Uhl + Massopust, Aalen
Druck: GGP Media GmbH, Pößneck
ISBN: 978-3-570-40335-8
Printed in Germany

www.cbj-verlag.de

PROLOG

Ich sehe dem abfahrenden Kutter hinterher, das rote Licht am Mast wird immer kleiner, bis die Nacht es schließlich ganz verschluckt. Nun sind wir allein.

Der Kapitän hatte uns gesagt, wir müssten von dieser Sandbank aus nur ein kurzes Stück durch seichtes Wasser laufen, schon seien wir am Strand von Abu Kir, der ägyptischen Hafenstadt. Dann gab er Gas, hüllte uns in eine Dieselwolke ein und fuhr davon.

Ich wage mich als Erster ins Wasser, ich bin der Einzige der Gruppe, der schwimmen kann. Wir sind 20 Menschen, alle aus Syrien geflohen, Frauen mit ihren Kindern, das älteste zehn, das jüngste noch ein Baby, ein alter Mann ist auch darunter. Ich gehe weiter hinein ins Meer, der Stoff meiner Jeans saugt sich mit Wasser voll, es fühlt sich an, als hingen Gewichte an meinen Beinen.

Vor mir sehe ich die Lichter der Stadt Abu Kir, nur ein paar Kilometer entfernt, das Minarett einer Moschee leuchtet hellgrün. Das Wasser geht mir bis zur Taille. Ich schwimme ein Stück, taste mit meinen Füßen nach dem Boden, aber da ist nichts. Und auch wenn ich ein paar Meter weiter schwimme, kann ich den Boden nicht erreichen.

Der Kapitän hat uns belogen. Wir sitzen fest.

Es ist nicht das erste Mal auf dieser Reise, dass jemand

meinen Tod in Kauf nimmt, ein syrisches Leben ist nicht viel wert in dieser Zeit.

Ich spüre Panik in mir aufsteigen. Ein flaues Gefühl, das vom Magen her wie eine Schlange nach oben in meinen Hals kriecht und mir den Atem raubt. Mir wird heiß, obwohl ich pitschnass und eiskalt bin.

Die Gedanken rasen in meinem Kopf. Wir haben kein Wasser. Wir haben seit zwei Tagen nichts gegessen. In ein paar Stunden wird die Sonne über dem Mittelmeer aufgehen, die Temperaturen steigen dann auf 40 Grad – und auf der Sandbank ist nirgendwo auch nur ein Strauch, unter dem wir uns vor der Sonne schützen könnten.

Ich spüre die Tränen in mir aufsteigen, aber ich reiße mich zusammen, ich will nicht, dass die andern sehen, wie sich die Panik in mir ausbreitet. So ruhig wie möglich steige ich aus dem Wasser.

»Es ist zu tief. Wir kommen von hier nicht weg«, sage ich.

»Gott möge uns beistehen!«, stößt eine alte Frau neben mir hervor.

»Wir werden alle sterben!«, schreit eine der Mütter und beginnt zu weinen.

»Halt den Mund!«, zischt eine andere sie an. »Denk an die Kinder!«

Ein Tumult bricht los, alle schreien durcheinander.

Ein Mädchen beginnt zu wimmern. Ihre Mutter spricht ein Gebet.

Ich lasse mich in den Sand fallen. Die alte Frau legt mir ihre Decke um, ich kauere mich auf den Boden und versuche, nicht zu zittern. Es gelingt mir nicht.

Um uns herum ist nichts als Sand und Wasser. Ein paar silbern schimmernde Felsen zeichnen sich im Mondlicht schemenhaft ab. Ich erkenne Grasbüschel, die sich alle paar Meter durch den Sand bohren. Dahinter das Meer, wie ein schwarzes Loch.

Das Meer, das eigentlich meine Rettung sein sollte. Der Weg nach Europa.

Zwei Jahre war ich auf der Flucht vor dem Krieg in meiner Heimatstadt Homs. Ich bin mit meiner Familie quer durch Syrien geflohen, aber egal wo wir hinzogen, die Bomben holten uns immer ein. Schließlich gingen wir nach Kairo, in Ägypten, und blieben ein Jahr. Aber die Leute dort wollen uns Syrer nicht, es gibt ja für die Ägypter selbst kaum genug Arbeit. Deshalb machte ich mich auf den Weg nach Europa, mit meinem Onkel Amir. Ohne meine Eltern und meine Schwester, die später nachkommen sollen.

Ist meine Reise jetzt zu Ende, bevor sie überhaupt richtig begonnen hat? Wird das Meer mein Grab sein? Die ägyptische Küste ist so nah, dort war ich vor zwei Tagen zusammen mit meinem Onkel Amir aufgebrochen.

Amir ist jetzt vielleicht schon auf dem Weg nach Europa, auf dem großen Boot, auf das sie mich und die andern hier nicht mehr lassen wollten, weil es zu voll war.

Das große Boot wartete weit draußen auf dem Meer auf uns, es waren schon ein paar hundert Leute an Bord. Jetzt sollten wir von unserem Boot auch noch dazu, um die 60 Leute. Die ägyptischen Schlepper banden die Schiffe mit einem Seil zusammen, dann begannen die Ersten von unserem kleinen Boot auf das größere zu steigen. Die Ägypter von unserem Boot schubsten die Leute hinüber auf das große Boot, als seien sie Vieh. Die Kinder nahmen jeweils zwei Männer an Armen und Beinen und warfen sie der Crew auf dem großen Boot hinüber. Die Kleinen schrien, ihre Eltern schrien, das Boot schaukelte, die Wellen schwappten immer wieder herein. Ich hatte Angst, zwischen die Boote zu fallen, deshalb wich ich zurück. Ich war von diesem Chaos wie gelähmt. Meinen Onkel Amir konnte ich nirgendwo mehr sehen. »Amir! Amir!«, rief ich. Er antwortete nicht. Er musste schon drüben sein.

Auf einmal schrie der Kapitän des großen Bootes: »Keiner darf mehr an Bord! Zu voll!«

»Amir! Amir!«, rief ich wieder.

Er antwortete nicht. Ich konnte ihn nirgendwo sehen. Ich rannte zur Reling und versuchte noch auf das große Boot zu kommen, aber einer der Schlepper schubste mich zurück, sodass ich zu Boden stürzte. Ich sah, wie die Männer das Seil lösten, das die beiden Boote zusammenband, alles ging sehr schnell, und ich begriff erst gar nicht, was das bedeutete. Dann fuhr das große Boot unwiederbringlich davon.

Ich rief nach Amir, ich weinte, ich schrie, auch wenn es zwecklos war. Ich schrie an gegen die Angst, die mir den Sinn raubte. Amir, mein Onkel, hatte mich im Stich gelassen. Dabei hatte er meiner Mutter versprochen, mich heil nach Europa zu bringen. Ich weiß nicht, wie viele Male ich noch nach ihm gerufen habe.

Wir müssen ein paar Stunden auf dem Meer unterwegs gewesen sein, bis wir hier ankamen. Mir ist nichts geblieben außer den Kleidern, die nass an meinem Leib kleben. Amir trägt mein Geld bei sich, meine Papiere, meine

Tasche. Ich spüre, wie die Angst wieder in mir hochkriecht. Ich versuche tief Luft zu holen und auszuatmen. Es gelingt mir kaum, mein Hals ist wie zugeschnürt.

»Wo haben sie uns nur abgesetzt?«, fragt die alte Frau neben mir, ihre Stimme klingt schrill und hoch.

Ich antworte nicht. Was sollte ich sagen? Auf einer Sandbank, die bald von der Flut überschwemmt wird? Auf einer Insel, von der wir nicht mehr wegkommen?

Ein kleiner Junge weint, er hat Hunger. Seine Mutter nimmt ihn in den Arm und streichelt ihn. Neben mir sitzt eine Frau mit ihrem Baby, sie hat ihren Schleier über das Kind gelegt. Das Baby schmatzt, es trinkt bei seiner Mutter.

Ich beneide diesen kleinen Säugling. Die Kinder haben ihre Mütter, die Mütter haben ihre Kinder. Ich fühle mich so einsam wie noch nie zuvor.

Mutter, sag mir, warum nur habe ich mich auf diese Reise eingelassen? Du hattest bei unserem Abschied versucht, mich davon abzuhalten. Als der Minibus vor dem Haus stand, der uns abholte, sagtest du: »Karim, du hast doch noch Zeit. Du musst nicht jetzt gehen.« Dann begannst du zu weinen. Aber ich sagte: »Ich gehe, es ist besser für uns.«

Ich wünsche mir in diesem Moment nichts mehr, als eines dieser kleinen, sorglosen Kinder zu sein, die im Arm ihrer Mutter liegen. Gerade kann ich mir nichts Besseres vorstellen.

Ich wäre jetzt lieber in Homs, in Syrien, wo der Krieg tobt, wo in manchen Vierteln kein Haus mehr steht und wo ich nicht mehr zur Schule gehen konnte. Aber zumindest waren wir dort alle zusammen, du, Vater, Dina, Sarah und ich. Wenn ich jetzt bei euch wäre, müsste ich zumindest nicht alleine sterben.

Meine Beine fühlen sich schwer an, Mutter, ich muss mich ausstrecken. Vielleicht schlafe ich einfach ein hier im Sand und wache nicht mehr auf.

Ich sehe auf die Wellen, die von einer leichten Brise angetrieben auf das Ufer zuschwappen. Das Rauschen wird lauter, die Brandung heftiger. Das Meer schäumt. Täusche ich mich oder steigt das Wasser? Eben war es doch noch dort hinten bei dem silbernen Felsen, jetzt ist es einen halben Meter näher. Kommt jetzt die Flut?

Ich darf nicht schlafen, sonst ertrinke ich. Aber ich bin so unendlich müde.

Das Rauschen wird immer lauter, es dröhnt in meinem Ohr.

1

Das Rauschen hört sich an wie ein Krächzen. Als würde jemand mit einer Nadel über ein feines Metallgitter schrammen. Ich schrecke auf, mein Stuhl wackelt und droht zu kippen. Schnell setze ich mich aufrecht hin. Matija am Tisch neben mir dreht ihre blonden Locken um ihren Zeigefinger und lacht über mich. Frau Helm blickt mich tadelnd an.

»Schon wieder eingeschlafen!«, schimpft sie.

Dabei habe ich nicht geschlafen, das kann ich beschwören. Ich war einfach nur abwesend, mit offenen Augen. Das passiert mir oft, nicht nur im Unterricht, sogar mit Freunden. Ich kann nichts dagegen tun. Ich schweife in Gedanken einfach ab. Und wenn mich dann jemand anspricht, erschrecke ich und weiß erst mal gar nicht mehr, wo ich bin. Totaler Blackout.

»Achtung«, krächzt die Sekretärin aus dem Lautsprecher.

»Karim Deeb, bitte umgehend ins Direktorat.«

Ich habe keine Ahnung, was der Direktor von mir will.

»Na, was ausgefressen, Deeb?«, raunzt Moritz mir über ein paar Tische hinweg zu und setzt sein übelstes Grinsen auf.

Ich erhebe mich langsam von meinem Stuhl und gebe mir Mühe, so lässig wie möglich auszusehen. Ich will Moritz keinen Vorwand bieten, sich überlegen zu fühlen.

Seit meinem ersten Tag in dieser Klasse hat er eine Art Wettstreit mit mir begonnen. Er erträgt es einfach nicht, dass ich ihm Konkurrenz mache. Bis ich vor vier Monaten in die Klasse kam, war Moritz hier so was wie der Anführer unter den Jungs und der Schwarm der Mädchen. Er ist der beste Fußballer im ganzen Jahrgang, groß und athletisch, an seinen Unterarmen treten die Adern hervor. Es passt Moritz gar nicht, dass ich auch ziemlich gut spiele. Gleich in der ersten Sportstunde waren wir im Fußball gegnerischen Mannschaften zugeteilt. Nach zehn Minuten auf dem Platz nahm ich ihm an der Mittellinie den Ball ab, rannte los und schoss ein Tor. Moritz hat geflucht und geschrien, ging in die Knie und schlug mit den Handflächen auf den Rasen ein. Die Jungs aus meinem Team kamen aus dem Staunen nicht mehr raus und klopften mir auf die Schultern.

Seitdem kann Moritz mich nicht leiden. Er ignoriert mich in den Pausen oder reißt laut Witze über mich. Meist irgendwas darüber, dass ich so dünn bin.

Es stimmt ja auch, ich bin ein Leichtgewicht im Vergleich zu den meisten andern Jungs. Wenn ich in den Spiegel sehe, kann ich an meinem Oberkörper die Rippen unter der Haut sehen. Und meinen Bizeps kann ich mit einer Hand umfassen. Seit ein paar Wochen trinke ich morgens und abends deshalb Proteindrinks, eine dickflüssige braune Masse, die aussieht wie Schokopudding. Zwei Kilo habe ich schon zugenommen.

Aber ich verstehe die Ausdrücke ohnehin nicht, die Moritz zu mir sagt. Irgendwas mit »Spargel« zum Beispiel. Ich habe mir angewöhnt, nicht hinzuhören.

Mit Worten bin ich ihm nicht gewachsen. Dafür zeige ich ihm auf dem Spielfeld, wo's langgeht. In Syrien haben ich und die Jungs aus meinem Viertel jeden Tag in den Gassen zwischen den Häusern gespielt, auf staubigem Asphalt und Schotter. Straßenfußballer sind hart und flink. Die deutschen Jungs wie Moritz lernen Fußball im Verein. Er sieht gut aus dabei, er spielt taktisch klug, ist aber auch ein bisschen lahm. Ich bin einfach schneller. Das passt Moritz gar nicht.

Genauso wenig passt ihm, dass die Mädchen in der Klasse sich von Anfang an für mich interessierten. Ich war neu und kam aus einem anderen Land. Matija und Clara, die beiden blonden Freundinnen, auf die alle Jungs in der Klasse stehen, wollten in der Pause alles Mögliche von mir wissen: wie ich es geschafft hatte, über das Meer zu kommen, wo meine Eltern sind, bei wem ich wohne. Ich glaube, sie hatten Mitleid mit mir, weil ich von meiner Familie getrennt bin und alleine bei meinem kauzigen Onkel wohne, der froh wäre, wenn er sich nicht um mich kümmern müsste. Mein Onkel ist zwar erst 33, er ist der jüngste Bruder meiner Mutter, aber er verhält sich, als wäre er über 50. Er ist schrecklich konservativ und meistens schlecht gelaunt. Das liegt daran, dass auch er alleine hier ist, seine Frau und sein kleiner Sohn sind noch in Ägypten. Ich glaube, er würde sich lieber um seinen eigenen Sohn kümmern als um mich.

Eigentlich mag ich es nicht, bemitleidet zu werden, aber wenn das bedeutet, dass die Mädchen nett sind zu mir, warum nicht?

Matija sagte mir in der Hofpause einmal, sie fände

meinen Akzent »niedlich« und wolle mir helfen, besser Deutsch zu lernen. Sie bot an, mir nach der Schule Nachhilfe zu geben.

Mein Onkel hätte das sicher nicht gut gefunden, in Syrien geben die Mädchen den Jungs keine Nachhilfe. Aber das wollte ich ihr nicht sagen, ich will schließlich nicht wie ein Hinterwäldler rüberkommen. Also habe ich ihr gesagt, dass die Deutsch-Nachhilfe vielleicht keine so gute Idee sei, denn wenn ich erst mal perfekt Deutsch könnte, wäre ja auch der niedliche Akzent dahin. Ich glaube, sie mochte meine Antwort.

Die meisten der deutschen Jungs beachten mich gar nicht. In meiner Klasse habe ich nur einen richtigen Freund, Petrit. Er ist aus dem Kosovo und kam genau wie ich erst vor zehn Monaten nach Deutschland. Petrit trägt sein Haar an den Seiten immer sehr akkurat geschnitten und duftet wie ein Parfumladen, wenn er morgens in die Schule kommt. Aber er hat mir eine Sache voraus: Er ist ein ziemlich guter Schüler, vor allem in Mathe. Und er ist mit Clara zusammen, alle Jungs in der Klasse beneiden ihn darum. Nach der Schule gehen wir oft zusammen in die Stadt oder an den See, Petrit, Clara, Matija und ich. Manchmal ist auch noch Petrits Cousin dabei. Wir sind so etwas wie eine Clique geworden.

»Läuft!«, ruft er mir jetzt zu, während ich zur Tür gehe. Ein Tuscheln geht los in der Klasse.

»Ruhe!«, ruft Frau Helm. »Wir machen weiter im Stoff.«

Sie wirft mir noch einen sorgenvollen Blick zu. Sie scheint auch nicht zu wissen, was der Direktor von mir will.

Frau Helm ist nicht nur meine Lehrerin, sie kümmert

sich auch außerhalb der Schule um mich. Sie ist jung, Ende 20, und hat noch keine eigenen Kinder. Sie hat mir viel geholfen, hat einen Fußballverein gefunden, in dem ich trainieren kann. Manchmal steht sie am Wochenende bei den Spielen sogar am Rasen und feuert mich an.

Am ersten Tag in meiner neuen Klasse hier in Deutschland war ich allerdings ziemlich sauer auf sie. Ich hatte mich gerade vorgestellt, da sah sie mich ungläubig an.

»Deinen Nachnamen spricht man ›Dieb‹ aus?«, fragte sie.

»Ja, warum?«

Die ganze Klasse lachte jetzt.

Es war mir sowieso schon unangenehm, dass sie so viel Aufhebens um meinen Namen machte. Wenn man fremd ist, möchte man nicht auch noch darüber reden müssen. Und nun das.

Da merkte Frau Helm, dass sie offenbar einen Fehler gemacht hatte. Sie wurde ganz rot im Gesicht.

»Hört auf zu lachen!«, ermahnte sie die Klasse. »Karim kannte eben die Bedeutung seines Namens auf Deutsch nicht.«

In der Tat, so direkt hatte mir noch niemand gesagt, dass mein Nachname für die Deutschen wie das Wort »Dieb« klingt.

An diesem Tag kam Frau Helm nach der letzten Stunde zu mir und entschuldigte sich. Das fand ich ziemlich gut von ihr.

Frau Helm gibt mir einmal die Woche nachmittags Förderunterricht in Mathe. Neulich hat sie mir angeboten, ich könne sie außerhalb des Unterrichts gerne beim Vornamen nennen. Aber das kommt mir nicht über die Lippen, es hört sich falsch an.

In Syrien würde niemand seine Lehrer mit Vornamen ansprechen. Andererseits würden 16-jährige Jungs wie ich dort auch nicht von einer Frau unterrichtet werden. Und es säßen auch keine Mädchen neben mir. Deutschland ist noch ziemlich verwirrend für mich. Aber ich mag es hier.

2

Draußen vor der Klassentür empfängt mich dieser Geruch, der mir in Deutschland gleich aufgefallen ist. Es riecht nach Linoleum, nach alten Socken und Essigreiniger. Auf der Polizeistation, in die wir nach unserer Ankunft in Deutschland mussten, roch es auch so. Und im Jugendamt, wo ich anfangs öfter hinmusste, weil ich ohne Eltern hier bin.

Egal, wo man in Syrien hingeht, es riecht immer irgendwie nach Gewürzen, nach einem Hauch von Kaffee, manchmal auch nach Rasierwasser oder billigem Parfum. Das war in meiner Schule nicht viel anders.

Heute gibt es das Gebäude nicht mehr. Nur ein riesiger grauer Haufen Schutt und ein paar einsam in die Luft ragende Betonmauern sind von meiner Schule übrig geblieben. Neulich habe ich im Internet ein Video aus Homs gesehen. Darin ist die Straße zu sehen, in der sie stand. Jemand hat das Video vor ein paar Wochen aufgenommen. Man sieht, wie er mit dem Auto dort entlangfährt und aus dem Fenster filmt. In der ganzen Straße ist kein Haus mehr vollständig geblieben. Gerippe und Schuttberge wechseln sich ab.

Neulich hat uns Frau Helm im Geschichtsunterricht Fotos von zerstörten deutschen Städten nach dem Krieg gezeigt. Von Berlin, Köln, München. Die Fotos haben mich sehr an Homs erinnert.

Der letzte Tag, an dem ich meine Schule in Homs besuchte, war der 13. September 2011, ich war damals 13 Jahre alt. An den Schulen und auch an den Universitäten hatte es zuvor schon Demonstrationen gegen den syrischen Diktator Baschar al-Assad gegeben. Die Außenmauer unserer Schule, eines mehrstöckigen Betonbaus, war voll mit Graffiti der FSA, der Freien Syrischen Armee. Sie sind die Gegner Assads. Fast jeder, den ich kenne in Homs, war damals gegen Assad und für die FSA.

Mein Vater wollte mich an diesem Tag gar nicht in die Schule lassen. Er wusste, dass es dort immer wieder Demonstrationen gab, und die waren natürlich verboten. Das syrische Militär, Assads Truppen, griffen dann ein. In den ersten Tagen des Aufstands mit Tränengas. Später mit scharfer Munition.

Es war etwa elf Uhr, vor dem Gebäude fand eine Großdemonstration statt, ich saß noch mit meinem besten Freund Hischam in unserem Klassenraum beim Unterricht. Hischam kenne ich, solange ich denken kann, wir wohnten in der gleichen Straße. Plötzlich hörten wir Schüsse. Das Gewehrfeuer hörte nicht mehr auf. Dann gab es einen lauten Knall. Ein Panzergeschoss hatte in der Schule eingeschlagen, wir sprangen von unseren Stühlen auf und rannten nach draußen in den Innenhof. Wir sahen überall weißen Staub, wir husteten, ein Teil der Schule stand in Flammen. Aus der Ferne hörten wir Explosionen und Maschinengewehrfeuer.

Menschen schrien, ich sah einen Jungen reglos am Boden liegen, er war von oben bis unten in weißen Staub getaucht. Ob er tot war? Ich stand wie angewurzelt da und starrte auf diesen Körper.

Dann spürte ich einen Ruck. Hischam riss mich am Arm. Wir rannten auf die Straße hinaus und versuchten durch eine Gasse zu entkommen. Aber dort gerieten wir genau zwischen die Fronten. Vorne sahen wir hinter einem Nebel aus Tränengas das Militär in seinen olivgrünen Uniformen, ihre Mannschaftswagen blockierten die Straße, und hundert Meter hinter uns stand die FSA mit ihren Kalaschnikows.

Um uns herum fielen Schüsse. Wir sahen, wie die Soldaten begannen, in unsere Richtung zu rennen. Für einen Moment dachte ich, wir kämen hier nicht mehr raus.

Dann sahen wir eine zwei Meter hohe Betonmauer, ich weiß nicht, wie wir es geschafft haben, aber wir kletterten hinüber. Dahinter rannte ich einfach weiter, ohne Sinn und Verstand. Hischam verlor ich aus den Augen. Ich rannte und rannte, bis ich plötzlich in die Straße kam, in der mein Cousin wohnte. Ich schlüpfte schnell in den Hausflur und klingelte oben bei ihm. Zum Glück war seine Familie zu Hause. Sie zogen mich in die Wohnung hinein, verschlossen die Tür, und ich sackte zu Boden.

Die Nachricht vom Angriff hatte sich wie ein Lauffeuer im ganzen Viertel verbreitet. Die Eltern rannten aus ihren Häusern und Läden, um nach ihren Kindern zu suchen. Auch mein Vater setzte sich in sein Auto und fuhr zu meiner Schule, um mich zu suchen. Sein Auto wurde angeschossen, aber er fuhr weiter. Vor der Schule, in der es noch immer brannte, schrie er meinen Namen, er hielt andere Eltern und Schüler auf und fragte, ob sie mich gesehen hätten. Keiner konnte ihm helfen. Als er mich nicht fand, geriet er in Panik, weinend rief er meine Mutter an, meine Schwester, aber keiner hatte mich gesehen.

Schließlich konnte ich von meinem Cousin aus zu Hause anrufen. Meine Mutter gab meinem Vater Bescheid, er weinte vor Glück.

Bis zum nächsten Tag musste ich bei meinen Verwandten bleiben. Dann ebbten die Kämpfe langsam wieder ab und ich konnte nach Hause. In meine Schule ging ich von da an nie wieder.

Ich habe noch ein paar Mal versucht, zur Schule zu gehen, wenn wir mal wieder an einen anderen Ort geflohen waren, aber der Krieg holte uns immer ein.

Diese Schule hier in Konstanz ist einer der Gründe, warum ich geflohen bin. Für die meisten meiner Freunde hier klingt das bescheuert, aber ich habe mein Leben auch deshalb aufs Spiel gesetzt und bin übers Meer geflohen, um wieder lernen zu können.

3

Herr Maus, der Direktor, sitzt hinter einem Schreibtisch, der aussieht wie ein Verteidigungswall. Ich frage mich, wie sie dieses monströse Möbelstück mit den riesigen Schubkästen hier reinbekommen haben. Als ich auf dem Stuhl davor Platz nehme, fühle ich mich sehr klein. Ich schätze, genau das möchte Herr Maus auch.

Herr Maus hat den grauen Anzug an, den er jeden Tag trägt. Nur die Krawatte wechselt. Heute hat er eine dunkelgrüne mit schwarz-weißen Kühen darauf an.

Herr Maus schiebt seine Brille zurecht.

»Guten Tag, Herr Deeb«, sagt er.

Dann legt er seine Unterarme übereinander auf den Tisch und blickt mich eindringlich an.

»Sie haben da eine ganz dumme Sache gemacht.«

Ich blicke ratlos zurück. Er atmet tief aus.

»Frau Sturm, die Klassenlehrerin von Millie Steiner aus der Achten, war eben bei mir. Millie ist tränenüberströmt aus dem Klassenzimmer gerannt. Frau Sturm fand sie völlig aufgelöst auf der Toilette. Millie hat ihr das Foto gezeigt, das Sie von ihr gemacht haben.«

»Welches Foto?«, frage ich ihn verwirrt.

Ich bin mir nicht sicher, ob ich alles richtig verstanden habe. Ich spreche besser Deutsch als alle Syrer, die ich in

Konstanz kenne. Der ehemalige FC-Bayern-Trainer Pep Guardiola soll gesagt haben, als er nach Deutschland kam: Du kannst nicht in acht Monaten Deutsch lernen. Ich habe es in vier Monaten gelernt. Die Freunde meines Onkels bitten mich, für sie zu übersetzen, wenn sie auf ein Amt müssen oder einen neuen Handyvertrag brauchen. Ich könnte ein Büro für derartige Dienstleistungen eröffnen. Aber jetzt habe ich das Gefühl, meine Deutschkenntnisse reichen nicht aus, um zu verstehen, was hier gerade vor sich geht.

»Herr Deeb«, sagt der Direktor und atmet laut schnaubend aus wie ein Pferd.

»Sie haben eine erotische Aufnahme von Millie gemacht und an Freunde im Internet verschickt. Seither wird Millie in ihrer Klasse gemobbt und erhält obszöne Mails. Sie sind vielleicht nicht so mit den Regeln hier vertraut, aber was Sie getan haben, ist strafbar. Und wir dulden es an unserer Schule auch nicht, dass Mädchen auf diese Weise erniedrigt werden.«

»Was für eine erotische Aufnahme?«, frage ich bestürzt.

»Ich spreche von dem Nacktfoto, das Sie von Millie gemacht haben.«

»Ich habe überhaupt kein Foto von ihr gemacht. Sie hat mir mal ein Foto von sich geschickt, aber das war ein Selfie.«

Herr Maus sieht mich mit gerunzelter Stirn an.

»Ich habe überhaupt noch nie ein Mädchen nackt vor mir gesehen«, beteuere ich.

Und das stimmt auch.

Ich nehme an, die meisten 16-jährigen Jungs in Deutschland haben mir in dieser Hinsicht einiges voraus.

»Wir haben wenig Grund, an der Aussage dieses Mädchens zu zweifeln. Millie ist in einem so labilen Zustand, dass wir uns Sorgen machen, sie könnte sich etwas antun. Ihre Mutter hat sie abgeholt. Bis der Sachverhalt aufgeklärt ist, suspendiere ich Sie von der Schule. Kommende Woche wird es eine Schulkonferenz geben, dort werden alle Beteiligten angehört, und wir beraten, wie wir verfahren. Ich kann Ihnen aber jetzt schon sagen, dass Sie die Schule vielleicht verlassen müssen. Alles Weitere besprechen wir dann kommende Woche. Sie können jetzt gehen.«

Für ihn ist das Gespräch offenbar beendet. Er widmet sich einem Schreiben, das vor ihm auf dem Tisch liegt.

Ich überlege, was ich noch erwidern könnte. Ich könnte ihm sagen, dass seine Vorwürfe lächerlich sind. Dass er offenbar gar nichts von mir weiß. Dass es mir anfangs an den Bushaltestellen in Deutschland sogar peinlich war, wenn ich mich neben ein großes Werbefoto einer Frau in BH und Slip stellen musste. Dass meine Mutter nicht mal ihr Haar einem Fremden zeigt. Aber ich ahne, dass all das in diesem Moment keinen Sinn macht.

Ich stammle ein »Auf Wiedersehen« und verlasse sein Büro.

Auf dem Flur ertönt der Gong zur großen Pause. Aus den Klassenzimmern strömen die Schüler nach draußen. Ich lasse mir Zeit, damit alle weg sind, bis ich an unserem Klassenraum angekommen bin. Ich will jetzt mit niemandem reden.

Mein Plan geht auf, ich nehme meine Schultasche von meinem Platz und schleiche mich aus dem Gebäude.

Ich habe das Gefühl, dass sich um mich herum gerade

etwas zusammenbraut, etwas, auf das ich keinen Einfluss habe. Hat Millie diese Geschichte erfunden, um sich an mir zu rächen? Wie kann sie nur so gemein sein und mir so was antun?

* * *

Zum ersten Mal war mir Millie vor ein paar Wochen aufgefallen, als ich eines Morgens in die Schule kam. Sie ist zwei Jahrgänge unter mir, in der Achten, ihr Klassenraum liegt auf demselben Flur wie unserer. Millie stand da schon mit ihren Freundinnen und unterhielt sich. Sie blickte einen kurzen Moment auf, lächelte mich an und unterhielt sich wieder weiter. Mir fiel der funkelnde Stein auf, der auf ihrem linken Schneidezahn klebte.

Jeden Morgen, wenn ich zu unserem Klassenraum ging, kam ich an ihrem vorbei. Wir sahen uns also jeden Tag, anfangs sagten wir nur »Hallo« zueinander, mehr nicht. Aber mir fiel bald auf, dass Millie mich schon von Weitem taxierte, als würde sie jeden Morgen nur auf unsere Begegnung warten. Es war mir nicht unangenehm, Millie ist hübsch, sie hat rote Locken, ihre Haut ist weiß wie Porzellan, und sie hat die längsten Wimpern der ganzen Schule. Manchmal trug sie auch einen ausgeschnittenen roten Pulli, der einen kleinen Leberfleck an ihrem Schlüsselbein offenbarte. Wenn ich Millie sah, suchte ich ihre Haut insgeheim nach diesem Leberfleck ab.

Ich war unsicher, wie ich reagieren sollte auf dieses Mädchen, das mich jeden Morgen so entschlossen anlächelte. Ich fand sie nicht uninteressant, aber auch sehr jung. Was sollte daraus werden? Ich habe ehrlich gesagt überhaupt keine Ahnung von Mädchen, an meiner Schule in Homs waren ja keine.

Millies Blick sagte mir, dass sie mehr von mir wollte als einfach nur ein bisschen quatschen hin und wieder.

Anfangs, als wir nach Deutschland kamen, hat mein Onkel mir geraten, mich von den Mädchen hier fernzuhalten. Das bringe nur Probleme. Ich verstand nicht so recht, was für Probleme das bringen sollte. Klar, sie waren anders gekleidet als die Mädchen in Syrien, sie trugen sehr kurze Hosen. Aber andererseits haben das hier nun mal alle an. Offenbar ist das hier normal und bedeutet nicht, dass das Mädchen schlecht ist. Die Mädchen hier sind eben anders erzogen, nach einer anderen Kultur, aber das sagt nichts darüber aus, ob sie gut oder schlecht sind.

Meine Familie hat einen arabischen Kopf, die denken anders als die meisten Deutschen. Mein Kopf ist halb deutsch und halb arabisch, und es ist nicht ganz einfach, beides in Einklang zu bringen. Mal ist die eine Seite stärker, mal die andere.

Ich bin eigentlich kein richtiger Syrer mehr, ich habe das Land verlassen, als ich 14 war. Das Entscheidende, das, was man braucht, um erwachsen zu sein, habe ich dort nicht gelernt. Das tue ich jetzt gerade in Deutschland. Ich glaube, in meinem ersten Jahr hier habe ich mehr gelernt als in all der Zeit zuvor in Syrien.

An einem muslimischen Mädchen wäre es sicher nicht der Leberfleck am Schlüsselbein gewesen, der mir aufgefallen wäre, weil ich den nicht zu Gesicht bekommen hätte. Aber dafür gab es andere Dinge, auf die wir Jungs heimlich starrten, wenn uns auf der Straße ein hübsches Mädchen begegnete. Auf ihre schlanken Hände zum Beispiel, auf schön geschwungene Lippen und, das muss ich zugeben, auch auf die Brüste, die sich manchmal unter ihren Blusen und Mänteln abzeichneten.

Der einzige Unterschied zu Deutschland ist eigentlich, dass man sich hier nicht schämen muss, wenn man hinsieht.

Ein paar Tage, nachdem Millie mir zum ersten Mal aufgefallen war, bekam ich eine Freundschaftsanfrage von ihr über Facebook. Sie schrieb mir, sie fände, dass ich schöne grüne Augen habe. Das schmeichelte mir. Von da an waren wir zumindest im Internet befreundet.

Wir schrieben uns täglich Nachrichten. Meist ging es um banale Dinge, Lehrer, Mitschüler, sie schickte mir Fotos von ihrer Katze, von ihrem Zimmer, irgendwann auch eines von sich selbst, wie sie auf dem Bett lag und ihre Lippen zu einem Kuss geformt hatte. Das Foto auf dem Bett kam mir schon etwas komisch vor.

Ein paar Tage später war am Seeufer das große Stadtfest. Dort war eine große Bühne aufgebaut und es spielte jede Stunde eine andere Band. Petrit hatte mich gefragt, ob wir zusammen hingehen würden. Alle aus der Klasse sollten da sein. Mein Onkel wollte, dass ich um zehn Uhr abends wieder zu Hause bin, aber mit viel Überredungskunst konnte ich ihn zumindest auf elf Uhr raufhandeln.

Als wir ankamen, spielte gerade eine Hip-Hop-Band, die ich richtig gut fand. Der Beat war so laut, dass er bis in mein Herz dröhnte. Zwei Jungs auf der Bühne machten Breakdance, sprangen mit Flickflacks über die Bühne, drehten sich auf dem Rücken und einer sogar auf dem Kopf. Es war der Wahnsinn. Clara und Matija waren da, Petrits Cousin, wir wippten im Beat und tranken Red Bull, ein Dauerlächeln im Gesicht.

Irgendwann tauchte Millie auf, sie war mit ihren Freundinnen da und kam zu mir rüber.

»Hallo«, sagte sie.

Ich sah das Funkeln auf ihrem Schneidezahn und suchte insgeheim ihr schneeweißes Dekolleté nach dem Leberfleck ab. Da oben, wo das Schlüsselbein in die Schulter übergeht, da war er.

»Hi«, grüßte ich zurück. »Tolle Band.«

Wir stießen mit unseren Dosen an und wippten zusammen im Takt. Die Stimmung war irre, die Menschenmasse um uns herum wogte hin und her, viele reckten ihre Arme in die Luft und sangen mit.

Als die Band aufhörte, klatschten wir begeistert, dann war Pause bis zur nächsten Band. Petrit und sein Cousin gingen los und holten was zu trinken. Clara und Matija rannten hinter die Bühne, um sich Autogramme zu holen.

»Du bist ganz ohne deine Eltern in Konstanz, oder?«, fragte Millie mich.

»Ja. Warum fragst du?«

»Ach, nur so. Du kannst bestimmt machen, was du willst.«

»Nee«, sagte ich und pfiff durch die Lippen. »Du kennst meinen Onkel nicht. Der ist strenger als meine Eltern. Er will auf keinen Fall riskieren, dass ich irgendwas mache, was meinen Eltern nicht passen könnte. Deshalb lässt er mich nur ungern aus den Augen.«

»Ist doch auch toll, dass er sich so kümmert«, sagte Millie. »Meine Mutter arbeitet den ganzen Tag, und abends und am Wochenende ist sie froh, wenn sie ihre Ruhe hat.«

»Und dein Vater?«, fragte ich.

»Den kenne ich nicht.«

»Du weißt nicht, wer dein Vater ist?«

»Meine Mutter sagt es mir nicht. Nur dass er ein Nichtsnutz war und sie sitzen gelassen hat, als sie mit mir schwanger war. Er ist damals in eine andere Stadt gezogen. Da wollte sie nichts mehr mit ihm zu tun haben.«

»Tut mir leid für dich!«, sagte ich.

Millie lächelte schüchtern und sah zu Boden.

»Wenn ich ein bisschen älter bin, werde ich rauskriegen, wer er ist. Und dann fahre ich hin und rede mit ihm«, sagte sie. »Und deine Eltern? Hast du ein Foto von ihnen?«

Ich zeigte ihr in meinem Handy ein Bild von meiner Mutter. Ich habe es am Tag unseres Abschieds aufgenommen, als ich mich zum zweiten Mal auf den Weg übers Meer machte. Meine Mutter hat darauf die Haare um ihr Gesicht herum zu einem Pferdeschwanz nach oben gebunden, der vom Kopf absteht wie eine windschiefe Palme. Eigentlich sieht das ziemlich komisch aus, wären da nicht ihre Mundwinkel, die weit nach unten gezogen sind, und ihre Augen, die ins Leere blicken.

»Sie vermisst dich sicher sehr«, sagte Millie.

Ich nickte stumm.

Petrit und sein Cousin ließen auf sich warten. Ich blickte mich um, es war voll geworden. Vorne auf der Bühne nahm eine junge Frau mit langen, wuscheligen Locken auf einem Stuhl Platz. Sie war um die 19, trug ein langes buntes Kleid und hatte ihre Gitarre dabei. Sie begann zu spielen und sang dazu mit einer hohen, vollen Stimme, die wie eine Glocke klang. Ich verstand nicht, worum es in ihrem Lied ging, weil es auf Französisch war, aber die Melodie klang sehr schön, ein bisschen traurig, aber irgendwie auch romantisch. Ich fand es ziemlich mutig von diesem Mädchen, sich ganz alleine auf die Bühne zu setzen. Sie sang so schön und rein, dass ich mir vorstellte, barfuß über eine Blumenwiese zu laufen.

Millie nahm meine Hand und legte ihren Kopf auf meine Schulter. Ich merkte, wie sich in mir alles zusammenzog und ich nervös wurde, weil ich nicht wusste, wie ich reagieren sollte. Gleichzeitig fühlte sich diese warme, weiche Hand in meiner auch sehr aufregend an. Die Wärme floss wachsweich durch meinen Körper.

Als das erste Lied zu Ende war, trank die Sängerin auf der Bühne einen Schluck Wasser, und Millie ließ meine Hand los, sie kramte in ihrer Jackentasche und zog eine Schachtel Zigaretten heraus. Sie hielt sie mir hin.

»Nein danke«, sagte ich.

Millie zuckte mit den Schultern und steckte sich eine Zigarette an.

Ich hasse Zigaretten.

In meiner Familie rauchen fast alle, mein Vater, selbst meine Mutter begann in Kairo damit. Es helfe gegen die Nervosität, sagte sie mir. Mein Onkel raucht auch, alle seine Bekannten, die uns besuchen kommen, qualmen uns die Bude voll. Und jetzt auch noch Millie. Ich konnte nicht fassen, wie sie jetzt alles, was gerade passiert war, zunichtemachte.

Die Sängerin vorne begann ein neues Lied, Millie lehnte sich wieder an mich, sie roch jetzt wie ein Aschenbecher. Ich blickte auf die Uhr und sah, dass es kurz vor elf war.

»Ich muss los«, sagte ich und ging einen Schritt zur Seite.

»Schon?«, fragte sie und sah mich enttäuscht an.

»Mein Onkel ist wirklich sehr streng«, sagte ich und war ausnahmsweise mal froh darüber, weil ich jetzt ohne Probleme gehen konnte. Ich brauchte Zeit, um nachzudenken.

Zum Abschied umarmte mich Millie. Sie versuchte mich auf den Mund zu küssen, aber ich drehte meinen Kopf zur Seite. Ihre Lippen fühlten sich unangenehm feucht auf meiner Wange an.

Der Abend mit Millie hatte so schön angefangen, aber irgendwas stimmte nicht. Und das lag nicht nur an der Zigarette. Die Harmonie war irgendwie dahin.

An diesem Abend schickte mir Millie noch ein Foto von sich. Sie hatte ihre Hände darauf zu einem Herz geformt.

Am nächsten Morgen traf ich Petrit vor der Schule. Ich erzählte ihm vom Abend vorher. Er meinte, ich solle vorsichtig sein mit Millie. Die sei ein bisschen verrückt. Jemand aus ihrer Klasse hatte ihm erzählt, dass sie letztes Jahr ein paar Wochen in einer Klinik war, weil sie Tabletten geschluckt hatte. Ich war geschockt.

Ich hatte mein Leben riskiert, um hier sein zu dürfen, und sie wollte einfach alles, was sie hatte, wegwerfen? Was war nur los mit Millie? Ich verstand wirklich ziemlich wenig vom Leben in Deutschland.

Ich war ganz froh darüber, dass ich Millie an diesem Tag

nicht sah. Danach war Wochenende. Das gab mir Zeit, mir darüber klar zu werden, was das alles bedeutete.

Schon der nächste Abend nahm mir dann allerdings die Entscheidung ab. Es war der Geburtstag von Juri aus der Parallelklasse, er feierte am See, im »Paradies«. Petrit war eingeladen und nahm mich mit, er meinte, das gehe schon in Ordnung. Wir kamen gegen 17 Uhr an. Im Kies am Ufer standen schon ein paar Dutzend Leute, vor allem Jungs aus der Parallelklasse, die ich kaum kannte. Zum Glück war Petrit dabei, sonst hätte ich mich ziemlich überflüssig gefühlt. Jemand hatte ein iPad mit angeschlossenen Boxen mitgebracht, der neue Song von Kiesza tönte daraus.

Ich nahm mir eine Cola aus der Kühlbox, die andern tranken Bier. Drei oder vier Kästen standen da am Seeufer im Wasser. Juri begrüßte uns. Wir stießen auf seinen Geburtstag an, Petrit und Juri mit ihrer Bierflasche, ich mit meiner Cola.

»Warum trinkt ihr Moslems eigentlich nichts?«, fragte Juri.

»Das ist so überliefert«, sagte ich, denn so ganz genau kannte ich die Sure auch wieder nicht im Koran, die Alkohol verbot.

»Nicht alle halten sich daran«, sagte Petrit und hielt seine Bierflasche hoch. »Das Fleisch ist schwach«, legte er nach und lachte. Dann nahm er einen Schluck Bier.

Petrit ist eigentlich auch Moslem, nur eben kein besonders gläubiger.

»Mein Vater hat früher auch manchmal Alkohol getrunken«, erzählte ich. »Einer seiner Brüder lebt seit 20 Jahren in Paris, der trinkt gerne Wein. Aber ich habe noch nie

Alkohol getrunken. Aus Tradition. So bin ich eben aufgewachsen.«

Juri nickte, er respektierte das.

Es knirschte auf dem Kies, plötzlich stand Millie neben mir. Ich weiß auch nicht warum, aber mein Herz schlug doch irgendwie schneller, als unsere Blicke sich trafen. Sie umarmte mich. Meine Hand landete auf der weichen Haut an ihrer Schulter. Mir wurde warm.

Millie trug ein zitronengelbes Shirt, das wie eine zweite Haut um ihren Oberkörper spannte. Ich sah, wie eine Biene angeflogen kam und sich auf ihren Bauch setzte.

»Vorsicht!«, rief ich und wedelte das Insekt mit der Hand davon. Die Biene flog weiter und ich blickte verstohlen auf Millies Oberkörper.

»Danke!«, sagte sie.

»Die hat dich wohl mit einer Blume verwechselt.«

Was Besseres fiel mir nicht ein. Wir mussten beide lachen.

»Du hast gar nicht geantwortet auf meine letzte Nachricht«, sagte Millie.

Ich stammelte eine Entschuldigung.

Dann wurde die Musik plötzlich so laut, dass man sich ohnehin nicht mehr unterhalten konnte.

»Uh, ah«, hörte ich Kiesza stöhnen.

Millie nahm sich ein Bier und begann mit ein paar von ihren Freundinnen zu tanzen. Millie hatte ziemliches Talent. Sie konnte mit ihrem Oberkörper Wellenbewegungen machen wie eine Schlange. Dann riss sie ihre Arme hoch und schwang ihre Hüften, dass mir dabei ganz schwindelig wurde.

Als der Song zu Ende war, holte sie sich noch ein Bier. Sie kam zu mir.

»Wie war ich?«, fragte sie. Eine Bierfahne schlug mir ins Gesicht.

»Äh, ja, cool«, stotterte ich.

Eine ihrer Freundinnen brachte ein paar Flaschen Kirschlikör vorbei, sie gab Millie eine und bot mir auch eine an. Ich lehnte ab. Die beiden Mädchen stießen an.

»Auf ex«, sagte Millie und kippte das Zeug runter.

So lief es eine ganze Weile, Millie tanzte ein bisschen, lachte laut mit ihren Freundinnen, trank Bier und Likör im Wechsel.

Ich ging zu Petrit, der sich bestens mit Juri unterhielt, irgendwie kam ich nicht so recht mit ihnen ins Gespräch. Wahrscheinlich weil ich einfach zu abgelenkt war und immer wieder zu Millie hinübersah, halb erstaunt und halb peinlich berührt über das Schauspiel, das sich mir bot. Sie kam mir vor wie ein Tanzbär im Zirkus. Alle starrten zu ihr hinüber.

Millie war mittlerweile so besoffen, dass sie beim Tanzen taumelte. Es endete damit, dass sie stolperte und ins Wasser fiel, als sie sich ein neues Bier holen wollte. Ihr Oberteil war pitschnass, die Jungs starrten auf den schwarzen Spitzen-BH, der sich darunter abzeichnete.

Millie torkelte mit glasigen Augen auf mich zu, sie schlang die Arme um mich und hing ziemlich schwer und nass an meinem Hals. Ich löste ihre Arme und setzte sie auf den Boden.

Das Nächste, was ich von ihr hörte, war ein lauter Rülpser. Dann würgte sie und aus ihrem Mund kam ein Schwall Erbrochenes.

Irgendjemand schrie: »Igitt«, dann kam eine ihrer Freundinnen und zog sie zum Wasser hin. Ich machte, dass ich nach Hause kam.

Am Montag drauf stand ich mit Petrit zusammen auf dem Pausenhof. Von Weitem sah ich Millie auf mich zukommen. Ich wollte mich eigentlich in Ruhe mit Petrit unterhalten.

»Hey«, sagte sie.

»Geht's besser?«, fragte ich.

»Läuft!«, sagte Millie. Ihr war der Abend neulich anscheinend überhaupt nicht peinlich.

Dann trat eine unangenehme Pause ein. Aber Millie machte keine Anstalten zu gehen. Sie blieb einfach vor uns stehen, mit einem eingefrorenen Lächeln im Gesicht.

»Hör mal …«, begann ich.

Zum Glück schellte die Schulglocke in dem Moment.

»Wir gehen dann mal rein. Ciao«, sagte ich zu Millie und ging, Petrit kam hinter mir her.

»Lass die Finger von der«, sagte Petrit.

Es ging noch ein paar Tage so, Millie kam in der Pause zu mir, wir redeten belangloses Zeug, aber sie schien nicht zu merken, dass mich ihre Anhänglichkeit nervte. Nach Schulschluss verließ ich schnell das Gebäude, um ihr nicht zu begegnen. Am Mittwoch verbrachte ich die Pause auf dem Klo, um ihr zu entkommen. Als ich mit dem Schulgong rauskam, sah ich, wie sie sich suchend nach mir umblickte. Ich konnte unentdeckt in unser Klassenzimmer verschwinden.

An diesem Abend schrieb ich ihr eine Nachricht, dass es mir sehr leidtue, aber dass ich mich im Moment um meine eigenen Probleme kümmern müsse und sie nicht mehr sehen könne. Das war feige, ich weiß, aber ich hatte einfach nicht den Mut, es ihr persönlich zu sagen. Ich wollte ihr Gesicht nicht sehen dabei. Und ich wollte keine Diskussion.

Gleich danach schickte sie mir eine Nachricht:

»Vielleicht überlegst du es dir ja noch mal anders?«

Dazu hatte sie ein Foto von sich gestellt, auf dem sie obenrum nichts trug als ihren schwarzen Spitzen-BH, den alle schon auf der Party am See gesehen hatten.

Hatte sie denn keine Selbstachtung?

Ich schrieb ihr, dass sie mir solche Fotos bitte nicht mehr schicken solle.

Am nächsten Tag bekam ich wieder eine Nachricht von ihr. Diesmal war es ein Foto, auf dem sie mit einer Hand ihr T-Shirt hochhob und ihre nackte schneeweiße Brust präsentierte. Ihr Gesicht war darauf nicht zu sehen.

»Ich will, dass du mir meine Unschuld nimmst«, stand dabei.

Ich hatte keine Ahnung, was das bedeuten sollte. Und auch wenn ich das Foto, das muss ich zugeben, ein paar Sekunden betrachtete, war es mir doch peinlich, und ich klickte es weg. Millie musste wirklich ein bisschen verrückt sein. Fast tat sie mir leid.

Aber ich konnte die Nachricht nicht vergessen, ich war einfach zu neugierig, was sie zu bedeuten hatte. Also schickte ich die Nachricht samt Foto an Matija aus meiner Klasse und fragte sie, was das heißt, »Unschuld nehmen«. Millie war ja nicht zu erkennen darauf.

»Die ist Jungfrau und will mit dir ins Bett«, schrieb Matija zurück.

Als ich das las, fand ich mich unglaublich bescheuert. Matija musste jetzt denken, dass ich von nichts Ahnung hatte. Das stimmte zwar auch, aber das musste sie ja nicht wissen.

Es fiel mir schwer, für Millie noch etwas zu empfinden. Ich konnte einfach nicht verstehen, wieso sie sich so erniedrigte. Sie sollte mich in Ruhe lassen mit ihrem Verfolgungswahn.

Ich löschte sie aus meinen Kontakten, blockte sie auf Facebook. Und löschte alle Nachrichten und Fotos, die sie mir geschickt hatte.

Vor zwei Wochen war das.

Und genau das ist nun mein Problem, ich kann niemandem beweisen, dass sie selbst mir die Fotos von sich geschickt hat.

Nachdem ich sie geblockt hatte, wurde Millie richtig sauer. Sie wartete eines Morgens vor unserem Klassenraum auf mich.

»Du mieses Arschloch«, fauchte sie mich an, dann rauschte sie davon.

Petrit, der hinter mir stand, sah mich mit offenem Mund an.

»Was ist denn mit der los?«

Ich erzählte ihm von den Fotos und dass ich den Kontakt zu ihr abgebrochen hatte.

»Total bekloppt ist die!«, meinte er. »Reg dich nicht auf, sie ist es nicht wert!«

Millie hatte mich gegenüber ihren Freundinnen in der Klasse offenbar als totalen Idioten dargestellt. Jedes Mal, wenn ich der Mädchengruppe auf dem Flur begegnete, beschimpften sie mich. »Scheißkerl« war noch die freundlichste Beleidigung, die sie für mich übrig hatten.

Anfangs ignorierte ich sie einfach, aber das war die falsche Taktik, es spornte sie noch mehr an. Irgendwann verlor ich die Geduld und schrie sie auf dem Flur so laut zusammen, dass sie erschrocken zurückwichen. Von da an war Ruhe.

Und nun diese Beschuldigung, ich hätte sie nackt fotografiert und das Foto verteilt. Das muss die pure Rache sein.

4

Ich lasse die Schule hinter mir und gehe durch die Innenstadt nach Hause. In den Fenstern der Geschäfte hängen große Schilder, »Sale« steht darauf. Die Leute drängen sich dicht an dicht durch die Eingänge der Läden und kommen mit ihren dicken Tüten kaum aneinander vorbei. In einem Café sehe ich durch die Scheiben des Fachwerkhauses, wie sich Leute Kuchenstücke in den Mund schieben.

Allen hier scheint es blendend zu gehen.

Nur ich habe mich seit meiner Ankunft in Deutschland noch nie so fremd gefühlt.

Ich lasse mich auf eine Bank am Seeufer sacken und stütze meinen Kopf in die Hände. Draußen auf dem Wasser steigt Nebel auf.

Ich hatte immer gedacht, wenn ich die Reise übers Meer erst mal überlebt habe und in Europa angekommen bin, wird alles gut. Ich dachte, ich könnte wieder zur Schule gehen, einen Abschluss machen, meine Eltern und meine Schwester nachholen, mit ihnen in ein Haus oder eine Wohnung ziehen, wo ich mein eigenes Zimmer habe.

Nichts davon habe ich erreicht. Ein halbes Jahr später sind meine Eltern noch immer nicht da. Ich teile mir eine Ein-Zimmer-Wohnung mit meinem Onkel. Meine Lehrerin sagte mir, ich hätte solche Lücken, dass ich vermutlich vorerst nicht mal den Hauptschulabschluss schaffen würde. Und jetzt fliege ich vielleicht auch noch von der Schule. Mein Onkel Amir wird durchdrehen, wenn er erfährt, was vorgefallen ist.

Vor ein paar Wochen hatte ich schon einmal riesigen Ärger mit ihm wegen eines Mädchens. Konstanz ist eine recht große Stadt, aber für einen syrischen Jungen ist es ein Dorf. Die meisten Syrer hier kennen sich untereinander. Als mich ein Bekannter von Amir eines Nachmittags mit einem Mädchen aus meiner Klasse vor dem Kino an der Marktstätte gesehen hatte – wir waren einfach nur am Quatschen, nachdem wir einen Film angesehen hatten –, sprach er meinen Onkel an: ob ich eine deutsche Freundin hätte? Amir war sauer. Er will nicht, dass über uns geredet wird. Und er will auch nicht, dass ich mich mit Mädchen treffe, die in seinen Augen unanständig sind.

Als ich an dem Tag von der Schule heimkam, nahm er mir das Handy ab und durchsuchte alle meine Kontakte. Als er auf WhatsApp die vielen Fotos von Mitschülerinnen von mir sah, war er außer sich.

»Du wirst die alle löschen!«, schrie er mich an.

Dann sah er mir dabei zu, wie ich die Liste Stück für Stück durchging und mindestens 20 Namen von Schulkameradinnen löschte.

Das blieb natürlich nicht unbemerkt. Am nächsten Morgen in der Schule sprachen mich ständig Mädchen an, warum ich sie denn geblockt hätte. Moritz, der Idiot, bekam Wind davon und posaunte dann in der Pause rum:

»Karim ist 'ne Schwuchtel!«

Es hat ziemlich lang gedauert, bis ich alle Namen und

Nummern wieder gespeichert hatte. Seitdem lasse ich mein Handy niemals unbeachtet in der Wohnung liegen.

Die Mädchennamen in meinem Handy sind im Moment allerdings mein kleinstes Problem.

Neben mir auf der Bank sehe ich eine Fliege sitzen. Sie dreht sich im Kreis auf dem Holz, immer weiter. Schließlich fällt sie auf den Rücken und zappelt mit den Beinen. Ich beuge mich vor, um sie zu retten und vorsichtig wieder auf die Beine zu stellen. Aber dann hört sie plötzlich auf zu zappeln. Ihr linkes vorderes Bein knickt noch einmal ab, dann bleibt die Fliege reglos liegen. Ein Windhauch fegt sie zu Boden.

Ich stehe auf und schlage den Weg zu unserer Wohnung ein, vorbei an den Bahngleisen, in Richtung Neubauviertel.

Wenn Direktor Maus wüsste, wie ich hierhergekommen bin und was ich auf meiner Reise erlebt habe, vielleicht würde er mich nicht so hart beurteilen. Aber ich bin mir nicht sicher. Ich glaube, dass er einem weinenden deutschen Mädchen eher glaubt als mir, dem syrischen Jungen.

Ich frage mich wirklich, was Millie zu dieser Gemeinheit getrieben hat.

Ich verstehe es einfach nicht, obwohl ich auf meiner Flucht übers Mittelmeer viel gelernt habe über die Menschen, in Extremsituationen zeigen sie ihr wahres Gesicht. Jeder denkt zuallererst an sich. Außer vielleicht die Mütter. Meiner Erfahrung nach denken die meist zuerst an ihre Kinder. Aber alle andern sind bereit zu töten, um ihr eigenes Leben zu retten.

Das habe ich vor allem bei meinem zweiten Versuch, mit dem Boot nach Europa zu gelangen, gemerkt. Die ersten drei Tage hatten wir genug Wasser, der Kapitän und die vier Helfer hatten die Flaschen hinter ihrer Kajüte gestapelt. Einer der Ägypter war dafür zuständig, sie auszugeben. Aber manchmal war er nicht in der Nähe, weil er schlief oder irgendwas reparieren musste. So verschwand unkontrolliert Flasche für Flasche, bis am vierten Tag nur noch sechs Flaschen Wasser übrig waren – für fast 90 Leute. Und wir hatten keine Ahnung, wie lange wir noch auf See sein würden, mindestens noch zwei Tage, so viel war klar.

Die sechs Flaschen brachte unser Kapitän dann in seinen Steuerraum. Sie sollten ausschließlich für die Kinder reserviert sein. Wir hatten Babys an Bord und Kleinkinder, insgesamt um die 25 Kinder. Irgendeines weinte eigentlich immer, hatte Hunger oder wollte etwas trinken. Wie soll man einem Dreijährigen, der Durst hat, sagen, dass es kein Wasser mehr gibt?

Ich selbst hatte noch etwas Wasser in einer Flasche, die ich mir noch vom ersten Tag an Bord aufgehoben hatte, vielleicht so viel wie ein Glas voll. Ich beschloss, mir diesen Rest genau einzuteilen, um nicht ganz ohne Wasser dazustehen. Manchmal benetzte ich nur meine aufgesprungenen Lippen ein wenig damit, dann fühlte ich mich schon besser.

Am Abend des vierten Tages döste ich vor mich hin, ich war oben an Deck, mein Rücken lehnte an der Wand zur Kapitänskajüte. Die Flasche hatte ich hinter meinen Rücken geklemmt, zwischen meinen Pulli und meine Jacke, sodass sie nicht davonrollen konnte und man sie auch nicht sehen konnte. Bevor ich einschlief, spürte ich das harte Plastik in meinem Rücken.

Ich wurde wach von einem Arm, der sich hinter meinen Rücken schob. Dann spürte ich einen Ruck und öffnete die Augen. Ein Mann mit einem blauen Kapuzenpulli lief davon. Mit meiner Flasche in der Hand. Er musste mich beobachtet haben.

»Hey!«, schrie ich und sprang auf.

Er drehte sich um, und als er mich sah, lief er noch schneller, dann bog er vorne bei der Kajüte ums Eck und rannte die Treppe zum Maschinenraum hinunter.

»Du Bastard!«, schrie ich. »Gib mir mein Wasser!«

Meine Stimme überschlug sich, ich war außer mir. Die andern Passagiere drehten sich zu mir um. Mein Onkel sah mich, er und sein Freund Walid sprangen jetzt auch auf.

Ich rannte ihm hinterher, die Treppe zum Maschinenraum hinunter, und dachte mir, wie absurd das alles war. Warum lief er vor mir davon? Er konnte ja ohnehin nicht weg, wir saßen alle im selben Boot. Um uns war nur das Meer.

Unten im Maschinenraum kauerten ein paar Frauen mit ihren Kindern, sie sahen uns verängstigt an.

Der Mann mit dem Kapuzenpulli drängte sich in eine Ecke, schraubte gerade den Verschluss meiner Flasche auf und setzte an zu trinken. Ich sah das Flattern in seinen Augen, die Gier nach dem Wasser, mit dem er seine ausgetrocknete Zunge benetzen wollte.

Ich stürzte mich auf ihn und versuchte, ihm die Flasche aus der Hand zu winden. Er versteckte sie mit der einen Hand hinter seinem Rücken und wehrte mich mit der andern ab. Ich packte ihn am Kragen, versuchte seinen Arm hervorzuziehen, aber er war bestimmt fünf Jahre älter als ich und um einiges größer. Dann drückte er mir seine dreckige Hand ins Gesicht und versuchte mich so wegzuschieben. Mein Onkel und sein Freund mischten sich ein, sie schoben mich zur Seite, dann hielt mein Onkel Amir den Mann fest, Amirs Freund versuchte ihm die Flasche aus der Hand zu winden. Der Mann mit dem Kapuzenpulli krallte sich daran fest.

»Lasst mich trinken!«, schrie er.

»Dreckiger Dieb!«, schrie ich.

»Ich verdurste!«, schrie der Mann wieder.

»Hast du kein bisschen Stolz in dir? Reiß dich zusammen!«, schrie mein Onkel Amir.

Ein Kind begann zu weinen, die andern sahen entsetzt zu bei diesem Schauspiel zweier Durstiger.

Im Handgemenge fiel die offene Flasche schließlich zu Boden und das Wasser lief fast vollständig aus.

»Nein!«, schrie ich und hob die Flasche entsetzt auf. Ich hielt sie hoch und prüfte, wie viel Wasser noch drin war. Nicht viel, vielleicht noch drei Schluck. Ich ließ mich auf den Boden sacken.

Eine Frau kam schnell angelaufen und tunkte ein Tuch in die Lache am Boden. Dann ging sie zu ihrem kleinen Sohn und drückte ihm das Wasser in den Mund. Der Junge hörte gar nicht mehr auf, an dem Tuch zu saugen.

Mein Onkel war immer noch mit dem Kapuzenmann beschäftigt, der Mann schrie und fluchte, er schlug um sich. Sein Gesicht war schmerzverzerrt, die Tränen schossen ihm in die Augen. Er war nicht mehr er selbst in diesem Moment.

»Wasser!«, rief er immer wieder. »Gebt mir Wasser!«

Ich sah ihn an und sah mich selbst in ihm.

Er war völlig geschwächt, die Wangen waren eingefallen und unrasiert. Unter seinen Nägeln klebte der Dreck, an seiner Hose hing eine Kruste aus Erbrochenem und Kot, der aus der einzigen Bordtoilette in die Gänge geschwappt war. Nach vier Tagen auf dem Boot sahen wir alle aus wie Penner.

Der Mann hörte einfach nicht auf zu schreien und um sich zu schlagen. Schließlich holte der Freund meines Onkels aus und schlug ihm mit der Faust ins Gesicht. Der Dieb ging zu Boden, bewusstlos. An seiner Schläfe klaffte eine kleine Wunde, aus der in einem feinen Rinnsal Blut herausfloss.

Einer holte ein Taschentuch und tupfte die Wunde ab, sie brachten den Mann zurück an Deck.

Ich setzte mich wieder an meinen Platz und ließ den Kopf zwischen meine aufgestellten Beine sinken. Mein Onkel kam und klopfte mir aufmunternd auf die Schulter.

»Wir werden es schaffen, glaub mir«, sagte er zu mir.

Ich konnte ihm nicht antworten, in meinem Kopf hämmerte ein Schmerz, der mir fast den Verstand raubte.

Plötzlich war es wieder ruhig, und die Wellen klatschten gegen das Boot, als wäre nichts gewesen.

Für eine Flasche Wasser würden Durstige töten, das wusste ich jetzt. Menschen sind wie Raubtiere.

Wenn ich erst mal in Deutschland in Sicherheit wäre, dachte ich mir damals, dann würde ich all das hinter mir lassen.

Das war ein Irrtum. Hier geht es nicht um Leben und Tod, aber doch um meinen Ruf und damit auch um meine Existenz.

5

Ich gehe die acht Stockwerke zu unserer Wohnung zu Fuß hoch, der Aufzug ist kaputt. Im Flur empfängt mich wieder dieser typisch deutsche Linoleumgeruch. Die Wohnungstür ist abgesperrt, mein Onkel ist also nicht zu Hause. Zumindest eine Erleichterung an diesem Tag. Ich habe überhaupt keine Lust, ihm jetzt zu begegnen.

Ich gehe ins Wohnzimmer, das einzige Zimmer in unserer Wohnung. Sie ist eigentlich zu klein für meinen Onkel und mich, aber wir waren froh, als wir nach Monaten des Suchens endlich aus dem Asylbewerberheim rauskonnten und zumindest diese Wohnung bekamen. Das Bad und die Küche sind so groß, dass man ein Bett hineinstellen könnte, aber es wollte dann doch keiner von uns beiden neben dem Küchentisch oder der Badewanne schlafen.

Nun ist unser Wohnzimmer also auch gleichzeitig unser Schlafzimmer. Mein Onkel schläft auf dem braunen Samtsofa, das wir in der Möbelkammer eines Asylhelfervereins fanden, und ich auf einer Matratze auf dem Boden. Um zumindest ein bisschen Privatsphäre zu haben, suchte ich mir in der Möbelkammer noch so einen japanischen Paravent aus Reispapier aus, den ich um mein Bett gestellt habe. Dahinter lege ich mich jetzt auf meine Matratze und ziehe mir die Decke bis unter die Nase.

Ich versuche zu schlafen, aber in meinem Kopf pochen wieder diese Schmerzen, die ich schon auf dem Boot hatte. Der Schmerz jagt weiße Stromstöße durch meinen Körper. Wie immer ist er ohne jede Vorwarnung gekommen. Ich war deshalb schon beim Arzt, aber der meinte, mit meinem Kopf sei alles okay.

Wenn meine Mutter jetzt da wäre, würde sie mir die Schläfen massieren und helfen, den Schmerz zu vergessen. Aber ich wäre schon glücklich, wenn sie einfach nur neben mir säße.

Warum bist du nicht da, Mutter?

Ich vermisse dich mit einer Inbrunst, die mich selbst überrascht. Das Gefühl, ganz allein zu sein, ohne jemanden, der zu mir hält, liegt wie ein Schleier über meinen Gedanken.

Ich bin gar nicht mehr richtig anwesend. Heute morgen in der Schule war das so. Und neulich in einem Dönerladen. Da saß ich mit Petrit an einem Tisch und hatte gerade fertig gegessen. Er erzählte mir irgendwas, von dem ich nicht mehr weiß, was es war. Obwohl er mit mir redete, hörte ich seine Stimme nicht mehr, ich vergaß sogar, dass er vor mir saß.

»Karim!«, drang es irgendwann wie durch einen dichten Nebel zu mir.

Petrit klopfte mit seinem abgewinkelten Zeigefinger gegen meine Stirn, als sei dort die Tür zu meinen Gedanken.

»Hallo? Ist jemand zu Hause?«

Ich hatte keine Ahnung, was er mir gerade erzählt hatte. Ich muss ein paar Minuten einfach weg gewesen sein, abgedriftet im Orbit.

Ich will nicht undankbar sein. Ich habe den Krieg überlebt und die Flucht übers Meer. Hier in Deutschland bin ich in Sicherheit. So viele Menschen helfen mir und doch bin ich nicht glücklich.

Alle meine Freunde aus Syrien sind entweder tot oder unauffindbar. Ich habe keine Ahnung, ob Hischam noch am Leben ist. Meine Lehrerin Frau Helm sagte neulich zu mir, ich sei traumatisiert von dem, was ich erlebt habe. Ich solle zum Arzt gehen.

»Aber was soll der Arzt denn machen?«, fragte ich sie. »Der kann meine Eltern und meine Schwester auch nicht nach Deutschland holen.«

Es ist erst ein paar Wochen her, dass mein Asylantrag genehmigt wurde. Ich war gerade von der Schule heimgekommen, da fischte ich den großen DIN-A4-Umschlag aus dem Briefkasten. »Bundesamt für Migration und Flüchtlinge« stand als Absender darauf. Acht Monate hatte ich auf diesen Moment gewartet. Ich riss den Umschlag auf und sah mir den schwarzen Adler mit den riesigen Krallen an, der oben über dem Briefkopf prangte, er gab diesem Schreiben etwas sehr Erhabenes. Im Text darunter stand, dass ich als Flüchtling anerkannt sei und für die nächsten drei Jahre in Deutschland bleiben dürfe.

Ich zeigte den Brief meinem Onkel und wir fielen uns in die Arme. Es war einer der seltenen Momente, in denen wir uns nahekamen. Sein Bescheid war am Tag zuvor gekommen. Am Abend luden wir ein paar Freunde meines Onkels ein, wir tanzten und kochten Fatteh, mein Lieblingsessen aus Syrien, ein Gericht aus geröstetem Brot, Kichererbsen und Joghurt. Die andern rauchten Schischa, bis mir ganz schummrig wurde von dem süßen Duft, der unsere Wohnung vernebelte.

Am nächsten Tag ging ich mit meinem Onkel zu unserer Anwältin. Mit meiner Aufenthaltserlaubnis konnte ich nun auch meine Eltern und meine Schwester nachholen, weil ich noch minderjährig bin. Das Wort »Familiennachzug« war eines der ersten, das ich nach meiner Ankunft in Deutschland gelernt hatte. Nun war es also so weit.

Die Anwältin Helga Sander hatte uns der Asylhelferkreis besorgt. Sie hat ihr Büro in einer alten Villa am Stadtrand, von deren Fassade der Putz abblättert. Frau Sander ist eine gemütliche, ältere Dame, die gerne bunte Tücher um den Hals trägt.

»Gedulden Sie sich«, hatte sie immer wieder zu uns gesagt, wenn mein Onkel und ich zu ihr kamen, um zu fragen, wie lange der Asylbescheid denn noch dauern würde.

»Die Mühlen des Gesetzes mahlen langsam« war einer ihrer Lieblingssätze.

Als wir an diesem Tag zu ihr kamen, hatte ich schon an der Tür ein derart breites Grinsen im Gesicht, dass sie sofort wusste, was los ist.

»Ihr Bescheid ist also endlich angekommen!«, rief sie mir zu, noch bevor ich den Umschlag herausholen konnte.

Ich legte ihr die Papiere hin und rieb mir aufgeregt die Hände. Es war ein feierlicher Moment.

Sie würde in den nächsten Tagen alle Papiere fertig machen, die meine Eltern in Kairo brauchten, um bei der Botschaft das Visum für den Familiennachzug zu beantragen.

Jetzt würde es nur noch wenige Wochen dauern, dann wäre ich mit meiner Familie vereint.

Frau Sander sah sich in Ruhe das Schreiben durch.

»Sehr schön«, sagte sie immer wieder. »Sehr schön.«

Dann holte sie unsere Akte raus und blätterte eine Weile darin. Auf einer Seite blieb sie hängen, es war die Kopie des Passes meiner Schwester Sarah. Helga Sander sah lange auf den Namen und das Geburtsdatum meiner Schwester. Dann blickte sie mich an.

»Ihre Schwester hatte vor einer Woche ihren 18. Geburtstag«, sagte sie.

»Ja, stimmt«, sagte ich. »Wir wollen eine große Feier machen, wenn sie hier ist.«

»Daraus wird nichts werden. Sie kann nicht mit Ihren Eltern mitkommen. Volljährige Kinder sind vom Familiennachzug ausgeschlossen.«

»Wie?«, stammelte ich. Ich konnte nicht glauben, was sie mir da eben sagte.

»Es tut mir leid, aber so ist das Gesetz. Wenn Ihre Eltern nach Deutschland kommen wollen, müssen sie ihre Schwester in Kairo zurücklassen.«

»Aber das geht nicht!«, schrie ich. »Die können sie doch nicht einfach dort lassen, so ganz alleine!«

Mein Onkel legte beschwichtigend seine Hand auf meinen Arm. Ich schüttelte sie ab.

»Sie haben ja keine Ahnung. In den arabischen Ländern können Mädchen nicht einfach alleine leben. So was gibt es dort nicht. Sarah wäre völlig schutzlos in Kairo.«

»Dann können Ihre Eltern nicht kommen«, sagte Helga Sander.

Ihre Worte trafen mich wie ein Faustschlag. Eine unglaubliche Wut stieg in dumpfen Wellen in mir auf.

»Aber es ist doch nicht unsere Schuld, wenn die Behörden hier so langsam sind!«, schrie ich.

»Karim, beruhige dich«, sagte mein Onkel auf Arabisch zu mir.

Helga Sander sah mich betreten an.

»Ein Scheißland ist das hier!«, rief ich. »Und Sie mit Ihrem blöden Gerede, wir sollten Geduld haben, Sie haben uns alles vermasselt!«

»Karim!«, sagte mein Onkel laut zu mir.

»Ihr kotzt mich alle an!«

Ich sprang so abrupt auf, dass der Stuhl hinter mir umfiel, und rannte nach draußen. Ich hörte, wie mein Onkel und Frau Sander mir hinterherriefen, aber ich wollte jetzt nur noch allein sein.

* * *

So ist also mein erster Traum, dass meine Eltern zu mir kommen können, geplatzt.

Sie sitzen fest in Kairo. Über das Mittelmeer, so wie ich, können sie nicht kommen. Mein Vater hat Herzprobleme. Er würde die Fahrt nicht überleben.

Und so liege ich nun in meinem Bett in Konstanz. In Sicherheit – und fühle mich doch wie in jener Nacht auf der Sandbank im Mittelmeer, als uns der Kapitän unserem Schicksal überließ. Allein. Voller Angst, unterzugehen.

Du hast mir einmal etwas beigebracht, Mutter.

Du sagtest mir, wenn ich Angst habe, dann sollte ich an einen besonders glücklichen Moment in meinem Leben denken und in Gedanken dorthin zurückreisen. Die schönen Erinnerungen legen sich dann wie Watte um einen und man fühlt sich geschützt vor der Welt da draußen. Der Atem wird langsamer, die Bilder im Kopf hören auf sich zu drehen, bis nur noch eines da ist, ganz klar und schön.

Ich lege mich seitlich in mein Bett, die Knie angezogen wie ein Kind im Mutterleib, die Decke bis unter die Nasenspitze, und schließe die Augen.

Mein glücklichster Moment ist ein Tag im Spätsommer 2010, dem letzten Sommer vor dem großen Krieg. Ich sehe das glitzernde Wasser im Pool meines Onkels Raed vor mir und spüre die angenehme Kühle auf meiner Haut, als ich vom Beckenrand hineinspringe. Ein Schauer läuft mir über den Rücken, ich bekomme Gänsehaut.

Es ist ein Feiertag, meine Eltern sind bei mir, meine Schwester Sarah und meine ältere Schwester Dina mit ihrem Mann und ihrer Tochter. Sie sitzen auf weißen Plastikstühlen im Schatten dunkelgrüner Pinien und silbern schimmernder Olivenbäume. Meine Mutter flicht das lange hellbraune Haar meiner Schwester. Ich kann das Lachen der beiden hören.

Mein Onkel Raed hat es zu bescheidenem Reichtum gebracht und baute sich in Homs eine Villa mit hohen Säulen vor dem Eingang und mit diesem kleinen Swimmingpool im Garten. Raed ist verheiratet mit Lillie, der Schwester meines Vaters. Seine Firma stellt Bohrmaschinen her, Spezialbohrer, mit denen man auch dickes Metall bearbeiten kann. Um die 20 Leute arbeiten für ihn.

Der Pool ist mit türkisblauen Fliesen ausgelegt und geformt wie eine Niere. Dort habe ich Schwimmen gelernt. In meiner Familie können alle schwimmen, auch meine Mutter. Für Syrer ist das etwas Besonderes, viele, vor allem die Frauen, können nicht schwimmen. An diesem Spätsommertag weiß ich noch nicht, wie wichtig es für mich einmal sein wird, dass ich schwimmen kann.

Während ich bis tief nach unten an den Boden tauche und mit meinen Händen versuche, nach den Sonnenstrahlen im Wasser zu greifen, springt mein Cousin Ramy mit einem dicken Platscher in den Pool. Ich sehe den weißen Schaum, der um ihn herum zur Oberfläche aufsteigt. Ich tauche auf und muss lachen über seinen eigenartigen Kraulstil, mit dem er das Wasser durchpflügt. Seine Arme schlagen auf die Wasseroberfläche ein, seine Beine spritzen im Zickzack ganze Wasserladungen an den Beckenrand.

»Hör auf, sonst liegt der Pool bald im Trockenen!«, schreit mein Vater und lacht.

»Ramy sieht aus, als würde er Krieg führen im Wasser«, sagt meine Mutter.

Alle müssen wir lachen.

Schließlich kommt auch meine Mutter in den Pool, in Kleidern. Sie lässt sich in ihrem bodenlangen Hauskleid wie eine Meerjungfrau ins Wasser gleiten und schiebt das Wasser elegant mit ihren Armen zu den Seiten. Den Kopf hält sie erhaben über das Wasser. Kein Tropfen spritzt nach draußen, sie ist die Ruhe selbst.

Später kocht meine Mutter Fatteh für uns, mein Lieblingsessen. Ich mag es, wie sich die warmen Kichererbsen und das krosse Brot mit dem kühlen, cremigen Joghurt vermischen.

Mit vollgeschlagenem Magen spiele ich dann mit Vater gegen Raed und meinen Cousin im Garten Fußball. Raed steht im Tor, ich treffe drei Mal.

Das war mein schönster Tag.

* * *

Ich schlafe ein auf meiner Matratze hinter dem Paravent. Nachts träume ich vom Swimmingpool im Haus meines Onkels.

Ich schwimme darin, plötzlich höre ich von oben ein lautes Pfeifen in der Luft. Ich blicke zum Himmel und sehe einen riesigen grauen Stein herabfallen, so groß wie der Swimmingpool. Ich tauche unter. Auf einmal liege ich nackt auf den Fliesen am Boden des Pools, das Wasser ist verschwunden. Ich liege fünf Meter tief, nirgendwo ist eine Leiter zu sehen, ich weiß, dass ich hier nie mehr rauskommen werde.

Als ich aus dem Traum erwache, fühlen sich meine Lippen taub an. Die Uhr zeigt 7 Uhr 15 an, ich weiß, dass alles nur ein Traum war, aber die Bilder der Nacht sind noch in meinem Kopf. Ich frage mich, ob es den Pool meines Onkels wohl noch gibt, und selbst wenn, dann ist bestimmt kein Wasser mehr darin.

Onkel Raed starb an einem Herzinfarkt, nachdem seine Fabrik durch eine Bombe zerstört worden war und seine beiden Söhne verhaftet wurden. Tante Lillie starb kurz darauf an einem Schlaganfall. Wir haben bis heute kein Lebenszeichen von meinen Cousins. Entweder vegetieren sie in irgendeinem Gefängnis der Regierung vor sich hin oder liegen in einem namenlosen Grab.

Aus der Küche kommt der Geruch von frisch gebrühtem Kaffee mit Kardamom. Ich höre die Schritte meines Onkels, er geht ins Bad und macht sich fertig für seinen Deutschkurs. Ich ziehe mir die Decke über den Kopf.

Ich finde, er müsste eigentlich schon viel besser Deutsch können. Mein Onkel hat ein halbes Jahr verloren, weil er lieber im Internet irgendwelche dämlichen Spiele macht, anstatt gut Deutsch zu lernen. Ich finde, er ließ sich viel zu lange gehen und ist richtig phlegmatisch geworden, wahrscheinlich, weil er seine Frau und seinen Sohn vermisst. Aber ich sage nichts zu ihm, ich bin ja der kleine Neffe. Er fände das sicher ziemlich respektlos, wenn ich mich in sein Leben einmischen würde. Ich hätte allerdings gern, dass auch er sich weniger in meines einmischt.

Ein paar Minuten später steht Amir neben mir, fertig angezogen mit Jeans und Turnschuhen, und nimmt mir die Decke weg.

»Morgen! Zeit für die Schule!«, ruft er. »In der Küche gibt es noch Kaffee.«

Ich drehe das Gesicht weg und lege mich auf den Bauch.

»Mir geht's nicht gut«, sage ich.

»Was ist los? Keine Lust auf Schule?«

»Doch«, beteuere ich, »aber mein Kopf tut weh.«

»Ach, der Kopf mal wieder!«, sagt Amir und schnalzt abfällig mit der Zunge.

Dann schmeißt er die Decke auf mich und geht. Nachdem die Tür ins Schloss gefallen ist, stehe ich auf und gehe erleichtert in die Küche, um mir einen Kaffee zu holen. Plötzlich höre ich den Schlüssel wieder im Schloss. Amir kommt in die Küche gelaufen und hält mir seinen Zeigefinger vors Gesicht. Die Augen hat er zu schmalen Schlitzen zusammengekniffen.

»Glaub ja nicht, dass du mich verarschen kannst!«, sagt er. Dann geht er endgültig.

6

Ich lege mich zurück ins Bett und denke an den Tag, an dem meine ganze Misere begonnen hat. An den Tag, als der Krieg nach Homs kam, der Anfang vom Ende unseres Lebens dort.

Es war ein Freitag, der muslimische Feiertag. Vater ging wie jede Woche in die Chaled-Ibn-al-Walid-Moschee[1] in der Nähe von unserem Haus, um dort zu beten. Manchmal nahm er mich mit. So auch an diesem Freitag im März 2011. Vor der berühmten Moschee war eine große Demonstration geplant.

Ein paar Tage zuvor war in Dara'a, im Süden des Landes, eine Gruppe Schüler verhaftet worden, alle um die 15 Jahre alt. Sie hatten an mehrere Mauern der Stadt den Spruch gesprüht: »Das Volk will den Sturz des Regimes.« Dafür wurden sie verhaftet und, so hatten wir gehört, auf der Polizeistation gefoltert. Nicht nur in Dara'a, auch in Homs gingen danach die Menschen auf die Straße.

Demonstranten in vier Städten Syriens hatten diesen Freitag zum »Tag der Würde« ernannt, in der Hauptstadt

---

[1] Die Moschee ist benannt nach Chaled Ibn al-Walid, dem Heerführer und Gefährten des Propheten Mohammed. In der Moschee ist sein Grab.

Damaskus, in Dara'a im Süden, in Banias an der Küste und eben in Homs.

Mein Vater und ich betraten die Moschee durch den Innenhof mit dem schwarz-weiß gestreiften Boden. Ich liebte diesen Ort, es war so ruhig hier, der Lärm von der Straße drang kaum durch die hohen Mauern, die den Hof umgaben. In der Mitte plätscherte ein Springbrunnen. Die große Kuppel im Innern des Gebäudes erstrahlte in grünem Licht, von der Decke hingen riesige Kristallleuchter, auf dem Boden lagen weiche rote Ornamentteppiche. Schon als kleiner Junge mochte ich das Gefühl, strumpfsockig auf die Teppiche zu treten. Ich fand es noch schöner, als barfuß auf weichem Gras zu laufen.

Die Männer saßen vor dem Gebet zu Hunderten in kleinen Gruppen beieinander auf dem Teppich. An diesem Mittag sprachen sie von nichts anderem als den Demonstrationen.

»Der Muchabarat[2] wird nicht einfach ruhig zusehen, wenn wir auf die Straße ziehen und ›Nieder mit Assad‹ rufen«, sagte mein Vater.

»Bist du kein Mann?«, mischte sich sein Freund Abdulrahman ein.

»Wer Blut in den Adern hat, der geht auf die Straße!«, pflichtete ihm ein Mann neben Abdulrahman bei.

»Aber es ist zu gefährlich!«, sagte mein Vater. »Habt ihr vergessen, was Assads Vater mit seinen Feinden getan hat? Er ließ sie in seinen Kerkern verschwinden!«

---

2 Muchabarat ist der Oberbegriff für den syrischen Geheimdienst. Insgesamt gibt es vier verschiedene Geheimdienste.

Ich schämte mich für meinen Vater, der mir in diesem Moment feige vorkam. Immer hatte er Bedenken. Die anderen Männer erschienen mir viel mutiger. Ich wollte lieber so sein wie sie.

Die Männer diskutierten weiter.

»Unsere arabischen Brüder in Kairo haben es auch geschafft«, sagte Abdulrahman. »Sie haben Mubarak einfach aus dem Amt gejagt.«

»Und denk an Tunesien und Libyen«, sagte ein anderer Mann. »Alle wehren sich, sollen wir Syrer als die größten Angsthasen in die Geschichte eingehen?«

»Nein«, sagte mein Vater. »Es stimmt, Mubarak ist weg. Aber Mubarak ist nicht Assad und das ägyptische Militär ist ein Wohlfahrtsverband im Vergleich zu Assads Armeen.«

»Unsinn«, schaltete sich ein anderer Mann ein. »Assad wird sich dem Druck der Straße beugen müssen. Er kann uns doch nicht alle erschießen.«

»Wir sind zu viele!«, pflichtete ihm Abdulrahman bei.

Wie wenig wir doch damals wussten! Wir ahnten nicht, was noch alles kommen würde.

Nach dem Gebet gingen wir also auch auf die Straße. Ich spürte die Angst, die mein Vater hatte. Er legte den Arm um meine Schultern und zog mich fest an sich. Am liebsten wäre er direkt nach Hause gegangen, das wusste ich, aber der Druck der andern war zu groß. Er wollte nicht als Feigling dastehen.

Ich fand alles, was an diesem Nachmittag um mich herum passierte, unglaublich aufregend. Ich spürte, wie mein Herz schneller schlug und sich auf meinem Gesicht ein erwartungsfrohes Grinsen abzeichnete.

Wir waren Hunderte von Männern, ich kam mir sehr erwachsen vor, wie einer von ihnen. Gemeinsam zogen wir durch den Garten vor der Moschee auf die Hama-Straße. Die Organisatoren hatten weiße Transparente aus Bettlaken gemacht, darauf standen unsere Losungen: »Das Volk will den Sturz des Regimes« und auf einem einfach nur »Freiheit«.

Jemand hatte ein Megafon dabei und rief »Nieder mit Assad« und »Allahu Akbar« – Gott ist groß. Wir hakten uns an den Armen unter und liefen gemeinsam wie ein unverwundbarer Block. Alle waren begeistert und lachten, nur mein Vater war still und blickte sich misstrauisch um.

Wir liefen bis zum Märtyrer-Platz mit der alten Turmuhr. Die Autos hielten an, um uns durchzulassen.

Immer mehr schlossen sich uns an und schließlich erreichten wir den zentralen Platz. Auf einmal hörte ich Schreie und die Leute begannen, zurückzuweichen. Es dauerte, bis ich begriff, dass Polizisten von den Rändern her auf den Platz drängten und auf die Demonstranten losgingen. Sie holten ihre Stöcke raus und schlugen einfach auf die Menschen ein. Nicht weit von uns entfernt fiel ein Mann zu Boden, auf den traten die Uniformierten noch ein, dann fesselten sie ihm die Arme auf den Rücken, zwei oder drei Polizisten kamen nach und zogen ihn raus. Schon packte sich die Polizei den nächsten.

Ein Tumult brach unter uns Demonstranten los, einige liefen auf die Polizisten zu und versuchten, die Gefesselten wieder zu befreien. Es kam zu Schlägereien, ich sah Männer mit blutenden Platzwunden davoneilen.

»Weg hier!«, rief mein Vater und zog mich am Arm. Viele versuchten jetzt zu fliehen. Wir rannten einfach den anderen hinterher, so schnell wie möglich weg vom Märtyrerplatz. Ich konnte sehen, dass die Polizisten Gefesselte am Rand des Platzes am Boden aufgereiht hatten. Durch die Straßen heulten Sirenen. Alle schrien durcheinander.

Beinahe wurden wir getrennt, aber mein Vater ließ meinen Arm nicht los.

»Komm, Karim, schneller!«, rief er mir zu.

Meine Lungen brannten, immer wieder stolperte ich, dann riss mich mein Vater hoch. Schließlich kamen wir in unserem Viertel an, weit genug weg von den Polizisten. Hier waren wir in Sicherheit.

Vor unserem Haus blieben wir stehen und bückten uns nach unten, stützten die Hände auf den Oberschenkeln auf und versuchten, Luft zu bekommen. Mein Vater keuchte wie ein altes Pferd.

»Von nun an hältst du dich von Demos fern!«, stieß er zwischen zwei Atemzügen hervor.

Später erfuhren wir, wie es in den andern Städten ausgegangen war. In Dara'a hatte die Polizei Wasserwerfer aufgefahren und so versucht, die Leute zu zerstreuen. Dann eröffnete sie das Feuer und schoss in die Menge, einige starben dabei, Hunderte wurden verhaftet. Aber auch sieben Polizisten kamen ums Leben.

Das war die Geburtsstunde des Krieges, auch wenn wir damals noch nicht wussten, dass es so weit kommen würde. Wir hatten tatsächlich geglaubt, dass unsere Proteste Erfolg haben würden. Schließlich waren wir so viele im ganzen Land, wir fühlten uns stark.

In Kairo auf dem Tahir-Platz hatten die Demonstranten schließlich auch den Sturz ihres Diktators Mubarak erreicht. Und in Tunesien hatten sie Ben Ali hinweggefegt. Warum sollten wir es in Syrien also nicht schaffen, den verhassten Diktator Baschar al-Assad zu stürzen? Alles schien möglich in diesen Frühlingstagen des Jahres 2011.

Von diesem Tag an hörten die Demonstrationen nicht mehr auf. Jeden Tag gingen Menschen auf die Straße.

Mein Vater hatte mir verboten, zu den Protesten zu gehen. Aber viele aus meiner Klasse waren dabei.

Die Leute, die die Demos organisierten, kamen zu unserer Schule und redeten vor dem Tor auf uns ein.

»Ihr müsst mitmachen!«, sagten die jungen Männer. »Das ist unsere Chance! Der arabische Frühling wird auch in Syrien einziehen!«

Sie verteilten Flugblätter, und nach ein paar Tagen gründeten sich auch an unserer Schule Gruppen, die die Proteste organisierten.

In den ersten Tagen gingen Hischam und ich nach der Schule heimlich zu den Demonstrationen. Vater erzählte ich, wir gingen zum Fußballspielen.

Es war ein großartiges Gefühl. Ich kann mich noch an dieses nervöse Kribbeln in meinen Armen und Beinen erinnern, wenn wir zu Hunderten auf der Straße standen und »Assad, hau ab!« riefen und vor uns die Polizisten sahen, ohne zu wissen, was als Nächstes geschehen würde.

Wir fühlten uns erwachsen und unverwundbar. Ich spürte, wie das Adrenalin durch meinen Körper pumpte und mich hellwach machte. Ich war aufgekratzt, lachte und fühlte mich so lebendig wie nie. Ich hatte keine Angst.

Wir lachten über die Polizisten und die Soldaten in ihren olivgrünen Uniformen, wir riefen ihnen Schimpfwörter zu, um sie nervös zu machen. Und wenn sie sich dann zu uns umdrehten, um herauszufinden, wer das gerufen hatte, hauten wir ab. Wir wussten, dass wir schnell sein mussten, weil es sein konnte, dass sie schossen.

Ich war damals, als die Proteste begannen, erst zwölf Jahre alt. Und auch wenn meine Eltern glaubten, ich sei noch ein Kind, wusste ich sehr genau, wogegen wir demonstrierten. Eigentlich wussten ja selbst Kinder, wer Baschar al-Assad war: ein Diktator, dessen Namen man nur heimlich aussprechen durfte. Gegen den man nie etwas sagen durfte, weil seine Spitzel überall waren und diejenigen verhafteten, die schlecht über ihn sprachen. Ich kann mich sogar erinnern, dass mir Vater einmal die Hand auf den Mund gelegt hatte, als ich etwas über Baschar al-Assad fragte.

Bei uns in Syrien lernen die Kinder, dass an erster Stelle Gott steht und gleich danach an zweiter Stelle Baschar al-Assad.

Ich wusste auch, dass ich mich in Acht nehmen musste, wenn ich einen Polizisten sah oder einen vom Geheimdienst. Ich verstand, was es bedeutete, in einer Diktatur zu leben.

Wenn meine Eltern zur Behörde gingen, um zum Beispiel einen neuen Ausweis zu bekommen, gaben sie dem Beamten immer Schmiergeld. Jeder wusste, dass man den Ausweis sonst nie bekam.

Mein Freund Hischam hatte mir einmal erzählt, wie ihn ein junger Polizist auf der Straße angesprochen hatte, als

Hischam auf seinem neuen Handy herumtippte. Der Polizist war vielleicht 25, trug die senfgelbe Uniform mit der dazugehörigen Schirmmütze auf dem Kopf. In seinem Halfter steckte eine Pistole. Seine Hand stützte er wie zufällig auf den Knauf der Waffe. Er kam auf Hischam zu und verzog seinen Mund mit zusammengebissenen Zähnen zu einem Lächeln.

»Das ist aber ein schönes Handy, gibst du es mir?«, sagte der Polizist zu Hischam.

Hischam trat empört über diese Frage einen Schritt zurück.

»Nein, warum? Das ist meins!«

Der Polizist kam näher und blickte ihm direkt in die Augen.

»Das macht mich aber traurig«, sagte er und verzog den Mund wieder zu seinem kalten Lächeln. »Du willst doch nicht, dass ich dich traurig mache, Junge, oder?«

Hischam blickte verstohlen auf die Pistole des Mannes, dann gab er ihm das neue Handy und rannte davon.

Mein Vater hatte mit seiner Firma auch immer wieder Ärger mit den Behörden.

Er stellte Maschinen her, mit denen man Marmor schneidet, die verkaufte er in alle möglichen Länder, vor allem nach Jordanien und Saudi-Arabien. Er reparierte auch solche Maschinen, wenn etwas an ihnen kaputt war.

Mein Vater hatte seine Firma in einem zweistöckigen Flachbau in der Nähe unserer Wohnung. Oben im ersten Stock war das Büro, unten die Werkstatt. Er hatte drei Angestellte, die für ihn arbeiteten. Manchmal half ich ihm dort in den Schulferien. Ich reichte ihm beim Reparieren das passende Werkzeug. Einmal arbeitete ich auch an einer Schleifmaschine, ich schliff ein Metall-Ersatzteil für den Marmor-Schneider. Ich mochte die Arbeit nicht besonders gern, am Abend ist man voll silbernem Metallstaub, der hängt überall, auch in den Haaren. Und die Hände werden ganz schwarz davon.

Einmal musste mein Vater die Lizenz für seine Firma im Rathaus erneuern lassen. Dafür musste er bestimmte Papiere ausfüllen, und Beamte der Stadt kamen, um sich in der Firma alles genau anzusehen. Immer wieder sollte mein Vater für die Genehmigung neue Papiere nachliefern.

Ich war zufällig dabei, als zwei der Männer in die Firma kamen. Man hätte die beiden für Zwillinge halten können. Sie waren um die 50, klein, mit dichten Schnauzern und Kugelbäuchen, um die sich ihre Hemden spannten. Sie trugen aus der Mode gekommene Anzüge mit breitem Revers, der eine in Blau, der andere in Beige, keine Krawatten, dafür polierte Lederschuhe.

Ich sah, wie sie mit meinem Vater von Maschine zu Maschine gingen, hie und da sahen sie sich etwas genauer an. Dann gingen sie mit meinem Vater hoch in sein Büro. Er wirkte nervös und stieß beim Servieren des Tees ein Glas um.

Als die Männer wieder gegangen waren, sah mein Vater ganz grau aus im Gesicht. Er zwirbelte mit den Fingern abwesend in seinem Schnauzbart und stieß einen Seufzer aus.

»Was wollen sie denn von dir?«, fragte ich meinen Vater.

»Immer etwas anderes, mein Sohn«, antwortete mein

Vater, »Bilanzen, Belege, einen Auszug aus der Kundenkartei.«

Er seufzte noch einmal tief.

»Aber davon verstehst du noch nichts, mein Junge.«

Er lächelte mich an und klopfte mir auf die Schulter.

»Doch«, sagte ich, »ich verstehe schon, was da läuft. Sie wollen es dir besonders schwer machen.«

Mein Vater zwinkerte mir zu und tätschelte mir anerkennend die Wange. Ich mochte es gar nicht, wenn er so tat, als sei ich noch ein Kind.

»Und soll ich dir sagen, warum?«, fragte er.

»Ja!«

»Die wollen Geld. Die wollen sich das in die eigene Tasche stopfen. Dann geht das mit der Genehmigung plötzlich ganz schnell.«

»Und wenn du ihnen kein Geld gibst?«, wollte ich wissen.

»Dann kommen sie wieder, suchen in der Firma nach irgendeinem kleinen Grund, um dir Ärger zu machen. Den blasen sie dann ganz groß auf, und wenn du Pech hast, machen sie deine Firma zu.«

Die beiden Männer waren danach noch einmal in seiner Firma.

An jenem Morgen sah ich, wie mein Vater nach dem Frühstück einige Banknoten in einen Umschlag tat und ihn dann in die Innentasche seines Jacketts steckte.

Danach hatte mein Vater die Genehmigung von der Stadtverwaltung und die zwei kamen nicht mehr wieder.

Meine Eltern hatten immer schon etwas gegen Baschar al-Assad, wie fast alle in unserer Nachbarschaft. Das habe ich auch als Kind gespürt. Alle haben ihre Wut über Jahrzehnte in sich hineingefressen. Es brauchte nur einen kleinen Anlass, um sie herauszulassen.

Und der Anlass waren die Demonstrationen im Frühjahr 2011.

7

Meine Stadt Homs wurde schnell zu einem der Zentren des Widerstands. Homs ist die drittgrößte Stadt in Syrien, zwei Millionen Menschen lebten damals dort, die Hälfte Sunniten, wie meine Familie, 20 Prozent Alawiten, das ist die Konfession, der auch der Clan des Diktators Baschar al-Assad angehört. Beide, Sunniten und Alawiten, sind Muslime, aber sie legen ihren Glauben unterschiedlich aus, ähnlich wie Katholiken und Protestanten im Christentum.

Anfangs war der Aufstand in Syrien vor allem einer des unterdrückten Volkes gegen den Diktator, aber mit den Monaten wurde er immer mehr auch ein Krieg der herrschenden Alawiten gegen den Rest der Bevölkerung.

In Al-Kussur, wo ich mit meiner Familie lebte, war es besonders schlimm. Fast alle hier waren Sunniten, Al-Kussur wurde zu einem der Zentren des Aufstands. Für Assad war Al-Kussur ein Widerstandsnest, und alle, die hier wohnten, waren für ihn Feinde.

Bald wurde auf Demonstranten geschossen, Leute wurden verhaftet und gefoltert. Aber die Leute protestierten trotzdem weiter. Uns haben sie zum Glück nie erwischt.

Schließlich schickte Assad die Armee. Eines Morgens, als ich zur Schule ging, stand davor plötzlich so ein riesiger olivgrüner Panzer mit einem langen Zielrohr, das direkt auf die Schule gerichtet war. Zunächst stand er nur zur Warnung da.

Aber das hielt die Schüler nicht ab, weiter gegen den Diktator auf die Straße zu gehen. Der Hass auf Assad war zu groß.

Die Demonstrationen fanden draußen vor dem Tor der Schule statt, manchmal gab es keinen Unterricht, weil die Schüler alle demonstrierten. »Weg mit Assad«, riefen wir. »Stoppt das Töten« oder »Wir wollen Freiheit« waren unsere Slogans. Es war ein großartiges Gefühl, zu dieser rebellischen Menge zu gehören. Endlich trauten wir uns, aufzubegehren, endlich würde die Unterdrückung ein Ende haben. Zumindest glaubten wir das.

Nicht nur an der Schule veränderte sich schon nach wenigen Wochen alles, der Unterricht fiel immer öfter aus. Auch auf den Straßen hielt der Krieg Einzug.

Anfangs hatte das Militär nur ein paar Checkpoints in unserer Nachbarschaft errichtet, an den Hauptstraßen, die nach Al-Kussur hineinführten. Dort riegelte das Militär die Straßen mit Ölfässern und Autoreifen ab, um die Leute kontrollieren zu können, die rein und raus wollten. Vor allem junge Männer, die in Al-Kussur wohnten, riskierten, verhaftet zu werden. Es reichte schon, wenn im Personalausweis eine Adresse in Al-Kussur stand, dann galt man als Rebell oder zumindest als Unterstützer der Rebellen. Und jeder von uns wusste, was es hieß, verhaftet zu werden: Wenn man Glück hatte, wurde man nur geschlagen. Wenn man Pech hatte, gefoltert. Wer verhaftet wurde, verschwand manchmal tagelang, ohne dass die Familie wusste, wo er sich befand. Wenn die Familie dann irgendwie in Erfahrung brachte, in welchem Gefängnis der Bruder, Vater oder Ehemann saß, kamen manche Männer gegen eine Geldzahlung frei. Andere blieben für immer verschwunden.

Man wusste an diesen Checkpoints nie, ob man durchkam oder nicht. Es war reine Willkür, wenn ein Mann Pech hatte, wurde er verhaftet. Die Rebellen waren in der Regel Männer, deshalb war das Regime vor allem hinter ihnen her.

Ein Checkpoint war ganz in der Nähe unserer Schule, nur ein paar hundert Meter entfernt. Zum Glück mussten wir ihn nicht passieren, wir kamen aus einer anderen Richtung zur Schule. Anfangs, als wir uns das noch trauten, gingen Hischam und ich manchmal hinter einer Hausmauer in Deckung und warfen Steine auf die Soldaten dort. Wenn sie sich dann umdrehten und suchten, woher der Stein gekommen war, rannten wir schnell davon. Wir glaubten, sie könnten uns nicht erwischen.

Als die Demonstrationen nicht aufhörten, fiel das Militär immer wieder in unser Viertel ein. Sie kamen mit Panzern und auch mit Mannschaftswagen. Dann gingen die Türen der Wagen auf, und Dutzende bewaffnete Soldaten strömten in die Straße, sie legten an und schossen auf die Demonstranten, dann liefen sie weiter und verfolgten diejenigen, die zu flüchten versuchten. Und wenn sie nicht schossen, durchsuchten sie Häuser und verhafteten junge Männer, von denen sie glaubten, dass sie die Aufstände mit organisierten.

Aber all das konnte die Rebellion nicht beenden. Anstatt dass die Menschen aufgaben, gründeten sie Bürgerwehren, die ihre Straßenzüge gegen die Armee verteidigten. Mein Vater ließ mich schon damals kaum mehr auf die Straße, aus Angst, dass mir etwas zustoßen könnte. Aber von unserem Balkon aus sah ich nachts die jungen Männer, die sich Schals um das Gesicht gewickelt hatten, damit sie keiner erkennen konnte. Sie waren mit Steinen und Messern bewaffnet und zogen los, um gegen die Armee zu kämpfen, die Nacht für Nacht auf die Jagd nach Rebellen ging. Mal behielten die Rebellen in einem Viertel die Oberhand und mal die Soldaten der Armee.

Die Bürgerwehren riegelten Straßen ab, indem sie ihre Autos quer stellten. Sie schoben Müllcontainer zu Barrikaden zusammen und verkeilten herausgerissene Strommasten darin. Außerdem sorgten sie dafür, dass die Beleuchtung nachts abgeschaltet war, damit Assads Scharfschützen nicht zielen konnten.

Wenn ich jetzt abends aus dem Fenster sah, war es draußen stockdunkel. Aber ich hörte die Schüsse, die durch die Nacht pfiffen.

Mein Vater ließ mich nur noch ungern zur Schule, ich musste betteln, damit ich gehen durfte. An manchen Tagen, wenn die Schüsse durch die Straßen hallten, ließ er mich gar nicht gehen. Aber ich wollte hin. Ich wollte dazugehören zu den Protestierern. Ich wollte nicht als Feigling dastehen, der zusah, wie die anderen starben, um Freiheit für uns zu erringen.

Eines Tages war eine sehr große Demonstration vor unserer Schule geplant. Es sollte der Tag sein, an dem ich meine

Schule in Homs zum letzten Mal besuchte. Jener 13. September 2011, an dem um elf Uhr ein Panzergeschoss unsere Schule traf und Hischam und ich vom lauten Knall hochgerissen wurden und nur durch viel Glück fliehen konnten. Damals legte das Militär unsere Schule in Schutt und Asche.

Assads Soldaten kannten kein Halten mehr. Sie griffen auch Geschäfte an. Erst schossen sie, dann plünderten sie und nahmen alles mit, was sie tragen konnten. Schließlich zündeten sie die Geschäfte an.

Unsere Straße verwandelte sich in einen Kriegsschauplatz. Die Eingänge zu den ausgebrannten Läden waren schwarz verrußt. Fassadenteile lagen auf der Straße. Überall konnten wir die Einschusslöcher sehen. Die Müllabfuhr, die ja zur Stadtverwaltung, also zum Regime gehörte, kam nicht mehr in unser Viertel. Erst stapelte sich der Müll in den Straßen, es begann zu stinken, dann kamen die Ratten. Also begannen wir unseren Müll selbst zu verbrennen. Überall loderten die Haufen und das Viertel war in Rauch und Gestank gehüllt.

Die Männer in der Bürgerwehr waren jetzt nicht mehr nur mit Messern und Steinen bewaffnet. Sondern mit Gewehren, Panzerabwehrwaffen und Granaten. Die »Freie Syrische Armee« (FSA) hatte sich im Juli 2011 gegründet. Soldaten desertierten aus der regulären Armee Assads und liefen zur FSA über, ebenso Geheimdienstleute, die dem Diktator nicht mehr die Treue halten wollten. Die FSA bekam außerdem Geld und Waffen aus dem Ausland, aus Katar im Arabischen Golf, aus Libyen und Saudi-Arabien. Nun war aus dem Aufstand ein Bürgerkrieg geworden.

Nicht nur in Homs, auch in anderen Städten wie Dara'a, Duma und in Teilen von Damaskus.

Das Geräusch von Gewehrschüssen war von nun an unser ständiger Begleiter. Ich werde dieses Geräusch nie vergessen. Erst hörst du nur ein Zischen, und dann hörst du den Einschlag der Kugel, ein dumpfes »wumms«, wenn sie etwas Festes trifft. Wenn sie einen Menschen trifft, hörst du seine Schreie.

Einmal hörte ich dieses Zischen ganz nah an meinem Ohr. Ich war mit meiner Familie für ein paar Tage bei einem Cousin meiner Mutter zu Besuch. Er hatte Geburtstag, und weil es nach der Feier wegen der Kämpfe auf den Straßen zu gefährlich war, nach Hause zurückzukehren, blieben wir bei ihm. Nachts waren wir sowieso die meiste Zeit wach, weil wir nicht schlafen konnten wegen der Schießereien. Wir saßen lange zusammen und unterhielten uns. Wir fühlten uns sicherer, wenn wir miteinander redeten, anstatt wach und voller Angst im Bett zu liegen. Schließlich schliefen wir gegen zwei oder drei Uhr doch ein.

Ich erwachte wieder, kurz bevor die Sonne aufging. Der Himmel vor dem Fenster erstrahlte in frischem Gelb und Rosa. Die Sonne war noch nicht am Horizont zu sehen, aber dieses Schauspiel, wie sich der grelle Ball langsam nach oben schob, wollte ich nicht verpassen. Also ging ich auf den Balkon. Trotz allem freute ich mich auf diesen neuen Tag.

Plötzlich hörte ich das Zischen einer Kugel. Ganz nah an meinem Ohr. Das Geräusch durchfuhr mich wie ein Stromschlag. Insgeheim wartete ich schon auf den Schmerz des

Einschlags, ohne zu wissen, wie er sich anfühlen würde. Wie ferngesteuert stürzte ich nach drinnen und warf mich hinter die Wand neben der Tür. Dort kauerte ich, noch immer unsicher, ob ich getroffen war oder nicht. Wo blieb der Schmerz? Ich war wie gelähmt, spürte nichts, aber ich erinnere mich, dass ich sah, wie auf meinem rechten Arm die Härchen nach oben standen. Jedes einzelne ragte wie ein Stachel in die Luft. Als sei ich elektrisch geladen.

Aufgeweckt von dem Schuss, stürzten alle herbei, meine Mutter schüttelte mich an den Schultern und schrie.

»Karim, Karim. Bist du verletzt?«

Ich sah ihre vor Angst weit aufgerissenen Augen, aber ich konnte nicht reden. Ich konnte sie nicht beruhigen.

»Sag doch etwas!«, rief mein Vater und patschte mir mit der Hand ins Gesicht. Meine Mutter schlug seine Hand weg. Dann mischte sich ihr Cousin ein und suchte meinen Körper nach einer Verletzung ab.

»Er ist nicht getroffen«, sagte er schließlich, »er steht nur unter Schock.«

»Sieh nur, wie gelb er im Gesicht ist!«, rief meine Mutter und streichelte mir über die Wange.

»Seine Haare am Kopf stehen nach oben«, sagte meine Schwester voller Angst.

Ich muss sehr eigenartig ausgesehen haben. Meine Mutter streichelte mich weiter. Mein Vater schüttelte mich immer wieder an der Schulter. Ich wollte etwas sagen, aber ich konnte nicht. Ich fühlte mich wie in einem dieser Albträume, in dem man sprechen will, aber die Lippen sich nicht bewegen. Mein Körper gehorchte mir nicht. Dieser Zustand dauerte etwa eine Viertelstunde an.

»Wasser, bitte«, war mein erster Satz.

Meine Mutter fiel mir um den Hals.

Kurz darauf verlor ich zum ersten Mal einen Freund.

Asis wohnte im Haus gegenüber. Wenn ich auf unseren Balkon im dritten Stock trat, konnte ich auf seinen Balkon hinübersehen. Manchmal riefen wir uns über die Straße hinweg zu und verabredeten uns unten zum Fußballspielen. Asis war etwas älter als ich, dafür aber kleiner. Er hatte wilde, dunkle Locken, die ihm immer ins Gesicht hingen. Manchmal zog ich ihn damit auf, dass er den Ball nicht sehen könnte, weil ihm die Haare wie ein Vorhang vor den Augen hingen. Asis war der einzige Sohn seiner Eltern, sie hatten außer ihm noch drei Töchter.

Eines Morgens machte er sich auf den Weg zum Friseur – etwas, was er selten tat. Ich sah nicht, wie er das Haus verließ. Aber ich hörte die Schüsse, die durch die Luft peitschten. Direkt vor unserem Haus.

Ich lugte vorsichtig durch unsere Balkontür und sah, wie Asis unten auf dem Boden lag, die Beine eigenartig verrenkt, den Kopf an die Hauswand gestützt und die Augen offen. Ich sah Blut aus seinem Bauch laufen. Er war noch am Leben, er bewegte immer wieder die Hand nach oben, ein Stöhnen drang aus seinem Mund. Ich sah, wie sein Vater unten aus der Haustür stürzte, ein Scharfschütze muss ihn beobachtet haben. Sofort fiel ein weiterer Schuss, der Vater zog sich schnell zurück in den Hauseingang. Mehrere Männer und auch Asis' Mutter standen dicht gedrängt hinter ihm.

»Asis, Asis!«, schrie die Mutter mit heiserer, erstickter Stimme. »Mein Sohn, holt mir meinen Sohn.«

Mehrere Männer mussten sie zurückhalten.

Der Vater versuchte wieder zu seinem Sohn zu gelangen, der noch immer da lag, schwer atmend, das Gesicht ausdruckslos. Als habe er sich seinem Schicksal ergeben wie ein schrotwundes Tier. Der Vater trat einen Schritt nach draußen, sofort fiel wieder ein Schuss.

Wir konnten den Scharfschützen nicht sehen, aber er hatte alles im Blick. Es war klar, wenn der Vater seinen Sohn retten würde, wäre er tot.

Die Männer unten berieten, was sie tun könnten, ich hörte nicht, was sie sprachen, weil die Mutter so laut schrie. Sie hörte nicht mehr auf.

»Asis! Mein Sohn!«

Ich hielt mir die Ohren zu, weil ich es nicht mehr ertragen konnte.

Die Männer um Asis' Vater herum gestikulierten wild, dann zog einer ein Handy heraus, vielleicht wollte er einen Krankenwagen alarmieren. Aber auch den würden die Soldaten nicht durchlassen. Wer den Opfern des Regimes half, wurde selbst zur Zielscheibe, das wussten wir.

Ich saß wie angewurzelt vor dem Fenster und starrte auf meinen Freund, der da unten lag und dem ich nicht helfen konnte. Immer wieder hob er die Hand, wie zu einem schwachen Gruß.

Mir liefen Tränen die Wangen herunter, ich zitterte. Warum nur war er ausgerechnet heute auf dem Weg zum Friseur?

Es hätte genauso gut mich treffen können.

Dann kam meine Mutter und zog mich vom Fenster weg. In dem Moment hörte ich noch einen Schuss. Es war, wie

ich später erfahren sollte, der Gnadenschuss. Der Scharfschütze hatte Asis nun endgültig getötet.

Kurz darauf begann Assad die Innenstadt von Homs zu
belagern. Zuerst merkten wir nicht viel davon, weil wir ja
auch zuvor unser Viertel kaum verließen, aus Angst, an
einem der Checkpoints verhaftet zu werden. Aber dann
wurde das Essen immer teurer. Mein Vater, der sich um
die Einkäufe kümmerte, war nun oft stundenlang weg und
musste sich in den Läden in lange Schlangen einreihen. An
manchen Tagen gab es kein Brot mehr. Aber er kam nie
ohne etwas zu essen zurück. Andere Familien, die Kleinkinder oder Babys hatten, traf die Belagerung viel härter, es
gab fast keine Babynahrung oder Pulvermilch mehr. Man
bekam das nur noch auf dem Schwarzmarkt zu überhöhten
Preisen, oder wenn man das Glück hatte, von einer Hilfslie-
ferung zu profitieren.

Immer mehr Menschen außerhalb von Homs sympathi-
sierten mit uns, sie luden in Damaskus ihren Kofferraum
mit Babynahrung voll und brachten sie auf geheimen Wegen nach Homs. Die Übergabe fand irgendwo in Waldstü-
cken statt. Diese Leute riskierten ihr Leben. Später habe ich
von Männern und Frauen aus Damaskus gehört, die sterben mussten, weil sie versuchten, uns mit Medikamenten
und Pulvermilch zu versorgen. Sie wurden entweder erschossen oder verhaftet und verschwanden in einem von
Assads Kerkern.

Selbst Karottenbrei für Babys nach Homs zu bringen,
war für Assad also ein Verbrechen. Denn damit unter-
stützte man aus seiner Sicht ja die zukünftigen Rebellen.

Mit den Monaten wurde es in Al-Kussur immer gefährlicher, auf die Straße zu gehen. Man wusste nie, wo gerade ein Scharfschütze des Regimes stand. Einmal schossen in unserer Straße Polizisten auf meinen Vater und meine Schwester, als sie vom Einkaufen zurückkamen. Es ist ein Wunder, dass sie nicht getroffen wurden und noch am Leben sind.

In Homs gab es an manchen Stellen Tafeln, die die Bewohner aufgestellt hatten mit der Warnung: »Achtung, Scharfschützen. Gehen Sie hier nicht durch.«

Wenn Assads Scharfschützen nicht auf Menschen feuerten, dann mit Vorliebe auf die Dieseltanks oben auf den Dächern der Häuser, in kürzester Zeit brannte das ganze Dach, und es war extrem schwer, diese Brände wieder zu löschen.

Mutter, du wolltest mich immer beschützen und fernhalten von dem, was da draußen auf der Straße passierte. Du hattest Angst um mich.

Aber ich habe natürlich kapiert, was da vor sich ging. Und all das steigerte nur meine Wut gegen das Regime. Man konnte in diesen Tagen jedes Kind auf der Straße fragen, und es wusste, wie schlimm Baschar al-Assad war. »Assad tötet Babys«, das war allen bekannt.

Einmal geriet ich eher zufällig in eine Demonstration. Ich trug noch mein Barcelona-Trikot, weil ich gerade mit Freunden auf der Straße Fußball gespielt hatte – und Barcelona ist mein Lieblingsverein. Als ich zurück nach Hause ging, sah ich, wie sie vor einem Einkaufszentrum eine Bühne aufgebaut hatten. Überall wehten die schwarz-weiß-grünen Fahnen des Freien Syriens, das Symbol des Aufstands.

Vorne auf der Bühne standen ein paar Männer, auch Kinder waren dabei, einer sang vor und wir setzten beim Refrain alle ein. Wir bildeten lange Reihen, jeder hatte die Arme um die Schultern seiner Nachbarn links und rechts gelegt, und so wogte die ganze Masse hin und her.

Später habe ich das Video im Internet gefunden, man sieht mich deutlich in meinem weinrot-blau gestreiften Trikot. Es war ein so fröhlicher Tag, ich sang und tanzte mit den andern, wir fühlten uns so stark.

Es war ein trügerisches Gefühl. Das sollte meine Familie schon bald auf schmerzhafte Weise zu spüren bekommen.

Eines Tages kamen ein Dutzend Polizisten zum Haus meiner älteren Schwester Dina. Sie erzählte uns später, dass die Beamten ihre Mannschaftswagen unten auf der Straße geparkt hatten und dann die Tür des Gebäudes eintraten. Sie liefen durchs Haus und hämmerten gegen die Wohnungstüren.

»Aufmachen!«, schrien sie.

Dann begannen sie die Wohnungen zu durchkämmen, auf der Suche nach Männern, die sich an den Demonstrationen beteiligt hatten.

Meine Schwester, die den Lärm und die Schreie der Polizisten und ihrer Nachbarn hörte, bekam fürchterliche Angst und rief ihren Mann Abdul an, der gerade in der Arbeit war. Sie war mit ihrer kleinen Tochter alleine zu Hause.

»Komm schnell, die Polizei ist da!«, rief sie ins Telefon.

Als Abdul kurz darauf nach Hause kam, hing die Tür unten schief in den Angeln, er hörte die Polizisten durch das Treppenhaus poltern. In seiner Wohnung fand er Dina, wie sie weinend in einer Ecke hinter dem Sofa kauerte, sie hielt ihre schreiende Tochter in den Armen, die Kleine war hysterisch vor Angst.

Dann kamen die Polizisten auch zu ihrer Wohnung. Als sie an die Tür hämmerten, öffnete Abdul ihnen.

»Warum tut ihr so was?«, sagte er. »Schämt ihr euch nicht? Kennt ihr keinen Gott?«

»Du wagst es!«, schrie ihn einer der Polizisten an und schlug mit seinem Stock auf ihn ein. Zwei andere packten ihn und zerrten ihn hinaus. Dina schrie, aber das hielt die Polizisten nicht ab. Sie schleiften Abdul die Treppe hinunter und warfen ihn in den Mannschaftswagen, dort verbanden sie ihm die Augen und fesselten ihm die Arme hinter dem Rücken mit Plastikkabeln.

Dann brachten sie ihn in eine Zelle in der Polizeistation. Sie schlugen immer wieder mit Stöcken auf ihn ein und beschimpften ihn. Abdul konnte nichts sehen, aber er spürte, dass in der Zelle viele andere Männer waren, er hörte ihr Stöhnen, er roch ihren Schweiß und ihr Blut. Dann zogen die Polizisten seine Arme nach oben und banden ihn an einem Rohr an der Wand fest. Abdul hatte fürchterliche Schmerzen, das Kabel schnitt Wunden in seine Haut, seine Schultern waren verdreht. Er hat seither Narben an den Handgelenken, die er mir immer wieder zeigte.

Sie ließen ihn zwei Tage lang hängen. Ohne Essen, ohne Trinken. Irgendwann spürte er seine Schultern nicht mehr.

Dann holten sie ihn zum Verhör.

Sie stellten ihm immer wieder die gleichen Fragen: Warst du auf einer Demonstration? Unterstützt du die Rebellen?

Anfangs hat Abdul mit »nein« geantwortet, aber dann

schlugen sie ihn. Sie schlugen ihn so lange, bis er Dinge zugab, die er gar nicht getan hatte. So funktioniert die Folter des Regimes. Unschuldige gestehen Dinge, die sie nicht getan haben. Tun sie es nicht, werden sie zu Tode geprügelt.

Nachdem Abdul gesagt hatte, dass er die Rebellen unterstütze, obwohl er das gar nicht tat, brachten sie ihn wieder in die Zelle. Aber zumindest banden sie ihn nicht mehr an dem Rohr fest.

Abdul hat erzählt, dass in der Zelle 180 Männer gefangen waren, auf etwa 30 Quadratmetern. Sie schliefen im Wechsel, während die einen standen, durften sich die andern hinlegen. Viele in diesem Raum starben an der Folter, die sie erlitten hatten.

Nachdem wir 700 000 Syrische Pfund, etwa 2 500 Euro, für Abdul bezahlt hatten, kam er frei. Nach 13 Tagen.

Kurz darauf fielen Bomben. Mitten in der Nacht.

Ein lautes Brummen weckte mich. Ich wusste nicht, was es war, aber es kam von draußen, vom Himmel. Ich sah auf meinen Wecker, es war zwei Uhr früh. Dann hörte ich ein ohrenbetäubendes Zischen und kurz darauf den ersten Knall, von dem die Wände wackelten. Dann immer mehr Einschläge. Ich sprang aus meinem Bett, nur in Shorts gekleidet. Auf dem Flur kamen mir schon meine Eltern und meine Schwester entgegen, alle in Schlafanzug und Nachthemd. In Panik liefen wir nach draußen auf die Straße, dort sah ich überall Feuer. Ich hörte Schreie und Menschen, die durcheinanderriefen. Wir rannten in ein Haus, von dem wir wussten, dass es einen Keller hat. Dort unten kauerten wir uns mit Dutzenden anderen auf den Boden, während wir oben die Einschläge hörten. Meine Mutter zog mich dicht an sich heran und legte schützend die Arme um mich, ich hätte mich gerne sicher gefühlt, aber ich spürte, wie sie zitterte.

Bis zum Mittag des nächsten Tages blieben wir im Keller. Als wir herauskamen, sahen wir, dass unser Haus noch stand. Aber das war kaum Trost für uns, wir wussten, dass wir von hier weg mussten. Wir wussten, dass wir unser Zuhause bereits verloren hatten.

Von nun an setzte Assad auch die Luftwaffe ein gegen sein Volk. Er begann damit, sein eigenes Land in Schutt und Asche zu legen – ich fragte dich, welche Logik das haben sollte, Mutter.

»Assad ist doch unser Präsident, Syrien ist auch sein Land. Warum zerstört er es?«, fragte ich dich.

Aber auch du wusstest keine Antwort darauf.

8

Als mein Onkel am Nachmittag zur Tür hereinkommt, grüßen wir uns kurz. Er setzt sich in die Küche, zündet sich wie immer erst mal eine Zigarette an. Dann öffnet er einen Brief, den er in der Hand hält. Ich gehe zurück ins Wohnzimmer und setze mich vor meinen Laptop.

Ich überlege, was ich in meine Statusleiste bei Facebook schreiben könnte. Aber mir fällt nichts ein, was meine Stimmung richtig wiedergeben könnte. Ich poste einen Smiley mit nach unten gezogenem Mund.

Sekunden später schreibt Matija.

»Was'n los?????«

Ich antworte nicht.

Eigenartig, dass mein Onkel und ich uns so wenig zu sagen haben. Wir haben so viel zusammen erlebt, wir haben gemeinsam *über*lebt. Eigentlich müsste so etwas verbinden.

Aber ich komme einfach nicht hinweg über jene Nacht auf dem Meer, als er mich auf dem kleineren Boot zurückließ und davonfuhr.

Ich hätte sterben können.

Vielleicht konnte er nichts dafür, es herrschte Chaos an Bord, er sagte mir später, er habe mich gesucht, aber nicht gefunden. Dann sei das große Boot plötzlich davongefahren und der Kapitän habe sich geweigert, umzukehren. Ich fühle mich trotzdem bis heute von ihm im Stich gelassen.

Bevor wir uns auf die Reise übers Meer machten, kannten wir uns nicht besonders gut. Mein Onkel hatte schon seit mehreren Jahren nicht mehr in Syrien gelebt. Er arbeitete in Saudi-Arabien als Ingenieur in einer Erdöl-Firma. Seine Frau war die erste Zeit bei ihm, aber dann, als sie schwanger wurde, wollte sie nach Hause zu ihrer Familie. Sie fühlte sich nicht wohl in Saudi-Arabien.

Mein Onkel blieb vorerst dort, doch nach ein paar Monaten lief sein Arbeitsvisum aus und wurde auch nicht verlängert. Die Saudis schmissen fast alle syrischen Gastarbeiter raus, genau wie viele andere Golfstaaten. Die reichen arabischen Brüder wollten uns Syrer nicht mehr, wir sollten zu Hause sterben oder nach Europa auswandern.

Meine Mutter und Amir hatten immer ein sehr enges Verhältnis, ihre Eltern waren früh gestorben und meine Mutter war für ihren kleinen Bruder eine Art Mutterersatz.

Also beschlossen wir, als die Kämpfe immer schlimmer wurden, alle zusammen nach Kairo zu gehen. Erst meine Familie und Amirs schwangere Frau, einige Tage später kam Amir dann nach.

Für meine Familie war er schon bald die Rettung. Als meinem Vater das Geld ausging – seine Firma in Syrien war ja schon lange zerstört –, half Amir uns. Er hatte in Saudi-Arabien Geld gespart und davon lebten wir alle in Kairo.

Ich sollte ihm dankbar sein. Aber aus irgendeinem Grund kann ich es nicht. Wir sind einfach zu unterschiedlich. Ich möchte nicht so sein wie er. Und das spürt er.

Amir steht im Türrahmen, mit hochrotem Kopf, den Brief in der Hand.

»Warum hast du mir nichts gesagt?«, zischt er durch die zusammengebissenen Zähne.

»Wovon?«, frage ich.

Amir stürzt ins Zimmer, schmeißt den Brief auf den Boden und reißt mir den Laptop aus der Hand.

»Was für eine Schande!«, schreit er. »Wo sind die Fotos?«

Der Brief war offenbar von der Schule.

»Ich habe diese Fotos nicht gemacht!«, rufe ich.

»Lüg mich nicht an!«

»Das Mädchen hat sie mir zugeschickt, ich wollte die gar nicht haben. Ich habe sie längst gelöscht!«, rufe ich.

»Ich habe dir immer gesagt: Lass die Finger von den Mädchen! Die sind nicht anständig.«

»Ich habe nichts gemacht!«

»Ich glaube dir kein Wort«, sagt Amir. Dann streckt er mir die Hand entgegen.

»Gib mir dein Handy«, sagt er mit erstickter Stimme.

»Wozu?«, sage ich.

»Gib mir dein Handy. Sofort«. Amir haut mir mit der Hand über den Hinterkopf. Nicht fest, aber es erniedrigt mich. Dann zerrt er mich hoch, holt mein Handy aus meiner Hosentasche und schubst mich zurück aufs Sofa.

Amir ist ein Hitzkopf, ich bin mir nicht sicher, ob er mich schlagen wird.

Er nimmt meinen Computer und das Handy und sperrt sie in seine Schreibtischschublade.

»Das bleibt jetzt erst mal da drin«, sagt er.

»Du kannst mir die Sachen nicht einfach wegnehmen!«, schreie ich, meine Stimme überschlägt sich. Tränen steigen in mir auf. »Du bist nicht mein Vater!«

»Nein, und darüber kannst du froh sein! Sonst würde ich die Schande aus dir herausprügeln!«

»Du hast kein Recht dazu!«

»Oh doch. Wenn die ganze Stadt über dich und dieses Mädchen redet, dann schadest du auch mir. Ich stehe wie ein Idiot da, der seinen Neffen nicht im Griff hat.«

»Das Mädchen hat mich reingelegt!«, sage ich.

»Du lügst!«, schreit Amir.

»Amir, du hast doch zu mir gesagt: ›Ich bin dein Onkel, ich bin nicht hier, um dir Probleme zu machen, ich bin hier, um dir zu helfen.‹ Warum hilfst du mir jetzt nicht?«

»Jaja«, sagt Amir abfällig. »Wenn du ein Problem hast, dann soll ich dir plötzlich helfen. Dann bin ich dein Onkel. Warum hast du vorher nicht auf mich gehört? Dann wäre es überhaupt nicht so weit gekommen. Und warum hast du mir das verheimlicht?«

Er zeigt auf den Brief am Boden. »Das beweist doch, dass du mich anlügst!«

»Wie oft soll ich es dir noch sagen«, schluchze ich. »Ich habe keine Fotos gemacht!«

Amir sieht mich abfällig an. »Du bist sogar zu feige, die Wahrheit zu sagen.«

Amir wird plötzlich ganz ruhig.

»Geh mir aus den Augen, Karim.«

Ich will es nicht, aber die Tränen laufen mir die Wangen herunter.

Ich gehe hinaus und schmeiße die Tür hinter mir zu.

9

Der Einzige, der mich versteht, ist Petrit. Ich würde ihn jetzt gerne anrufen, aber ich habe ja nicht mal mehr ein Handy. Ich beschließe, einfach zu ihm zu gehen, es ist vier Uhr nachmittags, er müsste zu Hause sein.

Petrit wohnt nicht weit entfernt von mir, in einer Neubausiedlung nahe der Schweizer Grenze. Das weiße Hochhaus, in dem er wohnt, hat zehn Stockwerke. Unten vor der Tür ist ein Spielplatz mit einem Metallgerüst und einem schmutzigen Sandkasten, in den die Katzen der Nachbarschaft hineinpinkeln. Nach der Schule sitzen Petrit und ich oft hier auf einer der Bänke und quatschen miteinander. Kinder spielen hier sowieso keine, die Mütter gehen lieber woanders hin, wo es sauberer ist.

Die Hochhaussiedlung liegt ganz nah an den alten Stadthäusern mit ihren Erkern und Türmchen. Nur eine Straße trennt die reicheren Konstanzer von den ärmeren. Petrits Familie könnte eigentlich zu den reicheren gehören, seine Eltern sind ziemlich schlaue Leute. Sein Vater ist Mathematiker, seine Mutter Lehrerin. Aber sie haben noch keine Arbeitserlaubnis, ihr Asylantrag läuft noch. Also wohnen sie hier.

Als ich bei Petrit klingele, öffnet mir seine Mutter. Sie ist eine kleine Frau mit kurzen dunklen Locken.

»Karim! Was für eine Überraschung. Komm rein«, sagt sie.

Ich bin etwas verlegen, sie ist immer so freundlich zu mir. Ich merke, wie ich rot werde.

»Guten Tag«, stammle ich.

Drinnen riecht es nach Zwiebeln und gebratenem Fleisch, Petrits Mutter kocht gerade. Ich war schon oft hier beim Essen. Petrits Eltern machen sich immer Sorgen, dass ich nicht genug zu essen bekomme, weil meine Eltern nicht hier sind. Deshalb laden sie mir den Teller zweimal voll, auch wenn ich längst nicht mehr kann.

Petrit ist Muslim genau wie ich, aber seine Familie ist nicht sehr traditionell. Seine Eltern freuen sich sogar für ihn, dass er mit Clara zusammen ist.

Ich beneide Petrit.

»Wo warst du denn gestern plötzlich?«, fragt mich Petrit, als er in den Flur kommt.

Wir gehen in sein Zimmer, und ich erzähle ihm, was mit Millie passiert ist und dass Herr Maus mich vom Unterricht suspendiert hat.

»Die ist total übergeschnappt!«, schimpft Petrit und schüttelt den Kopf. »Eigentlich müsste sie einem leidtun.«

»Na ja«, sage ich. »Im Moment tue ich mir vor allem selbst leid.«

»Aber du kannst doch beweisen, dass sie die Fotos selber gemacht und an dich geschickt hat. Ist doch alles auf deinem Handy«, sagt Petrit.

»Nein«, antworte ich, »ich habe alles gelöscht!«

Petrit schlägt sich mit der Handfläche vor die Stirn.

»Oh Mann!«

»Hey, ich wollte diese Bilder nicht auf meinem Handy haben. Stell dir vor, mein Onkel hätte das gesehen.«

»Na toll, das hat sich ja gelohnt. Jetzt glaubt nicht mal er dir, dass du unschuldig bist.«

Petrit sieht zum Fenster hinaus, als läge die Lösung des Problems da draußen auf der Straße.

»Wenn du die Fotos rumgeschickt hättest, wie der Maus behauptet, dann müssten andere Schüler sie ja auf ihrem Handy haben. Das können die doch ganz leicht überprüfen.«

»Für Maus und Millies Lehrerin ist die Sache klar: Ich war's«, sage ich. »Millie muss echt gut gespielt haben, Maus sagte, sie machen sich Sorgen um sie. Wahrscheinlich denken sie, sie könnten sie mit der Sache nicht noch mehr belasten. Deshalb wollen sie kein großes Ding draus machen und bei allen nach diesem Foto fragen. Gesehen haben die Lehrer es ja, Millie hat es ihnen gezeigt.«

»Du hast verdammt schlechte Karten«, sagt Petrit. »Du bist eben leider Araber.« Er zwinkert mir zu. »Von denen weiß man ja, dass sie gerne blonde deutsche Mädchen fressen«, sagt Petrit und lacht laut auf über seinen Witz.

Ich verziehe meinen Mund zu einem Lächeln. Wirklich lustig finde ich seinen Spruch nicht.

»Warum tut Millie so was? Wenn ich gewusst hätte, was die hier in Deutschland alles mit Facebook und WhatsApp anstellen, hätte ich da gar nicht mitgemacht. Mach ich auch nicht mehr. Mir wird das alles zu viel.«

»Unsinn, das ist genau das, was dein Onkel will.«

»Vielleicht hat er ja recht«, sage ich. »Ohne Facebook wäre das mit dem Foto nie passiert.«

»Aber sieh es doch mal von der anderen Seite«, sagt

Petrit. »Du sagst doch selbst immer, wenn wir beide nicht andauernd mit den Mädchen chatten würden, könnten wir noch längst nicht so gut Deutsch. Sei doch stolz auf das, was du schon erreicht hast.« Petrit lacht. »Und dass Millie solche Fotos von sich verschickt … das ist eben die Freiheit hier.«

»Aber was ist diese Freiheit wert, wenn man dann so auf die Schnauze fliegt wie ich jetzt?«, frage ich.

Petrit zwinkert und verzieht seinen Mund zu einem Grinsen. »Hier können wir selbst entscheiden, mit welchem Mädchen wir ausgehen wollen. Wir müssen nicht gleich die Erste, in die wir uns verlieben, heiraten«, sagt er.

»Du kannst leicht reden, Petrit. Du bist mit Clara zusammen und deine Eltern erlauben es.«

Petrit legt mir seinen Arm auf die Schulter und kommt mit seinem Kopf ganz nah an meinen. »Im Vertrauen, Bruder: Es gibt noch genug andere Probleme mit Mädchen.«

Wir müssen beide lachen.

Petrits Mutter ruft uns zum Essen. Ihr Mann deckt gerade den Tisch. Er haut mir kumpelhaft auf die Schulter, als ich in die Küche komme.

»Du hast Glück, Samira hat Gulaschsuppe gemacht. Niemand kann das besser als sie. Nicht mal ich«, lacht Petrits Vater.

Wir setzen uns alle hin, und Petrits Mutter macht mir den Teller mal wieder so voll, dass die Suppe fast über den Rand schwappt. Dicke Fleischbrocken schwimmen darin.

Mein Onkel und ich mussten uns das Kochen erst beibringen, denn bei uns zu Hause haben immer die Frauen gekocht. Meist gibt es Nudeln, Eier, Steak. Gerichte, die einfach sind und schnell gehen. Oder wir holen uns Döner und Pizza.

Ich weiß, dass es für Amir nicht leicht ist, mit mir zusammenzuwohnen. Wir reden nicht viel darüber, aber ich glaube, er fühlt sich genauso allein wie ich. Er sehnt sich nach seiner Frau und dem Kind und hat wahrscheinlich überhaupt keine Lust, sich um die Probleme eines Teenagers zu kümmern. Und die enge Wohnung belastet ihn genauso. Aber ich verstehe nicht, warum er sich dann so einmischt in mein Leben. Warum lässt er mich nicht einfach in Ruhe? Das wäre für uns beide am entspanntesten.

Petrits Eltern unterhalten sich über den Metzger, bei dem sie das Fleisch gekauft haben.

Ich sage nicht viel, sondern genieße es einfach, zuzuhören. Ich stelle mir vor, das hier sei meine Familie.

Ich denke an dich, Mutter. Obwohl Petrits Mutter so ganz anders aussieht als du, Mutter, erinnert sie mich doch an dich. Ich säße jetzt so gerne mit dir hier an diesem Tisch. Ich hätte nicht gedacht, dass es diese Normalität ist, dieses belanglose Geplänkel beim Abendessen, wonach ich mich so sehnen würde.

Du hast mich allerdings auch nicht vorbereitet auf ein Leben ohne dich. Das ist mir mittlerweile bitter klar geworden.

Als unsere Familie noch zusammenwohnte, musste ich mich um nichts selber kümmern, du hast mich morgens geweckt und mir die Schultasche gepackt, du bist mit mir Kleider kaufen gegangen, du hast sie mir gewaschen, du hast mein Zimmer sauber gemacht. Ich musste mir nicht mal meinen Tee selber kochen. So wäre das gelaufen, bis ich mit Mitte 20 geheiratet hätte.

Erst hier ist mir klar geworden, wie sehr die Mütter bei uns ihre Kinder behüten, vor allem ihre Söhne. Das ist nicht gut, man wird zur Faulheit erzogen und nicht auf ein selbstständiges Leben vorbereitet. Ich hinke den anderen 16-Jährigen hier in Deutschland in vielen Dingen meilenweit hinterher.

Ich erinnere mich noch, als ich zum ersten Mal alleine Kleider kaufen ging, ich brauchte neue Turnschuhe und eine Jeans. Ich ging in einen Laden in der Fußgängerzone und war total überfordert. Ich wusste nicht, welche Größe ich habe und was man hier trägt, welche Farbe, welcher Schnitt, ob die Hose *slim fit*, *loose fit* oder *boot cut* sein sollte. Ich habe mich dann in der Umkleide mit den verschiedenen Hosen im Spiegel fotografiert und dir übers Handy die Fotos nach Kairo geschickt, damit du mich berätst. Beim nächsten Mal bin ich dann mit Freunden gegangen, die mir halfen und sagten, was mir steht.

Mein Onkel könnte das nicht, er hat keinen Geschmack, finde ich. Und er hätte auch keine Geduld, vor der Umkleide zu warten, bis ich alles anprobiert habe.

Ich habe einmal mit Frau Helm darüber geredet, wie schwer es für mich ist, auf mich alleine gestellt zu sein. Dass ich Kochen, Einkaufen und Waschen erst lernen muss. Sie verstand, dass ich dich vermisse, aber sie meinte auch, ich würde über manche Dinge zu viel jammern.

»Du darfst nicht immer von anderen Hilfe erwarten«, sagte sie. »Mit 16 kann man sich seine Kleider auch alleine kaufen.«

10

Ich habe einige Zeit gebraucht, um zu verstehen, dass mein Problem nicht so sehr der Alltag ist, der mich überfordert, Kochen und Kleiderkaufen – Dinge, von denen Frau Helm findet, dass man sie mit 16 auch alleine können muss. Letztlich sind das nur Symptome.

Die Ursachen liegen viel tiefer. Ich fühle mich nicht nur alleine in Deutschland. Sondern ich habe seit vier Jahren kein richtiges Zuhause mehr. Immer wenn ich mit meiner Familie irgendwo ankam, war kurz darauf der Krieg auch da. Wahrscheinlich kann man dieses Gefühl der Heimatlosigkeit, diese Leere, die man in sich trägt, nur verstehen, wenn man es selbst erlebt hat.

Jetzt bin ich zwar zumindest körperlich in Sicherheit, aber in meinem Kopf bin ich es nicht. Manchmal habe ich das Gefühl, der ist in Homs geblieben.

Mutter, du glaubst, dass ich damals, als der Krieg begann, noch klein genug war, um alles wieder zu vergessen. Aber es ist noch da in meinem Kopf, und wenn es um mich herum ruhig wird, dann kehren die Erinnerungen zurück. Auch an jene Nacht, als wir dicht aneinandergedrängt im Keller saßen und über uns die Bomben fielen.

Danach habt ihr begonnen, unseren Umzug vorzubereiten.

Über einen Bekannten fand Vater eine Wohnung in Al-Waar, einem eher wohlhabenden Vorort von Homs, der damals noch als sicher galt. In Al-Waar gab es kaum Unruhen, also zogen viele Leute aus den umkämpften Gebieten der Innenstadt dorthin.

Um am Checkpoint nicht aufzufallen, nahmen wir fast nichts mit aus unserer alten Wohnung. Wir packten nur eine Tasche mit ein paar wenigen Kleidern und wichtigen Papieren. Das Regime gängelte uns Leute aus Al-Kussur, wo es konnte. Wenn die Soldaten am Checkpoint gewusst hätten, dass wir von dort wegziehen wollen, hätten sie uns womöglich daran gehindert.

Als wir mit unserem Auto an den Checkpoint kamen, standen da Militärbusse und Hunderte von Soldaten. Nach einiger Wartezeit waren wir zur Kontrolle dran. Drei grimmig dreinblickende Soldaten sahen in unser Auto hinein. Mein Vater begrüßte sie freundlich und sagte, dass wir in unser zweites Haus in Al-Waar zurückkehren wollten. Er spielte den großen Assad-Anhänger: »Die FSA hat so gewütet in Al-Kussur«, sagte er, »wir wollen nur noch weg. Die FSA, das sind doch Banditen!«

Der eine Soldat sah ihn skeptisch an und verlangte unsere Ausweise. Ein anderer öffnete den Kofferraum, um zu sehen, was wir eingepackt hatten. Er durchsuchte unsere Tasche, aber fand darin nur Kleider für ein paar Tage. Er schien zufrieden zu sein und schloss den Kofferraum wieder.

Ich saß mit meiner Schwester hinten auf der Rückbank

des Autos und hielt die Luft an, während mein Vater mit dem Soldaten redete, der unsere Ausweise ansah.

»Möge Gott unserem Präsidenten Assad ein langes Leben schenken«, redete mein Vater vor sich hin.

Wir hofften, dass ihm der Soldat dieses Schauspiel abnahm. Er hätte meinen Vater jederzeit mitnehmen können, ohne dass er dafür einen besonderen Grund gebraucht hätte. Und dann hätten wir meinen Vater womöglich nie mehr wiedergesehen.

Aber der Soldat glaubte meinem Vater offenbar, er gab ihm die Papiere zurück, und wir konnten weiterfahren.

Die Wohnung in Al-Waar war möbliert, es gab Sofas, einen Couchtisch, mehrere Betten, die Küchenschränke waren voll mit Geschirr. Es war alles da, was wir brauchten, aber es war eben nicht unseres. Andererseits spielt Besitz keine allzu große Rolle mehr, wenn man mit dem nackten Leben davongekommen ist.

Unsere Wohnung lag in einem zehnstöckigen Betonbau, vor dem Wohnzimmer hatten wir einen Balkon, mein Vater zahlte die Miete von seinen Ersparnissen.

Es dauerte nicht lange, da begannen auch in Al-Waar die ersten Demonstrationen. Mein Vater verbot mir, hinzugehen. Wenn ich unten vorm Haus auf dem Fußballplatz mit den Nachbarjungs spielte, dann sah er immer wieder vom Balkon herunter, um zu kontrollieren, dass wir ja nicht auf eine der Demos gingen. Er war jetzt die meiste Zeit zu Hause, weil er seine Firma in Al-Kussur wegen des Krieges hatte aufgeben müssen.

Manchmal, wenn er nachmittags schlief, stahl ich mich

doch davon. Einmal merkte er es und schimpfte fürchterlich auf mich ein, als ich zurückkam.

»Geh da nicht hin! Ich verbiete es dir!«, schrie er. »Willst du, dass wir dich als Leiche zurückbekommen? Du bist mein einziger Sohn, ich will, dass du am Leben bleibst!«

Aber ich wollte eben auch nicht als Feigling gelten. Wenn die anderen Jungs aus dem Viertel zu den Demos gingen und ich kam nicht mit, dann sagten sie: »Was ist los mit dir? Bist du kein Mann? Hast du kein Blut in deinen Adern?«

Natürlich war ich noch kein Mann, ich war ja gerade erst 13 geworden. Aber die Beleidigung wirkte trotzdem.

In Al-Waar versuchte ich, wieder zur Schule zu gehen. Ich hatte schon wochenlang keinen Unterricht mehr gehabt. Das einzige Problem mit der Schule in Al-Waar war, dass sie in einem der Schiiten-Dörfer lag, die uns umgaben. Schiiten sind neben uns Sunniten die zweitgrößte Glaubensrichtung im Islam. Auch die Alawiten, zu denen Assad gehört, sind im Prinzip Schiiten. Deshalb lebten in diesen Dörfern rund um Al-Waar fast nur Assad-Anhänger. Sie hassten Leute wie uns, die aus den umkämpften Rebellenhochburgen der Innenstadt nach Al-Waar geflohen waren.

Mein Vater fand es gefährlich, dass ich dort zur Schule gehen wollte. Aber ich setzte mich durch, ich konnte doch nicht die ganze Zeit zu Hause rumsitzen. Und wie sollte ich all das, was ich vom Unterricht verpasste, je wieder aufholen?

In der Schule im Dorf A-Rakka gab es zwar noch andere Sunniten wie mich, aber eben auch sehr viele Schiiten.

Man konnte sie an ihrem Dialekt erkennen, in den Dörfern sprachen sie anders als wir in der Stadt.

Ich schaffte es wegen der Unruhen, die auch in Al-Waar immer heftiger wurden, nie, eine Woche am Stück in die Schule zu gehen, sondern nur einzelne Tage. Je nachdem, ob mal wieder irgendwo Demonstrationen oder Kämpfe waren. An solchen Tagen lernte ich mit meinen Büchern zu Hause, um zumindest auf die Prüfungen vorbereitet zu sein.

Aber schon nach ein paar Wochen fand mein Schulbesuch ein jähes Ende. Es war ein heißer Sommertag, der Unterricht war vorbei, und ich verließ mit zwei Freunden das Gebäude. Ich war gerade dabei, etwas zu erzählen, und bemerkte die fünf Jungs nicht, die auf uns zukamen. Meine beiden Freunde sahen sie sehr wohl und riefen nur: »Nichts wie weg!«, dann liefen sie davon.

Ich verstand erst gar nicht, was los war. Dann sah ich, dass einer der fünf Jungs eine Metallstange dabeihatte, ein anderer ein Messer. Da war es schon zu spät, davonzulaufen. Ich blieb wie angewurzelt stehen.

Die fünf kamen auf mich zu und stierten auf das Lederarmband, das ich um mein rechtes Handgelenk trug. Mein bester Freund Hischam hatte es mir geschenkt. Seitdem ich aus Al-Kussur weggezogen war, sahen Hischam und ich uns nur noch selten. Das Armband verband mich mit ihm.

»Das ist aber schön«, sagte der Junge mit der Metallstange. Er war zwei oder drei Jahre älter als ich.

»Ja«, sagte ich. Was Schlaueres fiel mir nicht ein.

»Jetzt ist es unseres«, sagte er dann.

Ich wollte gerade noch protestieren, da kam der Junge mit dem Messer auf mich zu, nahm meine Hand und schnitt das Band einfach auf.

Mir blieb fast das Herz stehen, als die kalte Klinge meine Pulsadern berührte.

»Gib uns deine Uhr«, sagte der Junge mit der Metallstange dann und zeigte auf mein linkes Handgelenk.

»Bitte lasst mir die«, sagte ich, »die ist von meinem Vater.«

Mittlerweile zitterte ich, was die Jungs offenbar noch mehr anspornte. Der Typ mit dem Messer, der sich gerade mein Lederarmband in die Hosentasche gesteckt hatte, grinste wie Joker, der Bösewicht aus »Batman«, und sagte dann:

»Umso besser, gib her!«

Ich spürte, dass jeder Widerstand zwecklos war. Während ich die Uhr abnahm, blickte ich mich um, ob nicht irgendjemand in der Nähe war, von dem ich Hilfe erwarten konnte. Aber niemand nahm Notiz von uns. Und ich traute mich nicht, zu schreien. Schließlich war ich ja in Feindesland.

Ich übergab dem Jungen mit der Metallstange meine Uhr und hoffte, dass sie mich nun gehen lassen würden. Er war der größte von allen und wohl so etwas wie der Anführer. Der Junge mit dem Messer spielte sich als Stellvertreter auf. Die übrigen drei waren Mitläufer.

Der Anführer sagte zu mir:

»Wer ist dein Gott?«

Okay, dachte ich mir, die sind also auf Sunniten-Jagd. Ich

bekam richtig Angst und dachte mir, die töten mich, wenn sie erfahren, dass ich Sunnit bin.

»Warum fragst du das?«, wollte ich wissen.

»Bist du Moslem?«, fragte der Typ mit dem Messer.

»Ich bin Christ«, sagte ich.

Sie glaubten mir nicht so recht, der Anführer legte den Kopf schräg und sah mich durchdringend an.

»An welchen Propheten glaubst du?«

»Ich glaube an Jesus«, sagte ich.

Ich log sie an. Aber ich glaube, sie merkten es nicht. Sie waren sich nicht sicher, was sie von mir halten sollten.

»Sunniten mögen wir nämlich gar nicht, das sind Kakerlaken, die hier keiner will«, sagte der Junge mit dem Messer.

Dann begannen sie mich zu beschimpfen und schubsten mich. Der eine von vorne, der andere von hinten, ich flog hin und her wie eine Billardkugel. Dann schlug mir einer der drei Mitläufer ins Gesicht. Ich schrie vor Schmerz auf. Ein anderer gab mir noch eine Ohrfeige.

»Komm ja nicht mehr hierher«, sagte der Anführer.

»Verpiss dich«, sagte sein Stellvertreter.

Dann öffneten sie den Kreis um mich herum und ich rannte, so schnell ich konnte, davon.

Zu Hause erzählte ich nichts davon. Mein Vater hätte mich sonst gar nicht mehr aus dem Haus gelassen.

Ich sprach nur mit meiner großen Schwester darüber und die meinte: »Geh nicht mehr in diese Schule. Wer weiß, ob sie dich das nächste Mal davonkommen lassen.«

Nach diesem Vorfall war es also wieder vorbei mit der Schule. Die nächsten drei Jahre würde ich keine mehr besuchen.

Wie viel Glück ich an jenem Nachmittag vor der Schule hatte, wurde mir klar, als kurz darauf beinahe ein zweiter Freund sein Leben verlor.

In den schiitischen Dörfern rund um Al-Waar gab es Scharfschützen, die auf unsere Häuser zielten. Das nächste Dorf war sehr nah, unser Haus trennte nur eine breite Straße davon. Immer wieder kam es auch vor, dass schiitische Milizen sunnitische Männer aus unserer Nachbarschaft entführten. Sie folterten und töteten sie, manchmal ließen sie sie gegen viel Lösegeld wieder frei.

Direkt gegenüber von unserem Haus lag das Gerichtsgebäude von Al-Waar. Dort arbeiteten ebenfalls fast nur Assad-Anhänger. Auch auf dem Dach dieses Hochhauses hatten sich eines Tages Scharfschützen verschanzt.

An jenem Tag trat mein Freund Omar, den ich in Al-Waar kennengelernt hatte, auf den Balkon des Hauses nebenan. Was dann passierte, habe ich nicht selbst gesehen, aber Nachbarn erzählten mir davon.

Es fielen Schüsse aus der Richtung des Gerichtsgebäudes. Omar wurde am Kopf getroffen und brach zusammen. Seine Eltern brachten ihn ins Krankenhaus. Zwar konnten die Ärzte sein Leben retten, aber Omar ist seitdem behindert. Er kann nicht mehr laufen und nicht mehr sprechen.

Ich habe ihn, nachdem er aus dem Krankenhaus entlassen worden war, einmal besucht. Früher haben wir zusammen Fußball gespielt, jetzt lag er einfach im Bett, einen weißen Verband um den Kopf, und starrte vor sich hin. Als ich das Zimmer betrat, sah er zu mir herüber, aber ich glaube, er war zu schwach, um zu lächeln. Ich setzte mich neben sein Bett und wusste nicht so recht, was ich tun sollte. Ich erzählte ihm vom Champions-League-Finale, in dem Barcelona gegen Manchester United gesiegt hatte. Messi hatte eines der entscheidenden Tore geschossen. Omar sah mich an, ich glaube, er verstand, was ich ihm sagte. Aber er konnte ja nicht antworten. Nach einer halben Stunde ging ich wieder, ich hatte ein schlechtes Gewissen, dass ich nur so kurz blieb. Aber ich hielt es einfach nicht mehr aus in diesem Zimmer, in dem es nach Medizin, Krankheit und Tod roch. Mir wurde richtig übel davon.

Es fühlte sich an, als hätte ich noch einen Freund verloren. Zwar war er nicht tot, aber Omar, wie ich ihn kannte, existierte nicht mehr.

Seine Eltern zogen kurz danach weg in den Libanon, wo sie hofften, bessere Behandlungsmöglichkeiten für ihn zu finden.

Kurz nachdem ich Omar am Krankenbett besucht hatte, feierten wir die Hochzeit meines Onkels Amir. Er hatte damals in Saudi-Arabien gearbeitet, aber seine Hochzeit fand in Homs statt, weil seine Frau Fatima ebenfalls von dort stammte.

Für meine Mutter war diese Hochzeit eine besondere Sache, sie tat so, als sei sie die Mutter des Bräutigams und nicht seine Schwester. Wochenlang plante sie zusammen mit Fatimas Familie die Feier. Weil Krieg war, fiel sie etwas kleiner und bescheidener aus, als meiner Mutter lieb war. Viele Freunde und Verwandte hatten Syrien schon verlassen oder konnten nicht anreisen. Noch Monate danach sprach meine Mutter davon, wie schade es doch wäre, dass die Hochzeit »nur so klein« gewesen sei.

Die Feier war in einem Hotel in der Innenstadt. Zu dieser »kleinen Hochzeit« waren immerhin um die 200 Leute eingeladen. Fatima trug ein langes weißes Satinkleid und an ihrem Kopftuch einen langen Schleier aus Tüll, der bis zum Boden reichte. Die Hochzeitstorte hatte meine Mutter bei Aboullaban bestellt, dem besten Konditor der Stadt, sie war fünfstöckig und mit echten, in Zuckerguss getauchten Rosenblättern verziert. Nachdem Amir und Fatima die Torte angeschnitten hatten, spielte ein kleines Orchester mit Geige, Oud[3] und Darbuka[4], und wir tanzten bis in die Morgenstunden.

Danach übernachteten meine Eltern, meine Schwester Sarah und ich bei meiner älteren Schwester Dina und ihrem Mann Abdul in der Innenstadt. Der nächste Tag war ein Freitag und deshalb gingen mein Vater und mein Schwager Abdul mittags in die Moschee. Ich war noch zu müde und blieb zu Hause.

Nach dem Gebet wollte mein Vater eigentlich direkt nach Hause zurück, denn auch an diesem Freitag sollte es wieder große Kundgebungen gegen die Regierung geben. Die Leute marschierten gleichzeitig von mehreren Moscheen aus auf den zentralen Platz in der Innenstadt zu. Aber mein Schwager wollte dabei sein.

»Lass uns nach Hause gehen!«, hatte mein Vater immer wieder gerufen, als die beiden auf der Straße mit den anderen Männern mitliefen.

---

3 Arabisches Saiteninstrument.

4 Trommel aus dem Nahen Osten und Nordafrika.

»Ja, gleich«, sagte mein Schwager.

So ging das eine Weile. Bis es zu spät war.

Die Leute strömten von mehreren Straßen sternförmig auf den Platz zu. Alles war dicht. Und dann kam das Militär hinter den Demonstranten her und ging auf die Menschen los. Viele versuchten zu fliehen, aber es gab kaum Fluchtwege. Ein riesiges Chaos brach aus, Menschen fielen zu Boden, wurden niedergetrampelt oder von Soldaten verprügelt und verhaftet.

Die Unruhen waren nicht weit entfernt vom Haus meiner Schwester, wir konnten hören, als die ersten Schüsse fielen. Anfangs waren es nur Gaspatronen, später wurde mit echter Munition geschossen. Wir machten uns riesige Sorgen, und ich wollte hinaus, um meinen Vater und meinen Schwager zu suchen. Aber meine Mutter ließ mich nicht, sie hielt mich am Arm fest, und als ich mich losriss, stellte sie sich vor die Tür und versperrte mir den Weg.

»Ich lasse dich nicht raus!«, sagte sie.

Ungefähr zu dieser Zeit verloren sich mein Vater und mein Schwager in dem Chaos.

Mein Vater konnte sich in der Wohnung einer bekannten Familie verstecken und rief bei uns an.

»Ich habe Abdul verloren«, schrie er ins Telefon, »sie haben ihn bestimmt verhaftet!«

Abdul dachte das Gleiche von meinem Vater, wie wir später erfuhren. Auch er war in ein Haus geflohen. Weil die Miliz unten in den Straßen stand und die Häuser absuchte nach Rebellen und Demonstranten, lief er bis zum Dach hinauf und sprang dann von einem Haus auf das andere. So floh er aus dem Hexenkessel. Aber er konnte nicht nach

Hause, weil die Miliz mehrere Stunden lang in den Straßen patrouillierte und nur darauf wartete, dass die Geflohenen aus den Häusern kamen, damit sie sie verhaften konnten.

Als die Schüsse aufhörten, gingen wir auf den Balkon. Wir dachten, die Milizen seien abgezogen, und wollten sehen, ob mein Schwager oder mein Vater vielleicht zurückkämen. Kaum waren wir draußen auf dem Balkon, kam ein Armee-Jeep mit einer Bazooka auf der Ladefläche angefahren. Die Soldaten sahen uns, richteten ihre Waffe auf uns aus und riefen dann durch ein Megafon:

»Was macht ihr da? Haut sofort ab, sonst schießen wir!«

Wir stürzten in die Wohnung und warfen uns auf den Boden. Meine Mutter und meine Schwestern begannen zu weinen, sie dachten, die würden jetzt auf unsere Wohnung feuern und wir wären gleich alle tot.

Aber wir hatten Glück, der Jeep fuhr davon.

Einige Stunden später kamen mein Vater und mein Schwager zurück. Wir fielen uns in die Arme, meine Mutter begann zu weinen und klammerte sich an meinen Vater.

Später gingen wir vors Haus, um zu sehen, welche Schäden die Schießereien verursacht hatten. An vielen Häusern waren die Glasscheiben zersprungen von den Geschossen. Und dann sahen wir unser Auto, das wir am Vortag auf der Straße geparkt hatten. Die Kühlerhaube war noch mit weißen Rosen geschmückt von der Hochzeit, sie waren jetzt staubbedeckt und verwelkt. Alle Scheiben an dem Auto waren zersprungen.

Mein Vater und mein Schwager hatten unglaubliches Glück gehabt. Viele starben an diesem Tag. Und wer nicht starb, wurde verhaftet.

Auch die Söhne meines Onkels Raed, bei dem ich schwimmen gelernt hatte, wurden an diesem Tag verhaftet. Wir haben sie seither nicht mehr gesehen. Niemand weiß, wohin sie gebracht wurden und ob sie noch am Leben sind.

11

Als ich am Abend von Petrit nach Hause zurückkomme, sitzt Hanna Helm zusammen mit meinem Onkel im Wohnzimmer. Amir hat Tee gemacht. Die beiden verstummen, als sie mich im Türrahmen erblicken. Ich habe sie offenbar mitten im Gespräch gestört. Frau Helm sieht so ernst aus, als habe sie gerade eine Todesnachricht überbracht. Es passt mir gar nicht, dass die beiden in meiner Abwesenheit über mich geredet haben.

»Hallo, Karim«, sagt Frau Helm, lächelt gezwungen und gibt mir die Hand.

»Tag«, sage ich.

Mein Onkel wirft mir einen kühlen Blick zu und bleibt stumm. Er steht auf und bringt sein leeres Teeglas in die Küche. Ich setze mich neben Frau Helm aufs Sofa.

Amir verabschiedet sich, er müsse noch etwas erledigen, sagt er. Dann bin ich mit Frau Helm allein.

Ich falte meine Hände im Schoß und frage mich, was jetzt kommen wird. Noch eine Standpauke? Bin ich vielleicht schon von der Schule geflogen?

Es ist lange still, bevor Frau Helm zu reden beginnt.

»Ich habe gestern nach der Schule erfahren, was vorgefallen ist«, sagt sie. »Ich konnte nicht glauben, was ich da gehört habe. Die Lehrerin von Millie war außer sich, sie machte sich solche Sorgen um Millie, dass sie sogar von Personenschutz sprach.«

Ich sehe Frau Helm fassungslos an. Diese Lehrerin muss ziemlich hysterisch sein.

»Die glauben, dass Millie das Opfer einer Mobbingkampagne ist und du der Drahtzieher bist. Sie glaubten offenbar, schnell handeln zu müssen.«

»Die sind alle total durchgedreht!«, rufe ich.

Frau Helm nimmt einen Schluck von ihrem Tee und legt noch eine Kunstpause ein.

»Ich finde das auch maßlos übertrieben. Aber ich weiß nicht genau, was wirklich vorgefallen ist. Nun bin ich gekommen, weil ich deine Version der Geschichte hören will.«

»Millie hat dieses Foto selbst gemacht. Sie hat es mir geschickt, ohne dass ich sie darum gebeten habe. Im Gegenteil. Ich hatte ihr zuvor schon gesagt, sie soll mich in Ruhe lassen mit diesen Fotos. Sie hat mir schon mal ein Bild von sich in Unterwäsche geschickt. Jeder in der Schule weiß doch, dass sie solche Fotos von sich sogar auf Facebook postet. Nur die Lehrer wissen das anscheinend nicht.«

»Ich verstehe das alles nicht«, sagt Frau Helm und atmet laut seufzend aus. »Warum ist Millie denn dann so aufgebracht, wenn sie die Fotos selber gemacht hat? Das passt alles nicht zusammen.«

»Keine Ahnung«, sage ich genervt. »Was fragen Sie mich das?«

Ich bin wirklich sauer, weil ich merke, dass nicht mal Frau Helm mir wirklich glaubt.

Sie nimmt noch einen Schluck Tee. Dann sieht sie mich an.

»Karim, ich weiß nicht, was da genau passiert ist. Aber ich werde zu dir halten, egal was du getan hast. Auf mich kannst du zählen.«

Ich sehe betreten zu Boden. Dieser Satz läuft wie warmer Honig durch meinen Körper. Frau Helm ist im Moment meine einzige Verbündete. Aber ich ahne, wie schwer diese Klassenkonferenz werden wird, wenn nicht mal Frau Helm sich sicher ist, ob sie mir glauben soll. Sie hält zu mir, weil sie mich mag, aber das allein wird nicht reichen.

Frau Helm steht auf und verabschiedet sich. Sie nimmt mich in den Arm und drückt mich fest an sich.

Es tut gut, gehalten zu werden. Ich merke, wie sehr es mir gefehlt hat in den letzten Wochen, dass mich einfach mal jemand in den Arm nimmt. Ich spüre einen Kloß in meinem Hals.

»Danke«, bekomme ich gerade noch heraus. Dann geht Frau Helm.

Ich muss jetzt deine Stimme hören, Mutter.

Ich hole mir zwei Büroklammern und biege daraus zwei spitze Drähte, die stecke ich ins Schloss von Amirs Schreibtisch. Nach ein paar Sekunden geht die Schublade auf und ich nehme mein Handy raus. Ich habe das in Kairo gelernt, wo ich ein paar Monate in einer Metallwerkstatt gearbeitet habe. Wir haben alles Mögliche gemacht, Platinen gelötet, Handys repariert und eben auch Schlösser geknackt, zu denen die Besitzer die Schlüssel verloren hatten. Wobei ich mir nicht immer so sicher war, ob das wirklich stimmte.

Ich wähle die Nummer meiner Mutter.

»Karim! Mein Schatz, wie ich dich vermisst habe!«, meldet sie sich. »Was machst du gerade? Habt ihr schon gegessen?«

»Nein«, antworte ich, »Amir ist nicht da. Ich habe aber auch keinen Hunger.«

»Warum ist Amir nicht da um diese Uhrzeit?«, fragt meine Mutter überrascht.

»Keine Ahnung, er musste was erledigen«, sage ich.

»Aha.« Dann entsteht eine kleine Pause zwischen uns.

»Was ist los mit dir, mein Sohn?«

»Nichts, alles gut, ich wollte nur mal mit dir reden.«

»Aber ich höre doch an deiner Stimme, dass irgendwas nicht stimmt!«, beharrt sie.

»Unsinn. Was hörst du denn da?«

»Einen dunklen Unterton.«

»Wie soll es mir auch gut gehen? Ihr seid in Kairo, ich bin hier alleine und habe keine Ahnung, wann ihr kommt.«

Meine Mutter ist still.

»Ich weiß, Karim. Ich will hier auch weg. Ich vermisse dich genauso.«

»Immerhin hast du ja noch Sarah«, sage ich und klinge eine Spur beleidigter als beabsichtigt. Ich beneide Sarah, ich wäre jetzt auch lieber bei meinen Eltern anstatt hier bei Amir.

»Was redest du, Sohn. Ich werde erst wieder glücklich sein, wenn ich mit all meinen Kindern vereint bin.«

Ich höre sie am Telefon weinen.

»Mutter ...« Ich fühle mich plötzlich ziemlich mies, weil ich sie zum Weinen gebracht habe.

»Nicht doch«, stammle ich, »beruhige dich doch.«

»Schon gut«, schnieft meine Mutter

Wir versuchen uns noch ein bisschen zu unterhalten, meine Mutter erzählt von meiner Schwester Dina, die noch immer in Homs ist und mit der sie gestern sprechen konnte. Dina, ihr Mann und ihre Tochter Reem wollen bald aufbrechen in die Türkei und dann weiter nach Europa, der Alltag in Homs ist unerträglich geworden. An manchen Tagen bekommen sie nicht genug zu essen. Die kleine Tochter meiner Schwester schläft nachts nur noch zwischen ihren Eltern im Bett. Sie hat Dutzende Bombenangriffe miterlebt und zuckt bei jedem lauten Geräusch zusammen.

»Vor allem wegen der kleinen Reem sollten sie endlich fliehen«, sagt meine Mutter.

Ja, antworte ich und schäme mich, dass ausgerechnet ich, der hier in Konstanz in Sicherheit ist, so undankbar bin. Es ist wirklich eigenartig, es müsste mir gut gehen, ich sollte glücklich sein, dass ich hier bin. Wer bin ich eigentlich, dass ich mich beschwere? Manchmal habe ich das Gefühl, ich sei schizophren geworden auf der Flucht. Vielleicht muss ich mich aber auch erst daran gewöhnen, ein Flüchtling zu sein. Das lernt man eben nicht von heute auf morgen.

Ich verabschiede mich von meiner Mutter.

»Schlaf gut, mein Sohn«, sagt sie. Dann legt sie auf.

Ich lege mein Handy zurück in die Schublade und verschließe sie mit der Büroklammer.

12

Eigentlich bin ich ja nicht erst Flüchtling, seitdem ich Kairo verlassen habe. Sondern ich war es schon viel früher, schon als wir unsere Wohnung in Al-Kussur verlassen mussten. Nur war ich damals ein Flüchtling im eigenen Land.

All unsere Sachen sind noch in unserer Wohnung in Al-Kussur – falls das Haus überhaupt noch steht. Dann ist wahrscheinlich längst eine andere Familie dort eingezogen.

Aus Al-Waar flohen wir nach etwa einem Jahr. Es wurde bald genauso unbewohnbar, wie es unser Viertel Al-Kussur war. Aus ganz Homs waren Flüchtlinge dorthin gekommen, sie schliefen in den Schulen und in den Moscheen. Man musste lange anstehen, um etwas zu essen zu bekommen. Und die Regierung bombardierte es genauso wie die Innenstadt von Homs. Einmal hielten die Kämpfe zehn Tage lang an, wir konnten die ganze Zeit nicht aus unserer Wohnung hinaus, nicht mal auf den Balkon, sonst hätten uns die Scharfschützen vom Gerichtsgebäude gegenüber erschossen.

Nachdem wir aus Al-Waar geflohen waren, hielten Assad-Truppen es noch drei Jahre lang belagert, die Bewohner dort hatten kaum zu essen und kaum Medikamente. Während die Rebellen aus der Innenstadt längst abgezogen waren, hielten sie sich dort noch immer zu Tausenden auf.

Unser nächster Fluchtort war Palmyra, eine antike Stadt, die zwei Stunden Autofahrt von Homs liegt, mitten in der Wüste. Ich fand die Leute dort dumm und ungebildet. Die klauen dir dein Handy und denken, sie hätten einen Laptop ergattert.

In die Schule konnte ich auch dort kaum gehen, weil in fast allen Gebäuden Flüchtlinge untergebracht waren.

Außerdem waren die Lehrer ziemlich schlecht, ein paar Mal war ich dort im Unterricht, die Lehrer rauchten sogar im Klassenzimmer, es ging drunter und drüber, weil Jungs aus allen Altersklassen zusammen in einem Raum waren und die Lehrer sich nicht durchsetzten.

Ich verbrachte meine freie Zeit vor allem im Internetcafé. Weil ich jetzt fern von Homs und den Demonstrationen war, wollte ich zumindest mit anderen Mitteln die Rebellen der FSA unterstützen. Niemand in meiner Familie hat zu den Waffen gegriffen, dafür hatte ich mein eigenes Mittel, und das war das Internet.

In Syrien musste ich immer ins Internetcafé, wenn ich surfen wollte. Die wenigsten Wohnungen in Homs oder Palmyra haben eine Internetverbindung. Der Anschluss ist sehr teuer, und außerdem wird das Netz in Syrien vom Regime kontrolliert. Wer etwas gegen das Regime veröffentlicht, riskiert, dass er über seine IP-Adresse ausfindig gemacht und verhaftet wird. Die Internetcafés sind ein gewisser Schutz, aber auch die werden regelmäßig von Polizisten und Geheimdienstleuten kontrolliert.

Ich hatte in meinem Leben zwei Mal so große Angst, dass ich lieber gleich gestorben wäre, anstatt das, was kommen könnte, ertragen zu müssen. Das eine Mal war auf der Sandbank vor der ägyptischen Küste. Das andere Mal war in einem Internetcafé in Palmyra. Und dieses Erlebnis war eigentlich noch schlimmer. Ich hatte eine Angst, wie man sie hier in Deutschland nicht kennt, die man nur verstehen kann, wenn man unter einem totalitären Regime wie dem in Syrien gelebt hat, das den Menschen die Luft zum Atmen nimmt.

In Palmyra verbrachte ich Stunden im Internetcafé, um Facebook-Seiten von Assad-Anhängern zu hacken. Sie verbreiteten falsche Nachrichten über die Lage in Homs und beleidigten die FSA. Ich habe diese Posts gelöscht oder die Seiten ganz geschlossen. Das Know-how dazu habe ich mir selber Stück für Stück im Internet beigebracht.

Du musst als Hacker natürlich dafür sorgen, dass du nicht erwischt wirst. Ich legte mir für Facebook ein Pseudonym zu und veränderte mit ein paar Einstellungen am Rechner sowohl meine IP-Adresse als auch die Geräte-ID, sodass der Geheimdienst, der das syrische Netz überwacht, meinen Standort nicht ermitteln konnte.

Ich wählte immer einen Rechner aus, der hinten in der Ecke lag, sodass der Besitzer des Internetcafés meinen Monitor nicht einsehen konnte. Und am Ende meiner Sitzungen im Internetcafé habe ich immer die Chronik im Internetbrowser gelöscht, sodass niemand sehen konnte, welche Seiten ich aufgerufen hatte.

Einmal, als ich gerade wieder ein paar Seiten von Assad-Anhängern gelöscht hatte und nun auf einer Seite der FSA auf Facebook war, kamen Soldaten in das Internetcafé.

Ich hatte meine IP-Adresse wie immer geändert, aber irgendwas muss dabei schiefgegangen sein. Denn so entschlossen, wie die sechs Soldaten mit ihren Gewehren in das Café hineinmarschierten, war klar, dass sie auf der Suche nach jemandem waren. Nach mir.

»Wir haben Hinweise auf regimefeindliche Aktivitäten«, bellte einer der Soldaten den Besitzer an.

»Das kann nicht sein«, antwortete der. »Nicht bei mir. Ich überwache die Leute hier mit Video.« Er zeigte auf seine Monitore an der Decke. Aber dort war genau mein Rechner nicht richtig zu sehen.

Mir war klar, dass mir nicht viel Zeit blieb, weil der erste Soldat schon direkt auf mich zukam. Ich wurde panisch und schaffte es gerade noch, die Chronik der letzten Stunde zu löschen, allerdings nicht mehr die letzte Facebook-Seite, die ich gerade aufgerufen hatte. Ich konnte nur noch auf den roten »Aus«-Knopf in der Menüleiste klicken, dann war der Browser geschlossen.

Der Soldat hatte das gesehen.

»Wieso hast du das weggeklickt?«, schrie er mich an. »Mach das sofort wieder auf!«

Ich bekam fürchterliche Angst. Wenn er mich nun zwang, die letzte Seite wieder zu öffnen, dann würde mein Profil auf dem Bildschirm erscheinen und der Soldat würde all die Likes für die FSA sehen. Dann wäre ich dran.

Der Soldat stand mit seinem Gewehr neben mir. Ich wusste, dass meine Sitzung bald auslaufen würde, ich hatte nur 30 Minuten gekauft, und die letzte Minute hatte schon begonnen. Ich spielte auf Zeit.

»Na wird's bald!«, schrie der Soldat.

Meine Haut fühlte sich an, als würde jemand mit feinen heißen Nadeln hineinpiksen, meine Poren zogen sich von der Aufregung zusammen, gleichzeitig brach mir der Schweiß aus. Die Haare an meinem Arm standen hoch, wie bei einem Igel, der bei Gefahr seine Stacheln aufstellt. Der Zähler am Computer lief. Noch 30 Sekunden.

»Los!«, schrie der Soldat und bohrte mir sein Gewehr in den Rücken.

Ich hielt den Atem an und öffnete den Browser.

»Zeig mir die Chronik!«, rief der Soldat.

Ich öffnete die Chronik und klickte auf die Facebook-Seite. Nun bin ich am Ende, dachte ich mir.

Aber dann geschah etwas, was ich mir bis heute nicht erklären kann.

Als ich auf die Chronik klickte, erschien nicht mein Profil, sondern die Facebook-Startseite, da stand zwar mein Benutzername, aber nicht mein Passwort.

»Das ist nicht mein Name«, sagte ich.

»Schreib das Passwort rein!«, schrie der Soldat.

»Aber ich kenne es nicht, ehrlich«, sagte ich.

Der Soldat sah verunsichert auf den Bildschirm. Er wusste offenbar auch nicht, was er jetzt tun sollte.

Ich sah, wie die Uhr herunterlief. 5, 4, 3, 2, 1 – dann war die Sitzung beendet und der Browser schloss sich.

»Stell dich da drüben hin«, sagte der Soldat und zeigte auf die Wand gegenüber des Computers.

Zwei andere Soldaten, die noch mit den anderen Gästen beschäftigt gewesen waren, kamen jetzt dazu. Die drei stellten sich vor den Computer und berieten, was zu tun sei. Ich verstand nicht genau, was sie sagten, aber die andern

Soldaten waren offenbar der Meinung, dass hier nichts zu holen war.

»Lass uns gehen«, sagte einer von ihnen.

»Darf ich dann auch gehen?«, fragte ich kleinlaut.

»Okay«, sagte der Soldat, der mich mit dem Gewehr bedroht hatte. Dann richtete er seinen Zeigefinger auf mich: »Merk dir eins: Wenn du irgendwas Illegales getan hast, dann kriegen wir dich dran!«

Ich ging schnell nach draußen und sah, dass vor dem Café noch mehr Soldaten mit ihren Jeeps standen.

Ich versteckte mich in einem Hausflur.

Nach einer halben Stunde, als die Jeeps weg waren, ging ich wieder zurück zum Internetcafé. Die Sache ließ mir keine Ruhe.

Ich kaufte mir noch mal zehn Minuten und setzte mich an den Computer, an dem ich vorher gesessen hatte. Ich öffnete in der Chronik den letzten Eintrag – und da erschien mein Facebook-Profil mit all den Likes für die FSA! Wie konnte das sein?

Die nächsten drei Tage blieb ich zu Hause. Ich bekam keinen Bissen hinunter und grübelte darüber, was im Internetcafé geschehen war. Ich konnte mir nicht erklären, warum mein Profilbild nicht am Rechner erschienen war, als die Soldaten hinter mir standen. Petrit, mit dem ich neulich darüber gesprochen habe, meint, ich hätte in der Aufregung vielleicht nicht mehr gewusst, was ich tat.

Aber vielleicht, denke ich mir heute, hat Gott dich erhört, Mutter. »Ich bete für dich«, hattest du oft zu mir gesagt. Ich habe das nie so ernst genommen, aber vielleicht war das tatsächlich eine Art Schutz, der mich umgab.

Eines Morgens war der Krieg dann auch plötzlich in Palmyra. Es war gegen sechs Uhr, ich war wach geworden, weil meine Schwester sich für die Schule fertig machte. Sie war auf einer höheren Schule für Mädchen, die wesentlich besser war als meine. An diesem Tag sollte sie eine wichtige Prüfung schreiben für das Abitur.

Ich döste vor mich hin und hörte im Halbschlaf, wie sich Sarah mit meiner Mutter in der Küche unterhielt. Dann stand meine Schwester auf und ging zur Haustür. Das Nächste, was ich hörte, war ein lauter Knall, der die Tür aus den Angeln schleuderte.

»Sarah, Saraaaah!«, schrie ich und sprang aus dem Bett. Ich war mir sicher, dass sie getroffen war.

Eine Bombe war hochgegangen, ich kannte dieses Geräusch.

Ich rannte zur Tür. Mein Vater kam ebenfalls im Schlafanzug angerannt, meine Mutter aus der Küche, ich sah ihre Gesichter, starr vor Schreck. Überall war Staub, alle Glasscheiben im Haus waren von der Druckwelle zerborsten, draußen sah ich Feuer – und da, an der Tür, stand Sarah, unverletzt, nur von oben bis unten mit weißem Staub bedeckt.

Ich fiel ihr um den Hals und zerrte sie in die Küche, überall am Boden lagen Scherben, die unter unseren Schritten zerbröselten, wir versteckten uns alle unter dem Esstisch, in Panik, dass noch mehr Bomben hochgehen würden. Ich zitterte am ganzen Körper.

Wir hatten den Krieg schon in Homs kennengelernt und waren sicher, dass dies der Anfang vom Ende von Palmyra war. Die Armee war nun also auch hier. Von diesem Tag an waren meine Eltern sich sicher, dass es in Syrien keine

Zukunft für uns gab. Sie bereiteten unsere Ausreise nach Ägypten vor.

Was Palmyra betrifft, sollten meine Eltern recht behalten. Die Stadt wurde später für einige Zeit von der Terrororganisation »Islamischer Staat« eingenommen. Sie richteten zahlreiche Menschen hin und zerstörten antike Heiligtümer der Stadt, weil sie diese in ihrer fatalen Logik als »unislamisch« und deshalb zerstörenswürdig betrachteten.

Bevor wir nach Ägypten flogen, mussten wir noch einmal nach Al-Waar zurück, um Sachen aus unserer Wohnung zu holen, Taschen mit Kleidern, Schmuck und andere Wertsachen.

Der Weg zurück war eine Odyssee. Die Strecke war ohnehin gefährlich, weil die Armee auf dieser wichtigen Verbindungsstraße viele Checkpoints errichtet hatte. Mein Vater konnte dort jederzeit verhaftet werden, einfach weil er aus Homs stammte. Und man wusste nie, ob irgendwo plötzlich Kämpfe aufflammten.

Zu allem Überfluss ging dann auch noch nach wenigen Kilometern unser Auto kaputt. Wir standen auf der Straße mitten in der Wüste und der Motor wollte nicht mehr anspringen.

Mein Vater rief seinen Bruder in Homs an und bat ihn, uns abzuholen. Nach zwei Stunden war er da. Er befestigte ein Seil an seinem Auto und band es an unserer Stoßstange fest. Dann ging es wieder weiter.

Nach etwa 30 Kilometern riss das Seil und wir mussten wieder stehen bleiben. Mein Vater und sein Bruder machten einen Knoten an der Stelle, wo es gerissen war, dann fuhren wir wieder weiter. Noch ein paar Kilometer, dann riss es erneut.

So ging das die ganze Strecke bis Homs, wir brauchten etwa sechs Stunden für einen Weg, der sonst zwei dauert.

Ich konnte die Anspannung kaum aushalten, mir taten die Kiefergelenke weh, weil ich die Zähne so fest zusammenbiss. Meine Hände waren feucht, mein T-Shirt schweißnass.

Aber irgendwie schafften wir es. Wir blieben nur ein paar Tage in Al-Waar und packten das Nötigste, um das Land so schnell wie möglich zu verlassen.

Wieder verabschiedeten wir uns von Nachbarn und Freunden, die noch in Al-Waar ausharrten. Und von meiner Schwester Dina, sie und ihr Mann wollten die Stadt nicht verlassen, sie wohnten in einem Teil von Homs, der damals noch einigermaßen sicher war.

Von Homs aus nahmen wir einen Bus nach Latakia und von dort ein Taxi zum Flughafen. Wir hatten die Tickets parat, alle Papiere dabei und standen am Check-in-Schalter im Flughafen. Ein Mitarbeiter sah unsere Pässe durch, bei dem meiner Schwester Sarah stutzte er lange. Dann gab er ihn meinem Vater zurück.

»Der Name ist nicht richtig zu lesen, so kann ich den Pass nicht akzeptieren«, sagte er.

»Das kann doch nicht sein«, sagte mein Vater und sah sich den Pass an.

An der Stelle, wo der Name steht, war die Schrift etwas verblichen.

»Mit diesem Pass kann Ihre Tochter nicht fliegen«, sagte der Beamte.

Ich sah, wie aus Sarahs Gesicht jede Farbe wich. Mit Entsetzen im Blick sah sie zu dem Beamten und dann hilfe-suchend zu meinem Vater.

»Bitte, haben Sie Erbarmen, wir sind seit Stunden un-terwegs, unser Flug geht bald, lassen Sie uns durch«, sagte mein Vater.

Der Mann nahm den Pass mit und ging zu einem Vorge-setzten, dann kam er wieder zurück.

»Sie müssen den Pass ändern lassen«, sagte er und gab ihn meinem Vater zurück.

»Aber, bitte ...«, versuchte es mein Vater erneut.

»Jetzt halten Sie den Mund und hauen Sie ab, sonst lasse ich Sie verhaften«, fauchte der Mann meinen Vater an.

Meine Mutter zog meinen Vater zur Seite. Sie redete ruhig auf ihn ein. Wir konnten nichts tun.

Also beschlossen wir, dass meine Mutter, Fatima und ich zunächst ohne meinen Vater und meine Schwester fliegen würden. Mein Vater wollte versuchen, den Pass in Dschabla ändern zu lassen, dann würden sie nachkommen.

Wir umarmten uns lange zum Abschied, meine Schwes-ter weinte. Ich wollte sie und meinen Vater gar nicht mehr loslassen. Bislang waren wir immer zusammengeblieben. Die Gemeinschaft in der Familie war unser Halt gewesen, sie war alles, was wir hatten. Nun war auch das dahin.

Ich hatte unendliche Angst, dass ich meinen Vater und meine Schwester nie wiedersehen würde.

Meine Mutter war damals die tapferste von allen. Sie umarmte meinen Vater und meine Schwester, als gingen wir auf eine ganz normale Urlaubsreise, dann nahm sie mich und die schwangere Frau meines Onkels am Arm, und gemeinsam gingen wir durch die Sicherheitskontrolle.

Als das Flugzeug startete, sah ich unter mir die sandfarbene Küstenlinie Syriens, bis wir schließlich über dem Blau des Mittelmeeres schwebten. Zweieinhalb Jahre ist das nun her, und ich weiß noch immer nicht, wann ich Syrien wiedersehen werde.

In Kairo kamen wir die ersten Tage bei einer Nichte meiner Mutter unter. Amir kam nach drei Tagen auch dort an. Aber mein Vater und meine Schwester sollten in Syrien schwere Tage erleben. Noch heute weint Sarah, wenn sie davon erzählt, was damals passierte.

In der Behörde in Dschabla, wo mein Vater und Sarah den Pass ändern lassen wollten, sagte man ihnen, dass sie dafür zurück nach Homs müssten. Die ganze Strecke wieder zurück, vorbei an Checkpoints der Regierung und durch Kampfgebiete der Rebellen.

Es dauerte eine Woche, bis der Pass in Homs korrigiert wurde. Dann machten sich mein Vater und meine Schwester zum dritten Mal auf den gefährlichen Weg nach Latakia. Wir andern warteten in Kairo in banger Hoffnung, dass sie bald bei uns sein würden.

Mein Vater und meine Schwester bekamen keinen direkten Bus nach Latakia, sie mussten über die Küstenstadt Tartus fahren und dort den Bus wechseln. Das bedeutete: mehr Checkpoints, mehr Gefahr. Direkt vor Tartus war wieder so ein Checkpoint der Armee.

Ein junger Soldat, gerade mal Anfang 20, ging durch den Bus und fragte jeden nach seinem Ausweis. Als er die Papiere meines Vaters angesehen hatte, begann der Soldat ihn zu beschimpfen.

»Du Hurensohn, raus aus dem Bus!«

Er zog meinen Vater am Arm und schubste ihn den Gang entlang, dabei schlug er ihm auf den Hinterkopf und trat ihn mit dem Fuß.

Meine Schwester begann zu schreien, aber es half nichts. Eine Frau neben ihr legte den Arm auf ihre Schulter.

»Sei lieber still! Das macht nur noch mehr Ärger«, sagte sie.

Der Soldat schubste meinen Vater aus dem Bus, sodass er zu Boden fiel. Dann riss er ihn hoch und führte ihn zu seinem Vorgesetzten, der mit andern Soldaten vor einem Wachhäuschen stand.

»Wenn du deinen Pass wiederhaben willst, dann geh zum Oberoffizier!«, schrie der Soldat.

Mein Vater erzählte mir später, wie er vor dem Oberoffizier stand, einem dicken Mann mit buschigen schwarzen Augenbrauen. Er war vielleicht Mitte 40. Hinter ihm am Wachhäuschen hing ein Poster von Bashar al-Assad, auf dem er eine verspiegelte Sonnenbrille trug.

Der Soldat gab dem Oberoffizier den Pass meines Vaters und ging dann zurück zum Bus. Der Oberoffizier blätterte durch die Seiten.

»Du bist aus Homs, du Hund?«, bellte ihn der Mann an. »Dann stell dich da drüben hin und beweg dich nicht!«

Der Oberoffizier zeigte auf eine Mauer hinter dem Wachhäuschen.

»Verzeihen Sie bitte«, sagte mein Vater unterwürfig, »ich muss zum Flughafen, meine Tochter sitzt noch im Bus.«

»Halt die Schnauze«, fuhr ihn der Oberoffizier an. »Stell dich einfach da hin und beweg dich nicht!«

Mein Vater tat, was er ihm sagte. Nervös blickte er zu dem Bus, in dem er hinter der Scheibe meine Schwester weinen sah. Verzweifelt überlegte er, was er tun konnte. Wenn der Bus mit ihr wegfuhr, war sie ganz alleine und völlig schutzlos. Wer weiß, was die Soldaten am nächsten Checkpoint mit ihr machen würden. Manchmal verhaften die Soldaten auch wahllos Frauen und Kinder. Viele der Frauen werden von den Soldaten vergewaltigt.

Es vergingen noch ein oder zwei Minuten, der Offizier blätterte durch den Pass meines Vaters und beriet sich mit den umstehenden Soldaten.

Dann fuhr der Bus ab.

Mein Vater sah ihm verzweifelt hinterher, er sah, wie meine Schwester hinter der Scheibe schrie und mit der Hand gegen das Glas haute.

Wenn er noch einen Versuch startete, den Beamten zu überreden, würde er womöglich wieder Schläge kassieren. Aber was hatte er schon zu verlieren, jetzt, da meine Schwester auf sich alleine gestellt war?

Mein Vater hob zaghaft den Finger, als der Oberoffizier zu ihm herübersah.

»Darf ich etwas sagen?«, fragte er unterwürfig. Und nachdem der Offizier nicht gleich protestierte, schob mein Vater hinterher: »Bitte, lassen Sie mich gehen. Ich weiß, Sie sind ein guter Mann, bestimmt haben Sie selbst Kinder. Ich muss los, mein Flug geht, und meine Tochter sitzt jetzt ganz alleine im Bus. Sehen Sie, hier habe ich die Tickets.«

Der Oberoffizier kam missmutig auf meinen Vater zu, er sah sich die Tickets an und gab sie ihm zurück.

Irgendetwas schien zu passieren in ihm. Er verzog den

Mund ein paar Mal, als ringe er mit sich. Dann schmiss er meinem Vater seinen Pass vor die Füße.

»Hau ab«, sagte er und drehte sich davon.

Mein Vater stammelte noch ein »Dankeschön«, dann rannte er in Richtung des abgefahrenen Busses los.

Er kannte sich in der Stadt nicht aus und wusste nicht, wo der Bus als Nächstes halten würde.

Deshalb hielt er ein Taxi auf und stieg ein.

Sarah sprach später noch oft davon, wie sie diese verzweifelten Momente erlebt hatte. Jedes Mal liefen ihr dann die Tränen über die Wangen.

Nachdem der Bus ohne meinen Vater davongefahren war, hatte sie so große Angst, dass sie nicht mehr klar denken konnte. Sie war damals erst 15 und noch nie auf sich alleine gestellt gewesen. Was würde mit unserem Vater geschehen? Wo würde sie ihn wieder treffen? Was sollte sie ohne ihn und ohne jede Hilfe in Tartus tun? Diese Gedanken schossen durch ihren Kopf und raubten ihr den Verstand.

Die Frau auf dem Nebensitz sah die Verzweiflung in den Augen meiner Schwester und sprach beruhigend auf sie ein.

»Keine Angst, ich helfe dir«, sagte sie.

Sie legte den Arm um meine Schwester und streichelte sie. Als später noch einmal Soldaten in den Bus kamen, um die Leute zu kontrollieren, behauptete die Frau, dass Sarah ihre Tochter sei. Mädchen, die alleine reisen, sind Freiwild für die Soldaten. Aber ihre Sitznachbarin beschützte Sarah.

Als der Bus an der Endhaltestelle ankam, am Busbahnhof, stieg die Frau mit ihr aus und blieb bei ihr. Eine halbe

Stunde saß Sarah da, weinend, ohne zu wissen, was sie tun sollte. Dann kam mein Vater. Der Taxifahrer hatte ihn auf gut Glück zum zentralen Busbahnhof gebracht.

Die beiden fielen sich in die Arme. Sarah hat mir später gesagt, sie sei noch nie so froh gewesen, meinen Vater zu sehen.

Der Frau, die Sarah geholfen hatte, dankten sie von ganzem Herzen.

»Wir werden Sie in unsere Gebete einschließen«, versprach mein Vater. Dann machten sie sich mit dem nächsten Bus auf den Weg zum Flughafen.

Mit viel Glück erwischten sie das Flugzeug gerade noch, allerdings nicht ohne 500 Euro Schmiergeld an einen korrupten Flughafenbeamten zu zahlen. Der Flug nach Kairo war nämlich überbucht und sie hätten meinen Vater und meine Schwester sonst nicht an Bord gelassen.

13

Es ist neun Uhr abends, Amir ist noch nicht zu Hause. Ich mache mich auf den Weg ins Internetcafé, um in Ruhe surfen zu können. Mein Onkel würde ausflippen, wenn er merkt, dass ich mir den Computer aus der Schublade geholt habe.

Es ist stockdunkel draußen, kaum jemand ist auf der Straße, weil es in Strömen regnet. Mein erster Sommer in Deutschland.

Im Internetcafé in Konstanz sitzen vor allem Ausländer wie ich. Afghanen, Syrer, Iraker, die keinen eigenen Computer haben. Stumm sitzen sie vor den Bildschirmen, das blaue Computerlicht auf ihren Gesichtern, verbunden nur durch eins, das Heimweh und die Sehnsucht nach ihren Freunden und Familien.

Ich öffne mein Facebook-Profil und sehe, dass ich eine neue Nachricht von Alaa bekommen habe. Er ist ein alter Freund aus Homs, der vor zwei Jahren nach Beirut geflohen ist. Er ist der einzige von den Freunden aus meiner Straße, zu dem ich noch Kontakt habe. Bei allen andern weiß ich nicht, ob sie tot sind oder noch am Leben. Ich habe immer wieder versucht, meinen besten Freund Hischam über das Internet zu finden. Aber von ihm fehlt jede Spur. Ich kann mir das nicht erklären, selbst in den entlegensten

Flüchtlingslagern gibt es doch immer jemanden mit einem Smartphone, fast jeder ist doch entweder auf Facebook, Twitter oder nutzt WhatsApp. Hischam offenbar nicht.

Oder ist er tot?

Ich hatte Alaa schon vor Längerem gebeten, sich in Beirut umzuhören, was aus Hischam geworden ist. Im Libanon leben über eine Million syrischer Flüchtlinge, die meisten davon in Beirut. Viele der Syrer dort kennen sich untereinander.

»Salam, Karim«, schreibt mir Alaa jetzt, »stell dir vor, ich habe gestern auf dem Markt zufällig einen Nachbarn aus unserer alten Straße in Homs getroffen. Den alten Hosseini aus dem Krämerladen, dem wir mal mit dem Fußball die Scheibe zerschossen haben. Wow, das war eine Aktion! Erinnerst du dich noch? Mein Vater hat mir den Hintern versohlt, und ich durfte drei Tage nicht mehr raus, um mit euch Fußball zu spielen. Genau der Hosseini lief mir gestern über den Weg. Er ist erst vor vier Monaten aus Homs geflohen. Ich habe ihn gleich gefragt, ob er etwas über Hischams Familie weiß. Und er sagte, er hat als Letztes gehört, dass sie nach Jordanien zu Verwandten fliehen wollten.«

Alaa schreibt noch irgendwas von Hosseinis Tochter, auf die er ein Auge geworfen hat, und dass er versucht in Beirut einen Schulabschluss zu machen. Ihm fehlt genauso viel Stoff wie mir, auch er hat jahrelang keinen richtigen Unterricht mehr gehabt, aber zumindest ist seine Schule in Beirut eine arabische. Das macht es für ihn natürlich leichter als für mich.

Ich würde Hischam wirklich gerne wieder sehen. Das letzte Mal traf ich ihn, kurz bevor wir nach Palmyra umgezogen sind. Ich besuchte ihn in unserer alten Straße in Al-Kussur, es war ausnahmsweise ein relativ ruhiger Tag, Rebellen und Armee machten eine Kampfpause, weil ein Feiertag war. Hischam und ich gingen zu Aboullaban, wo es die besten Baklawa[5] der Stadt gab. Wir kauften jeder ein paar Stück – sie kosteten ein Vermögen, weil der Konditor wegen der Kämpfe die Zutaten schwer bekam – und setzten uns auf den Bürgersteig vor der Konditorei. Um uns herum lagen die Teile eines herabgestürzten Balkons, die Läden neben Aboullaban waren ausgebrannt, die Wände innen drin pechschwarz vom Ruß. Aber all das war uns in diesem Moment egal.

Ich biss in das Baklawa hinein und genoss, wie der knusprige Teig zwischen meinen Zähnen knackte. Während ich kaute, mischte sich der süße Honig mit den herben, leicht salzigen Pistazien in meinem Mund zu einem unwiderstehlichen Geschmack.

»Solche Baklawa habe ich in Al-Waar noch nie gegessen«, sagte ich zu Hischam und schmatzte dabei.

»Natürlich nicht, die gibt es nur hier bei Aboullaban«, sagte Hischam und nahm sich das zweite Teilchen.

Ich wurde wehmütig und fragte mich, wie oft ich überhaupt noch hierher kommen konnte. Meine Eltern redeten damals schon immer davon, dass wir bald nach Palmyra gehen würden. Immer mehr Syrer flohen ins Ausland, manche bis nach Europa.

---

5 Baklawa ist eine arabische Süßigkeit, die aus Teig, Nüssen, Pistazien und Honig hergestellt wird.

»Meinst du, dass es in Europa auch solche Baklawa gibt?«, fragte ich Hischam.

»Ausgeschlossen!«, meinte Hischam. »Ich habe einen Cousin, der vor Kurzem nach Deutschland gegangen ist. Der sagt, die essen da nur Brot mit harter Rinde und Kartoffeln. Woher sollen die wissen, wie man Baklawa macht?«

Ich musste lachen. Ich biss in mein zweites Baklawa und dabei kam mir eine grandiose Idee.

»Weißt du was? Wenn der Krieg vorbei ist, egal wo wir dann sind, treffen wir uns genau hier und essen zusammen Baklawa. Was meinst du?«

Hischam grinste über das ganze Gesicht.

»Ich bin dabei!«, sagte er.

Er hielt mir seine Hand hin und ich schlug ein.

Es gab eigentlich keinen Grund dazu, aber ich fühlte mich euphorisch in diesem Moment. Wir saßen inmitten von Trümmern, aber wir hatten einen Plan. Und das war doch etwas Großartiges in dieser planlosen Zeit, in der man nie wusste, was der nächste Tag bringen würde. Im Überschwang drückte ich Hischams Hand so fest, dass er aufschrie.

»Ey, du Hund!«, rief er und warf sich auf mich.

Dann begannen wir auf der staubigen Straße zu raufen, rollten übereinander und konnten nicht mehr aufhören zu lachen.

»Lass uns zur Chaled-Ibn-al-Walid-Moschee fahren!«, schlug Hischam vor.

Wir holten Hischams Fahrrad, ein blaues Klapprad mit riesigen Rostflecken, ich setzte mich auf den Gepäckträger, Hischam saß auf dem Sattel und trat in die Pedale, und so fuhren wir hinüber zur Moschee. Nicht um zu beten, sondern einfach, um die Atmosphäre dort zu genießen. Für mich war diese Moschee immer ein magischer Ort. Ich versank in den Anblick der schwarz-weiß-gestreiften Steinplatten im Innenhof, nach einiger Zeit wurde mir immer ein bisschen schwindelig davon.

Wir gingen weiter zum Grab von Chaled Ibn al-Walid und sahen uns die Schwerter an, mit denen er vor 1400 Jahren gekämpft hatte.

Seitdem habe ich Hischam nicht mehr gesehen. Ich warte sehnsüchtig darauf, dass ich mich mit ihm bei Aboullaban treffen und Baklawa essen kann. Wer weiß, wann es so weit sein wird.

Ich suche nach einem alten Foto, das mich zusammen mit Hischam zeigt, und maile es an einen entfernten Cousin, der in Amman in einem Flüchtlingslager lebt.

»Hör dich bitte um, ob irgendjemand Hischam gesehen hat. Ich muss unbedingt wissen, wie es ihm geht!«, schreibe ich an meinen Cousin.

Vielleicht habe ich ja Glück und er findet ihn. Ausgeschlossen ist das nicht – jetzt, wo ich zumindest weiß, in welchem Land er sein könnte.

Ich will noch nicht nach Hause, wo Amir auf mich wartet. Lieber gehe ich zum See und setze mich ans Ufer. Wie froh ich bin, dass es diesen Ort gibt. Wenn ich über die Spiegelfläche des Sees in die Weite blicke und kein Hindernis mein Auge stört, werde ich klarer im Kopf.

Ich blicke in den Himmel und wundere mich, wie viele Sterne dort zu sehen sind. Über mir leuchtet es tausendfach. Ich muss an dich denken, Mutter. Du hast mir einmal erklärt, in der Stadt, wo alles erleuchtet ist, werde das Licht der Sterne geschluckt. Aber über dem dunklen See scheinen die Sterne hell.

Bevor die Bomben vom Himmel fielen, sind wir manchmal auf das Dach unseres Hauses in Homs gestiegen und haben uns die Sterne angesehen. Dort oben hast du mir den Sternenhimmel erklärt.

»Karim, sieh mal, da ist der große Wagen«, sagtest du und zeigtest mir die sieben Sterne, die ihn bilden.

»Und dort oben ist der Polarstern«, sagtest du. »Denk dir eine Linie von der Spitze des großen Wagens nach links oben, dann erkennst du ihn.«

Dein Vater hat dir all das beigebracht. Er hatte ein Teleskop, mit dem man sich den Mond ganz genau ansehen konnte.

Auch heute Nacht sehe ich dort oben im Himmel den großen Wagen. Es beruhigt mich, dass er da ist.

* * *

Ich habe mit meinen Eltern nie darüber geredet, was es für sie bedeutet, alles verloren zu haben. Mein Vater hat Herzprobleme, deshalb vermeide ich das Thema, ich will ihn nicht unnötig belasten. Alles, was sie sich aufgebaut haben, unser Zuhause und Vaters Firma, ist zerstört. Uns ist nur das nackte Leben geblieben. Und nun sind wir noch nicht einmal mehr zusammen. Ich bin in Konstanz, meine Eltern und Sarah in Kairo, Dina in Homs.

Meine Eltern entschieden, nach Kairo zu gehen, weil ihnen das die beste Lösung für uns schien. Der Libanon, in den wir auch hätten fliehen können, hatte selbst einen brutalen Bürgerkrieg hinter sich, und dort schwelten die gleichen Probleme zwischen den Bevölkerungsgruppen und Religionen wie in Syrien. Aber in Kairo, das sollte sich nach einigen Monaten herausstellen, ging es auch nicht gut für uns.

Nachdem mein Vater und meine Schwester es endlich zu uns nach Kairo geschafft hatten, suchten wir uns zusammen mit meinem Onkel und dessen Familie eine Wohnung in Madinaty, einem Neubaugebiet weit draußen vor der Stadt, in dem es noch viele freie Wohnungen gab. Eigentlich war Madinaty ganz schön mit seinen sandfarbenen Häusern, sauberen Straßen und grünen Vorgärten. Dort leben viele Syrer, an jeder Ecke gibt es Schawarma[6]-Stände, eröffnet von Exil-Syrern.

Für meine Schwester fanden meine Eltern eine gute und bezahlbare Oberschule in der Nähe, in der sie nun endlich ihr Abitur machen konnte. Allerdings fanden wir für mich keine passende Schule in der Nähe. Die weiterführenden Schulen in Ägypten sind privat und die nächste bezahlbare Schule für Jungs wäre 30 Kilometer weit gewesen. Bei uns im Umkreis gab es nur eine amerikanische und eine britische Schule, die umgerechnet über 3000 Euro im Jahr gekostet hätten und damit viel zu teuer waren. Mein Vater hatte ja kein eigenes Geld mehr, er konnte wegen seiner

---

6 Grillfleisch vom Drehspieß, das in dünnen Streifen heruntergeschnitten wird und ähnlich dem türkischen Döner oft in Fladenbrot gegessen wird.

Herzprobleme nicht mehr arbeiten und musste täglich Medikamente nehmen. Also lebten wir von den Ersparnissen meines Onkels. Und selbst, wenn der gesagt hätte: »Ich zahle die Schule für dich«, hätte ich es nicht gewollt.

Ich bin der einzige Sohn, also fand ich, dass ich zum Familieneinkommen beitragen sollte, auch wenn ich erst 14 war. In diesem Alter arbeiten die meisten in Ägypten, sogar noch kleinere Kinder arbeiten dort. An jeder Straßenecke sieht man in der Innenstadt Fünfjährige, die Taschentücher verkaufen. Oft haben sie noch ihre kleineren Geschwister an der Hand, barfuß und in völlig verdreckten Kleidern. In Homs gab es auch Armut, aber diese Massen, die in Kairos Katakomben, in winzigen Kammern oder auf den staubigen Straßen leben, kannte ich nicht.

Um zumindest ein wenig mitzuhelfen, suchte ich mir eine Arbeit in der riesigen Shopping-Mall von Madinaty. Von außen sah das Gebäude mit den Rundbögen aus wie ein Palast, aus einem runden Brunnen davor schossen Fontänen in die Luft. Ich begann dort in einem Laden, der Handys und Computer reparierte. Ich hatte mir vieles in den Jahren zuvor selbst beigebracht und schon oft kaputte Handys zerlegt und wieder repariert.

Ich machte alles Mögliche, Festplatten austauschen, neue Akkus in Laptops einbauen oder eine Software installieren. Die Bezahlung war mies, ich bekam nur ein paar Euro am Tag.

In der Zwischenzeit machte sich mein Onkel Amir auf die Suche nach einer Arbeit. Es gibt nicht viele Stellen für Ingenieure in Ägypten, selbst einheimische Akademiker gehen ins Ausland, um einen guten Job zu bekommen. In

Algerien und den Golfstaaten kann ein ägyptischer Ingenieur ein Vielfaches von dem verdienen, was er zu Hause bekommt. Aber Amir erhielt ohnehin nicht mal eine Arbeitserlaubnis, wir alle hatten auch nur eine Aufenthaltserlaubnis für sechs Monate und wussten nicht, ob sie verlängert würde. Wir konnten jederzeit ausgewiesen werden.

Über Bekannte fand Amir schließlich einen Job bei einem Syrer, der schon vor vielen Jahren nach Ägypten ausgewandert war. Er hatte eine ähnliche Firma, wie sie mein Vater in Homs gehabt hatte, er stellte Maschinen her, um Granit zu schneiden. Mein Onkel sollte dort schweißen und fräsen. Ich konnte auch dort anfangen, an einer Maschine, mit der man Metallteile zuschneidet und schleift. Das hatte ich bei meinem Vater in der Firma schon manchmal gemacht.

Mein Onkel verdiente für ägyptische Verhältnisse nicht schlecht, umgerechnet 800 Euro im Monat. Ich verdiente als ungelernte Kraft um die 200 Euro.

Ich habe diese Arbeit gemacht, weil ich meinem Onkel helfen wollte, die Familie zu ernähren. Ich wäre mir schäbig vorgekommen, wenn ich zu Hause rumgehangen wäre, während er hart arbeitete. Aber ich habe die Arbeit gehasst.

Die Firma war in Helwan, einer Kleinstadt im Süden von Kairo, 80 Kilometer entfernt. Um dort hinzukommen, mussten wir quer durch die Stadt fahren, erst mit dem Bus eine Stunde durch die völlig verstopften Straßen in die Innenstadt und von dort weiter mit dem Zug. Morgens um sechs fuhren wir los und abends um zehn kamen wir zurück. Wir hatten kaum Zeit, zu essen oder zu duschen, wenn wir abends heimkamen, waren wir so müde, dass wir meist einfach ins Bett fielen.

Ich war zwar stolz, dass ich meinem Vater Geld geben konnte, aber ich hatte die Arbeit in der Metallverarbeitung ja schon in seiner Firma nicht gemocht, den Metallstaub, der überall am Körper hängt, die schwarzen, öligen Hände.

Mein Onkel und ich hielten diesen Stress acht Monate durch, dann waren wir am Ende.

Uns war klar, dass es in Ägypten für uns keine Zukunft gab. Und in Syrien waren die Kämpfe mittlerweile noch schlimmer geworden, zurück konnten wir nicht.

Manchmal sprachen wir in der Familie darüber, ob wir nicht ein Restaurant eröffnen sollten.

»Mit deinen Falafeln kann man doch bestimmt viel Geld verdienen«, sagte ich eines Abends zu meiner Mutter.

Sie hatte mal wieder großartig gekocht, niemand macht bessere Falafeln als sie. Innen locker und würzig und außen knusprig braun.

»Es wäre einen Versuch wert«, meinte mein Vater.

Meine Mutter lächelte geschmeichelt.

»Die rennen dir die Bude ein«, sagte Sarah.

»Und wir helfen alle mit!«, rief ich. »Ich koche und mahle die Kichererbsen, du machst den Teig, Mutter. Sarah schnippelt den Salat und Vater kassiert ab.«

Wir mussten alle lachen.

»Im Ernst«, sagte ich. »Viele machen sich doch hier mit ihren eigenen Geschäften selbstständig, warum nicht wir?«

Meine Mutter wurde nachdenklich.

»Karim, zähl mal, wie viele Imbissbuden von Syrern es in dieser Straße gibt.«

»Es sind ungefähr fünf«, sagte ich.

»Genau«, antwortete meine Mutter. »So viele Falafeln kann doch kein Mensch essen.

Wir redeten noch ein paar Mal darüber und ersponnen Namen für unseren Imbiss. »Homs-made Falafel« und »Just Falafel« waren in der Endauswahl. Aber am Ende wurde nichts aus der Idee.

Ich weiß nicht mehr genau, wann wir den Entschluss fassten, den gefährlichen Weg über das Meer zu versuchen. Aber es muss bald nach diesem Gespräch gewesen sein. Es hat keinen konkreten Auslöser gegeben, sondern der Entschluss war über Wochen in uns herangereift. Unter den Syrern in Kairo machten sich so viele auf den Weg übers Mittelmeer, ständig hörten wir von jemandem, der es nach Europa geschafft hatte und glücklich war, dort in Sicherheit zu sein.

Wir wussten, dass wir wegmussten aus Ägypten, bevor uns die Regierung auswies und uns womöglich zurück nach Syrien geschickt hätte. Außerdem mussten wir gehen, solange wir noch genug Geld für die Schlepper hatten. 2500 Dollar kostete die Überfahrt für einen Erwachsenen, für einen Minderjährigen wie mich die Hälfte.

Die Stimmung in Ägypten war gegen uns Syrer. Es gab Demonstrationen gegen uns, sogar Entführungen. An den Unis machten die Moslembrüder regelrecht Jagd auf Syrer. Viele Ägypter sahen in uns Schmarotzer, die ihnen die wenigen Jobs, die es gab, wegnahmen. Oder Terroristen, die das Land destabilisieren.

Ich kam mir in Kairo mehr tot als lebendig vor. Ich hasste jeden Tag, an dem ich in diese Fabrik nach Helwan fuhr.

Letztlich verließ ich Ägypten, damit ich wieder zur Schule gehen und meine Eltern nach Europa nachholen konnte. Wir hatten von anderen Syrern gehört, dass das geht. Die Hoffnung auf ein glückliches Leben trieb mich an.

In Europa hatte ich kein konkretes Ziel, wir wussten nur, dass wir nach Schweden oder Deutschland wollten. Wir hatten gehört, dass diese Länder reicher seien als die anderen und es dort bessere Ausbildungs- und Arbeitsmöglichkeiten gäbe. Wir verließen uns auf das, was man sich unter den Syrern in Kairo erzählte. Ich kannte Europa ja nur aus Filmen: Da sah man Jugendgangs, die durch die Straßen zogen, und Jungs, die alle viel Alkohol tranken. Aber ich wusste natürlich schon, dass die Menschen in Europa in Freiheit und Demokratie leben. Deshalb wollte ich dorthin.

Vielleicht war es auch ein Ansporn, mein Leben endlich selbst in die Hand zu nehmen. Ich hatte ja bisher überhaupt nichts geschafft und nichts geleistet. Alles hatte ich immer von meinen Eltern bekommen. Nun war ich derjenige, der unserer Familie eine Zukunft bieten konnte, indem ich über das Meer ging.

»Ich habe Angst«, sagte meine Mutter eines Abends am Esstisch zu mir, als wir die Liste durchgingen mit Sachen, die ich für die Flucht brauchen würde.

»Aber Mutter, das Risiko, dass wir untergehen, ist viel geringer, als in Homs von einer Bombe getötet zu werden«, sagte ich.

»Das klingt wenig beruhigend«, sagte meine Mutter und zog ihre Mundwinkel noch weiter nach unten.

»Die meisten Boote aus Ägypten kommen durch. Und wir haben ja Schwimmwesten«, ich tippte auf die Liste, wo wir »Schwimmwesten kaufen« notiert hatten.

»Und die Boote haben alle ein Satellitentelefon, wenn wir in Seenot geraten, rufen wir die italienische Küstenwache an, die retten uns auch aus internationalem Gewässer«, warf mein Onkel ein.

Meine Mutter sah nicht überzeugt aus.

»Ich werde auf ihn aufpassen wie auf mein eigenes Kind«, sagte mein Onkel und legte den Arm um mich. »Wir werden heil dort ankommen und nach ein paar Monaten kommt ihr alle nach.«

Dann gingen wir zu Bett. Bevor ich das Licht ausmachte, kam meine Mutter noch einmal herein und setzte sich neben mich auf die Bettkante, wie sie es immer getan hatte, als ich noch ein kleiner Junge war. Sie sah aus dem Fenster, wo der Vollmond leuchtete.

»In der Nacht, als du in Homs geboren wurdest, war auch Vollmond«, begann meine Mutter. »Ich lag erst seit ein paar Stunden in den Wehen, sie waren schnell sehr stark geworden, sodass ich sie kaum aushalten konnte. Du hattest es offenbar eilig.«

Meine Mutter lächelte mich an, sie hatte mir diese Geschichte noch nie erzählt.

»Offenbar ging alles auch für deinen kleinen Körper zu schnell. Jedenfalls stellte die Hebamme fest, dass deine Herztöne schwächer wurden. Sie rief nach der Ärztin, es war ein Uhr in der Nacht, und die kam dann auch gleich mit einer weiteren Helferin. Ich war wie in Trance und bekam nicht so recht mit, was um mich herum geschah. Ich sah nur, wie die Ärztin ein riesiges Instrument aus einer Verpackung riss, eine Saugglocke, wie ich später erfuhr, dann ging alles ganz schnell. Die Ärztin legte mir deinen kleinen Körper auf den Bauch. Ich war so glücklich, dich zu sehen, aber ich bemerkte auch, dass du dich kaum bewegtest, du schriest nicht und warst bläulich angelaufen. Ein Kinderarzt betrat das Zimmer und nahm dich schnell mit auf die Intensivstation.«

Meine Mutter hielt kurz inne in ihrer Erzählung, in ihrem Gesicht zeichnete sich der Schmerz ab, den sie damals durchlitt.

»Die Ärzte sagten, dass du während der Geburt wenig Sauerstoff bekommen hattest und unter Beobachtung bleiben müsstest. Während all dieser Tage war ich bei dir und hielt dich wärmend an meinen Körper gedrückt. Ich schwor zu Gott, dass ich mein Leben lang auf dich achten würde wie auf einen Schatz, wenn du gesund würdest«, sagte meine Mutter.

Sie sah mich an und ein Lächeln huschte über ihr Gesicht. Ich konnte nichts sagen in dem Moment.

»Es fällt mir schwer, dich gehen zu lassen. Alles in mir sträubt sich dagegen. Ich will dein Leben nicht aufs Spiel setzen, es kommt mir vor wie ein Verrat an Gott.«

Ich lächelte unbeholfen.

Meine Mutter sah mich ernst an.

»Warum solltest ausgerechnet du dich opfern für unsere Zukunft?«

»Mama, ich opfere mich doch nicht«, sagte ich. »Ich steige in ein Boot und fahre über das Mittelmeer. Das haben die Menschen hier schon vor 5000 Jahren getan.«

Meine Mutter seufzte, dann gab sie mir einen Kuss auf die Wange.

»Lass uns jetzt schlafen gehen«, sagte sie und ging zur Tür.

In den nächsten Tagen kümmerte sich mein Onkel um die Vorbereitungen für die Reise. Über Bekannte fand er einen Schlepper, der unsere Reise organisieren sollte. Er hieß Abu Kamal und war um die 40 Jahre alt. Mein Onkel kannte ihn flüchtig, Freunde waren durch seine Vermittlung schon nach Europa gekommen.

Unter den Schleppern in Ägypten gab es viele Verbrecher. Der Menschenhandel war dort zeitweise so lukrativ wie der Drogenhandel. Deshalb musste man sich gut überlegen, wem man sein Leben anvertraute.

Von Abu Kamal sagte mein Onkel, er sei ein guter Mensch, kein Verbrecher. Er vertraute ihm. Also vertraute ich ihm auch.

Abu Kamal war früher Fischer gewesen und kam aus dem Nildelta, der ländlichen Gegend im Norden Ägyptens. Ein paarmal war er bei uns zu Hause gewesen, um über die Modalitäten der Überfahrt zu sprechen. Er erkundigte sich immer bei allen, wie es ihnen ging, und spielte mit dem kleinen Sohn meines Onkels.

Abu Kamal war der Mittelsmann zwischen den Flüchtlingen und dem Kapitän auf dem Schiff. Er organisierte alles, war sozusagen der Verkaufsagent. Aber er war nicht der Chef, sondern nur Teil eines sehr viel größeren Schlepperrings. Sein Chef soll irgendwas mit der Polizei zu tun gehabt haben. Nur so konnte er die richtigen Informationen über bevorstehende Razzien bekommen und die richtigen Leute bei der Küstenwache bestechen, damit sie wegsahen, wenn mal wieder eines seiner Schlepperboote an den offiziellen Grenzkontrollen vorbei auslief.

Ich kannte auch die Fotos von den völlig überfüllten Booten, die im Mittelmeer manövrierunfähig trieben und auf Rettung warteten, ich kannte die Geschichten von Booten, in denen fast alle ertranken. Aber wir kannten eben auch einige Leute, deren Überfahrten nicht so schlimm gewesen waren. Wir wussten auch von Leuten, die in großen Containerschiffen über das Mittelmeer nach Europa geschleust wurden.

Daran hielten wir uns fest, all die anderen Dinge, die passieren konnten, blendeten wir aus.

Bevor wir uns auf die Reise machten, klärte mein Onkel noch die Modalitäten der Bezahlung. Abu Kamal würde erst mal gar kein Geld bekommen. Wir ließen die vereinbarte Summe bei meinem Vater. Wenn wir in internationalem Gewässer wären, wo die italienische Küstenwache Boote in Seenot rettet, würden wir ihn anrufen und Abu Kamal bekäme sein Geld. So wird das in Ägypten mit den Syrern immer gemacht, damit ist sichergestellt, dass die Schleuser einen nicht einfach ins Meer werfen und mit dem Geld abhauen. Wir waren also die Ware, die sicher nach Europa gebracht werden musste, erst dann kam die Bezahlung.

Ziemlich genau ein Jahr nach unserer Ankunft in Kairo war es dann so weit und wir machten uns auf den Weg nach Europa. Ich war mittlerweile 15 Jahre alt.

14

Als ich gegen elf Uhr abends nach Hause komme, sitzt mein Onkel am Küchentisch und raucht. Er spielt mit seinem Schlüsselanhänger, das Foto von seiner Frau und seinem Sohn daran baumelt hin und her. Vor ihm steht ein randvoller Aschenbecher – so voll ist er nur, wenn Amir nervös ist.

»Hallo«, sage ich kühl und will gleich ins Bett.

»Wo warst du so lange?«, fragt mein Onkel streng.

»Im Internetcafé, du hast ja meinen Rechner weggesperrt.«

»Aus gutem Grund«, sagt mein Onkel. Dann macht er eine Pause. Ich stehe etwas unschlüssig im Flur.

»Ich habe mir Sorgen gemacht«, seine Stimme klingt jetzt etwas weicher.

»Ich bin 16, Amir. Aber du behandelst mich, als wäre ich ein kleines Kind.«

»Du verhältst dich ja auch nicht gerade erwachsen. Ich verstehe, dass du verwirrt bist und nicht weißt, wo du hingehörst. Aber hättest du dich an meinen Rat gehalten, wäre das mit dem Mädchen nicht passiert. Dein Leben wäre viel einfacher.«

»Du weißt doch überhaupt nichts vom Leben in Deutschland«, sage ich. »Du bist es doch, der hier verloren ist. Du kannst ja noch nicht mal die Sprache richtig. Ich übersetze für dich, und dann behauptest du, du wüsstest, wie ich mich hier verhalten soll?«

»Setz dich zu mir«, sagt mein Onkel, bemüht, nicht die Fassung zu verlieren.

Widerwillig nehme ich ihm gegenüber Platz. Ich bin müde und will jetzt nur noch ins Bett.

»Ich habe deiner Mutter versprochen, mich um dich zu kümmern.«

Amir holt tief Luft, dann fährt er fort. »Ich werde zu der Schulkonferenz mitkommen übermorgen«, sagt er.

»Aber Frau Helm wird ja dabei sein«, entgegne ich. Ich bin mir nicht sicher, ob mir Amirs Anwesenheit wirklich helfen wird oder ob sie mich noch nervöser macht. Ich will über all das, was mit Millie vorgefallen ist, nicht in seiner Gegenwart reden. Es ist mir viel zu peinlich. Und was soll er mir schon helfen, wenn er mir ohnehin nicht glaubt?

»Ich will dich nicht alleine lassen«, sagt Amir.

»Ich schaffe das schon«, sage ich.

»Du hast zwar einen Fehler gemacht. Aber jeder verdient eine zweite Chance. Ich komme mit, um dir zu helfen, keine Widerrede.«

»Gut«, sage ich und zucke mit den Schultern. »Wenn du unbedingt willst, dann komm eben mit.«

Ich stehe auf.

»Gute Nacht«, sage ich.

»Das wünsche ich dir auch«, sagt mein Onkel. Ich spüre seinen Blick in meinem Rücken.

* * *

Während Amir am nächsten Tag zum Deutschkurs geht, hole ich mir meinen Computer aus seiner Schreibtischschublade.

Mein Cousin aus Amman hat mir eine Nachricht geschickt. Ich kann es kaum erwarten, sie zu öffnen, ich hoffe so sehr, dass er irgendwas über Hischam herausgefunden hat.

»Du Glücklicher!«, schreibt mein Cousin. »Du hast es nach Deutschland geschafft! Wir sitzen hier in Zelten im Sand wie die Beduinen und jetzt haben sie im Lager sogar noch die Essensrationen verkleinert. Ich habe mit Vater eine Reparaturwerkstatt für Elektrogeräte eröffnet, na ja, Werkstatt ist zu viel gesagt, aber wir haben ein paar Werkzeuge auf dem Markt gekauft und reparieren kaputte Wasserkocher, Taschenlampen und all so einen Kram. Wir lassen uns also nicht unterkriegen und träumen von dem Tag, an dem wir nach Homs zurückkehren können.

Ich habe mich hier im Lager nach deinem Freund Hischam umgehört. Und auch mit Leuten geredet, die aus anderen Lagern hergekommen sind. Leider hat niemand etwas von ihm oder seiner Familie gehört. Es tut mir leid, dass ich dir nicht helfen konnte!«

Ich bin maßlos enttäuscht, als ich das lese. Wie soll ich Hischam denn jetzt noch finden? Ich muss zumindest wissen, ob er noch am Leben ist.

Vielleicht ist seine Familie von Jordanien aus in die Türkei gegangen und sitzt jetzt dort in einem der überfüllten Flüchtlingslager? Das ist die neue Route, viele Syrer versuchen jetzt mit dem Boot von dort nach Griechenland zu kommen. Einige der griechischen Inseln liegen nur ein paar Kilometer von der Türkei entfernt. Aber die Reise ist deshalb nicht weniger gefährlich, als es unsere war. Von der Türkei aus setzen die Flüchtlinge in Schlauchbooten über, nicht in großen stabilen Booten wie wir von Ägypten aus.

Vielleicht versucht Hischam nun auch im Boot nach Europa zu kommen. Sicher hat seine Mutter genauso Angst um ihn wie meine damals um mich.

Ich erinnere mich noch gut an den Tag unserer Abreise, Mutter. Du schlichst um mich herum und hättest mich am liebsten gepackt und nicht mehr losgelassen. Nur damit ich nicht weggehe.

Ein Minibus sollte uns morgens abholen und ans Meer bringen. Wir wussten nicht genau, wann er kommen würde. Also saßen wir ab sieben Uhr morgens bereit und warteten darauf, dass es an der Tür klingelte.

Ich hasse Abschiede, die sich so lange hinziehen. Die Anspannung ist kaum erträglich, einerseits will man weg, um es hinter sich zu bringen, andererseits will man noch jede freie Minute zusammen nutzen. Das lähmt einen, und die Stunden, die einem geschenkt werden, sind doch nur verlorene Zeit.

Ich saß also einfach auf unserem Sofa, die Schuhe schon angezogen, und wartete. Du hast dich neben mich gesetzt, Mutter, meine Hand gehalten, dann standest du auf und gingst in die Küche, weil du es nicht ertragen konntest, dass ich ging. Dann wieder zogst du im Wohnzimmer Kreise. Du machtest mich fürchterlich nervös, ich wollte nur noch weg.

»Hast du die Schwimmweste eingepackt?«, fragtest du mich.

»Ja, Mama.«

»Hast du die Plastiktüte für dein Handy?«

»Ja, Mama!«

»Hast du das Klebeband dabei?«

»Jaa! Ich habe nichts vergessen, hör bitte auf zu fragen!« Wir waren doch die Liste mit den wichtigen Dingen durchgegangen und hatten alles in meinen Rucksack gepackt. Das Klebeband brauchte ich, um mir vor dem Umstieg aufs Boot den Pass und die Wertsachen am Bauch befestigen zu können. Das Handy kam ebenfalls in eine Plastiktüte und wurde dann mit Klebeband möglichst so umwickelt, dass alles wasserdicht war.

In meinem Rucksack hatte ich außerdem noch ein paar Kleider zum Wechseln dabei. Abu Kamal hatte uns gesagt, wir sollten nicht zu viel mitnehmen, das Gepäck würde uns nur stören.

»Wenn ihr erst mal in Italien seid«, sagte er, »dann könnt ihr euch viele schöne neue Sachen kaufen.«

Ich nahm nur jeweils zwei Hosen, Unterhosen, Socken, T-Shirts, Pullis zum Wechseln mit. Es war Sommer, auf dem Meer würde es warm sein. Für die Nacht hatte ich eine Jacke dabei, die gleichzeitig auch als Regenjacke dienen konnte. Meine Mutter bestand darauf, eine neongelbe zu kaufen, so würde man mich im Meer auch von Weitem gut sehen, wenn wir gerettet werden mussten.

Außerdem hatte ich noch eine Taschenlampe und ein Taschenmesser dabei, und ein paar persönliche Dinge: eine Fahne der FSA, mein altes Handy, weil da viele Fotos und Textnachrichten von Freunden drauf waren. Dazu ein Freundschaftsbuch mit Fotos und Sprüchen von Schulfreunden.

Plötzlich, gegen zehn Uhr vormittags, klingelte es dann an der Tür. Der Fahrer des Minibusses stand unten, um uns abzuholen. Mein Onkel und ich sprangen auf, nahmen unsere Sachen und gingen zur Tür. Wir wollten den Abschied beide schnell hinter uns bringen.

Ich umarmte zuerst meinen Vater und meine Schwester, dann meine Mutter. Sie begann zu weinen, auch meiner Schwester liefen die Tränen herunter. Ich selbst fühlte mich sehr mutig in diesem Moment und wollte einfach nur los.

»Gott schütze dich«, sagte meine Mutter und strich mir über den Kopf.

Mein Vater klopfte mir noch einmal fest auf die Schulter, wie Männer es unter sich tun. Ich kam mir sehr erwachsen vor in dem Moment. Dann gingen wir zur Tür hinaus. Ich drehte mich nicht mehr um.

Unten im Minibus warteten schon ein paar andere Syrer, einer von ihnen war ein Freund meines Bruders, der sich mit uns auf den Weg machte. Wir fuhren noch zu zwei anderen Häusern und holten Passagiere ab. Am Ende waren wir 14 Leute im Bus, dann ließen wir die Stadt hinter uns und fuhren in Richtung Nildelta.

Der Fahrer war ein wortkarger Mann von etwa 30 Jahren, auch er gehörte zum Schmugglerring.

»Wo fahren wir genau hin?«, fragte mein Onkel ihn.

»Das werdet ihr schon sehen«, sagte der Mann.

Er wirkte sehr nervös und zündete sich einen Joint an.

Die Fahrt war nicht ungefährlich, wenn uns die Polizei

aufhalten und kontrollieren würde, hätte sie bei einem Bus voller Syrer schnell gemerkt, dass wir Flüchtlinge auf dem Weg zum Meer waren. Und genau das versucht die Regierung ja zu unterbinden – zumindest tut sie so. Andererseits nehmen die Regierungsbeamten die Schmiergelder der Schlepper gern in Empfang.

Zum Glück wurden wir nicht kontrolliert. Die Fahrt dauerte viereinhalb Stunden, der Fahrer rauchte einen Joint nach dem andern, bald waren auch wir hinten im Auto so benebelt, dass wir kaum sprachen. Ich döste vor mich hin, eingelullt vom Rauch und dem Geräusch des Motors.

Dann hielt der Minibus an.

»Wir sind in der Nähe der Stadt Raschid, im Nildelta«, sagte mein Onkel.

Die Sonne würde bald untergehen, um uns herum sahen wir Felder, in der Nähe ein paar Baracken und Ställe umgeben von Dattelpalmen, wir waren auf einer Farm. Ein paar andere Minibusse mit Flüchtlingen standen auch schon da.

Der Fahrer erlaubte uns, kurz auszusteigen und die Füße zu vertreten, dann sollten wir wieder in den Bus, so wie die andern Flüchtlinge.

Die Fahrer der anderen Busse unterhielten sich miteinander, wir wussten nicht, worauf sie warteten und wann es weitergehen würde. Keiner von ihnen sprach mit uns.

Ich roch schon das Meer, wir waren nur ein paar Kilometer vom Strand entfernt. Aber wenn einer von uns die Fahrer ansprach, um zu erfahren, wann es weiterginge, scheuchten sie uns weg.

Nach etwa zwei Stunden, es war mittlerweile dunkel

draußen, kam ein LKW mit offener Ladefläche angefahren. Plötzlich wurden die Fahrer hektisch.

»Los, los!«, schrien sie. »Rein mit euch! Lasst eure Taschen hier, die bringen wir euch nachher zum Boot!«

Ich holte nur das Notwendigste aus meinem Rucksack, Papiere, Geld und Handy, und gab es Amir. Er hatte eine kleine Bauchtasche, in die er alles steckte. Es blieb keine Zeit, mir alles um den Bauch zu wickeln.

Die Männer schoben und drängten uns auf den LKW, ohne Rücksicht, wir hatten auch viele Frauen und Kinder dabei.

Während ich einstieg, fragte ich mich, wie wir da alle reinpassen sollten, es konnte eigentlich nicht gehen. Die Ladefläche war vielleicht zwei mal vier Meter groß und wir waren um die 100 Personen. Die Leute saßen zum Teil zu dritt übereinander. Ich konnte mich gar nicht mehr setzen, sondern musste mich in einer Ecke auf die Füße hocken wie ein Frosch. Nach kürzester Zeit schmerzten meine Beine, aber ich konnte sie nicht ausstrecken.

»Wir sind zu viele, das geht nicht!«, schrie eine Frau.

»Rein mit euch!«, riefen die Schlepper. »Haltet den Mund!«

Die Kinder weinten.

»Wir sind doch keine Tiere!«, rief ein Mann.

»Ruhe! Rutscht zusammen, wer nicht draufpasst, bleibt hier!«, bellte uns einer der Fahrer an.

Auch er hatte wieder einen Joint im Mund. Am Ende, als alle drin waren, schärfte uns einer der Fahrer ein:

»Seid ja leise. Wenn ihr erwischt werdet, ist die Reise zu Ende, bevor ihr das Meer gesehen habt.«

Dann holten zwei Männer eine blaue Plane hervor und breiteten sie über uns aus. Ich bekam Angst, als sie das riesige Plastikteil über unsere Köpfe zogen. Wie sollten wir da Luft bekommen?

Sobald die Plane festgezurrt wurde, merkte ich, dass ich kaum atmen konnte. Um uns herum war es völlig dunkel. Als das Auto losfuhr, wurde es noch unerträglicher. Wir wurden gegeneinandergeschoben, fielen fast um. Ich hatte das Gefühl zu ersticken. Damit ich überhaupt noch Luft bekam, bohrte ich mit meinem Fingernagel ein Loch in die Plane und reckte meinen Kopf nach oben, so bekam ich etwas frische Luft. Meine Beine schmerzten unendlich, die Oberschenkel, die Knie, die Füße. Bald spürte ich sie nicht mehr.

Nach einer Viertelstunde begannen die Ersten von uns zu schreien.

»Ich bekomme keine Luft!«

»Lasst mich raus!«

»Umkehren! Ich will nicht mehr!«

»Hilfe, ich ersticke!«

Als die Schreie immer lauter wurden, hielt der LKW an. Wir hörten die schnellen Schritte des Fahrers. Dann schlug er mit der Hand auf die Plane, knapp an meinem Kopf vorbei.

»Seid verdammt noch mal leise, ihr Hunde! Wir werden noch alle erwischt! Gleich sind wir da!«

Dann fuhr er wieder los. Eine Zeit lang blieb es ruhig, jeder versuchte, irgendwie das Gleichgewicht zu halten, aber bald fielen wir durcheinander wie Kegelfiguren.

Nach einer Viertelstunde gingen die Schreie erneut los.

»Stopp!«

»Ich will raus!«

Die Kinder weinten nicht mehr, sie wimmerten nur noch.

Diesmal ignorierte der Fahrer uns einfach.

Ich versuchte mir vorzustellen, ich sei nicht in meinem Körper, sondern an einem anderen Ort. Ich träumte mich an meinen schönsten Tag zurück, in den Spätsommer vor dem Krieg, als wir alle zusammen am Swimmingpool meines Onkels Raed waren. Dieser Ratschlag meiner Mutter funktionierte. Irgendwann dämmerte ich weg.

Ich kam wieder zu mir, als der LKW ruckartig anhielt. Ich konnte das Meer schon hören, das Zischen der Brandung. Dann zogen der Fahrer und sein Kompagnon die Plane weg und schrien uns an.

»Raus, raus, raus!«

Ein paar Männer warteten schon hier, um uns in Empfang zu nehmen, einer von ihnen hatte ein Messer im Hosenbund stecken. Wir waren irgendwo am Rande eines Industriegebiets, ich sah die Umrisse riesiger Lagerhäuser. Die Männer trieben uns eine staubige Straße hinunter. Ich stolperte über Schlaglöcher und Steine. Amir fiel hin, ich riss ihn wieder hoch. Dann sahen wir die Dünen, der Mond leuchtete silbern auf dem Sand.

»Runter zum Wasser!«, schrie der Fahrer.

Wir stapften durch den Sand, so schnell es ging, die Dünen hoch. Unten sahen wir ein paar Lichter in den Wellen, das mussten die Boote sein.

»Schneller, schneller, ihr Hurensöhne!«, schrien die Männer, die uns zum Meer hinuntertrieben.

»Ich mache euch Beine!«, schrie ein anderer.

Einer von ihnen war noch ein Junge, vielleicht so alt wie ich. Er hatte einen Stock dabei, wie man ihn zum Ziegenhüten verwendet. Er schwang den Stock über dem Kopf und drohte damit.

»Ich haue euch die Hucke voll, wenn ihr nicht schneller lauft.«

Ich rannte, so schnell ich konnte, stolperte im Sand, fiel hin. Dann sauste der Stock des Jungen auf meinen Rücken. Es brannte wie Feuer.

»Steh auf, du Vieh!«, schrie er.

Mein Onkel, der vor mir war, drehte um und zog mich hoch. Wir rannten zusammen weiter. Mein Atem wurde immer schneller, Amir schnaufte wie eine Dampflock, in meinem Brustkorb brannte es wie Feuer.

Der Strand war einer der gefährlichsten Abschnitte der Reise, hier auf freier Fläche waren wir gut zu sehen, oft machten hier Banditen Jagd auf Flüchtlinge und raubten ihnen ihr letztes Geld, bevor sie die Boote erreichten. Und jederzeit konnte die Küstenwache auftauchen und uns verhaften, wenn wir nicht schnell genug waren. Die Schlepper hatten sich bei der Küstenwache nur ein Zeitfenster von 30 Minuten erkauft. In dieser Zeit würden die Polizisten wegsehen und wir konnten unbehelligt auslaufen.

Dann waren wir unten am Wasser. Ein paar Fischerboote, jedes etwa sieben Meter lang, warteten auf uns.

»Rein mit euch, ihr Pack!«, schrie einer der Männer vom Boot aus.

Die Brandung klatschte an den Strand, ich lief durch die Gischt, meine Schuhe und Hosen wurden pitschnass. Bis zum Bauchnabel war ich im Wasser, als ich endlich das

Boot erreichte. Ich versuchte mich an Deck zu hieven, aber der Rumpf des Bootes war zu weit oben, die Wellen ließen das Boot auf und ab tanzen. Amir drückte mich von hinten hoch, eine Hand streckte sich mir entgegen und zog mich rauf. Dann half ich Amir.

Hinter ihm im Wasser wartete nun eine Frau mit einem Baby auf dem Arm, es war in dicke Decken gehüllt und schrie so laut, dass es sogar den Motorlärm übertönte.

Einer der Männer vom Boot griff nach dem Kind, eine große Welle kam und ließ das Boot heftig schaukeln, das Bündel rutschte ihm aus der Hand, die Mutter stieß einen spitzen Schrei aus. Ich stand direkt neben dem Mann und bekam das Baby gerade noch an der Kapuze seines Anoraks zu fassen. Es schrie und schrie, die Mutter schrie nun auch, aber das Baby war in Sicherheit, Amir packte es blitzschnell am Oberkörper und nahm es in den Arm.

Als auch die Mutter an Bord war, umschloss sie ihre kleine Tochter und küsste sie ab.

»Gott wird dich dafür belohnen!«, sagte sie zu mir und blickte mich strahlend an. »Ich bin Asisa. Und das ist Susu«, sagte sie und zeigte auf ihr Baby.

Wir gaben uns die Hand.

»Wo ist unser Gepäck?«, fragte Amir einen der Männer.

»Das kriegt ihr schon noch«, antwortete der, »auf dem großen Boot!«

Dann gab der Kapitän Gas und wir rasten hinaus aufs offene Meer. Wir waren um die 20 bis 30 Leute im Boot, Salzwasser spritzte mir ins Gesicht, der Bug klatschte gegen die Wellen, der Wind fühlte sich eisig kalt an auf meinem Gesicht.

Ich fror, aber das war mir egal. Ich war voller Euphorie, in meiner Brust breitete sich eine wohlige Wärme aus. Wir hatten es geschafft! Wir waren auf dem Meer! Ich blickte zurück auf den Küstenstreifen, der immer kleiner wurde.

»Ägypten ade!«, rief ich meinem Onkel zu.

Auch er strahlte über das ganze Gesicht.

Wir waren vielleicht eine halbe Stunde unterwegs, da sahen wir die Lichter eines größeren Schiffs auf dem Meer, etwa zwölf Meter lang.

Der Kapitän verlangsamte den Motor und tuckerte auf das große Boot zu, dann setzte er den Anker, und die Männer des großen Bootes warfen ein Seil herüber, mit dem die beiden Schiffe aneinandergebunden wurden.

Dann stiegen wir um, einer nach dem andern. Unser Kapitän musste stetig in den Wellen manövrieren, damit wir nah genug an das große Boot herankamen, mal klappte es, mal trieben wir wieder ab. Wenn die Boote nahe genug für den Umstieg waren, schrie er: »Los!«

Immer dann sprang einer nach dem anderen auf das große Boot.

Ich war jetzt an der Reihe, von hinten schob mich ein Mann, von vorne packte einer meinen Arm und zog mich auf das große Boot. So ging das, bis etwa alle 150 Leute aus den kleinen Booten an Bord waren. Es waren sehr viele Frauen mit ihren Kindern darunter.

»Wo ist unser Gepäck?«, fragte ich einen der Männer, die zur Crew des Bootes gehörten.

»Keine Ahnung!«, rief der.

»Aber es sollte doch hier sein! Das habt ihr uns versprochen!«

»Lass mich in Ruhe!«, schrie der Mann.

Asisa mischte sich nun ein.

»In der Tasche war das Essen für mein Baby!«, schrie sie. »Wie soll ich es denn jetzt füttern?«

»Beruhige dich!«, schrie der Mann.

»Ihr kommt ja noch auf ein größeres Boot«, sagte ein anderer.

Amir wählte die Nummer unseres Schleppers Abu Kamal, der alles organisiert hatte.

»Wo ist unser Gepäck, Abu Kamal?«, rief mein Onkel ins Telefon. »Die Fahrer haben uns versprochen, es aufs Boot zu bringen. Und jetzt ist nichts da!«

Abu Kamal erklärte meinem Onkel, dass etwas schiefgegangen sei, das Gepäck hätte tatsächlich mitkommen sollen, aber der Pick-up, der es bringen sollte, hatte es nicht rechtzeitig zum Strand geschafft.

»Hier sind Babys an Bord, was sollen die essen?«, schrie Amir.

Abu Kamal redete noch eine Weile auf meinen Onkel ein. Dann legte Amir auf.

»Abu Kamal kann nichts dafür«, sagte Amir, »er wird unser Gepäck an sich nehmen und zu unseren Familien in Kairo bringen. Nichts geht verloren, er gab mir sein Wort.«

Asisa verzog das Gesicht.

»Dieser Hundesohn!«, schrie sie. »Wenn meinem Baby etwas zustößt, mache ich ihn verantwortlich! Möge Gott ihn bestrafen und ihm heimzahlen, was er uns angetan hat!«

Sie schimpfte noch eine Weile weiter, dann fuhr das Boot los.

Neben dem Kapitän, der sich die meiste Zeit in seiner kleinen Kajüte hinterm Steuerrad aufhielt, waren noch vier Ägypter an Bord, die ihm halfen. Der Kapitän war um die 40, er war ein wortkarger, aber korrekter Mann, wie ich fand. Seine Helfer waren allerdings ganz anders, sie waren jung, um die 20, und behandelten uns wie Dreck. Sie beschimpften und beleidigten uns als »Hunde«, wann immer wir ihnen in die Quere kamen. Und das passierte leider oft auf dem engen Boot. Die meiste Zeit rauchten die Männer Haschisch, sie waren eigentlich permanent zugedröhnt, genau wie zuvor die Fahrer. Das Haschisch machte sie nicht ruhiger, eher noch aggressiver. Die Männer trugen verdreckte T-Shirts und stanken nach Schweiß. Sie sahen aus, als hätten sie ihre Kleider seit Wochen nicht mehr gewechselt.

Der Schlimmste von ihnen war ein Junge, nicht viel älter als ich.

Ich saß die meiste Zeit während der Fahrt unten in der Kabine, wir hatten auch ein paar ältere Frauen an Bord, denen half ich, wenn sie hochmussten auf die Toilette. Unten waren auch die Frauen mit ihren Kindern. Meine Euphorie nach der Abfahrt von Kairo legte sich schnell, als ich merkte, dass ich seekrank wurde. Mir war schlecht, mein Kopf schmerzte fürchterlich. Dazu noch der Lärm des Bordmotors, der gleich hinter der Kabine war, und die Kinder, von denen immer mindestens eines schrie.

Dann kam dieser Junge runter und schrie uns an:

»Hey, macht Platz! Ich bin müde, ich will mich hinlegen!«

Er schob eine Frau und ihre Kinder einfach zur Seite und

streckte sich am Boden aus. Wir hatten kaum Platz, aber er glaubte, wir müssten für ihn zusammenrücken. Ein kleiner Junge saß verschreckt neben ihm und starrte ihn an.

»Hau ab, du Kakerlake!«, schrie er den Kleinen an, der zu weinen begann.

Ich spürte, wie die Wut in mir aufstieg, ich hätte ihm am liebsten ins Gesicht geschlagen. Was bildete sich dieser stinkende Typ ein?

»He!«, rief ich und war gerade dabei aufzustehen. Da packte mich Asisa am Arm und hielt mich zurück.

»Lass es«, sagte sie und sah mich eindringlich an. »Gott wird Gerechtigkeit widerfahren lassen!«

Die Stunden vergingen unendlich langsam auf dem Boot. Obwohl es Nacht war, konnte ich nicht schlafen. Die Übelkeit lähmte mich, ich konnte nur vor mich hin dösen. Nach ein paar Stunden merkte ich, dass ich dringend aufs Klo musste. Aber ich konnte mich einfach nicht mehr aufraffen und nach oben gehen. Mir tat alles weh, die Beine, der Kopf. Und die einzige Toilette an Bord war ohnehin total verdreckt. Allein bei dem Gedanken an diese Toilette hatte ich das Gefühl, mich übergeben zu müssen.

Ich spielte mit Susu, dem Baby von Asisa. Wenn ich die Rassel vor ihren Augen bewegte, quiekte und juchzte sie.

So konnte Asisa ein bisschen schlafen. Sie war allein mit ihrer Tochter unterwegs und wollte zu ihrem Mann, der es schon vor ein paar Monaten nach Europa geschafft hatte und nun in Süddeutschland in einem Asylbewerberheim wohnte. Eigentlich hatte er sie legal aus Yarmouk nachholen wollen, dem palästinensischen Flüchtlingslager in Damaskus. Aber die Papiere in Deutschland brauchten so lange und die Lage in Yarmouk wurde immer katastrophaler. Das Militär belagerte das Viertel, es gab nicht genug zu essen, die Menschen hungerten. Als Asisa es schaffte, dort rauszukommen, brach sie auf eigene Faust mit ihrem Kind nach Europa auf.

Wir waren jetzt schon viele Stunden unterwegs, ohne genau zu wissen, wo wir eigentlich waren. Es hieß, wir sollten auf ein größeres Boot treffen, das uns dann nach Italien bringen würde, das Mutterschiff.

Irgendwann am nächsten Tag kam auch der Kapitän mal zu uns runter, um sich auszuruhen. Einer seiner Helfer übernahm das Steuer.

Er scheuchte niemanden zur Seite, sondern setzte sich einfach ruhig neben mich. Er sah, dass es mir nicht gut ging.

»Seekrank?«, fragte er.

Ich nickte.

»Mir tut alles weh, ich kann mich nicht bewegen, und ich muss dringend aufs Klo«, sagte ich.

»Ich helfe dir«, sagte der Kapitän.

Er nahm mich am Arm und ging mit mir die schmale Treppe hoch. Dann gab er mir eine Plastiktüte aus seiner Kajüte.

»Hier. Wenn du pinkeln musst, halt dich gut an der Reling fest und mach ins Meer. Wenn du groß musst, nimm diese Tüte und wirf sie danach ins Meer.«

Ich blickte ein wenig angeekelt auf die Tüte, aber was blieb mir anderes übrig.

»Und gegen die Seekrankheit hilft es, wenn du die Augen ganz konzentriert nach oben richtest. Dann sausen deine Pupillen nicht nach links und rechts, sondern du hast das Gefühl, du bist statisch. Das ist wie auf den Horizont gucken«, sagte der Kapitän dann noch.

Ich weiß nicht genau, wie lange wir auf diesem Boot waren, vielleicht anderthalb Tage. Ich döste die meiste Zeit vor mich hin.

Irgendwann kam plötzlich Unruhe auf. Alle kramten ihre Sachen zusammen und gingen nach oben an Deck.

Ein größeres Boot war da zu sehen, um die 24 Meter lang. Aber es war völlig überfüllt, um die 500 oder 600 Leute waren schon an Bord. Sie sahen genauso elend aus wie wir, übermüdet und bleich von der Seekrankheit. Einige beschwerten sich lauthals, dass noch mehr Leute auf ihr Boot kommen sollten.

»Rüber auf das Boot«, schrie unser Kapitän, »das ist das Mutterschiff, es wird euch nach Italien bringen!«

An Bord brach Hektik aus, jeder wollte als Erster auf das große Schiff und sich noch irgendwie einen Platz sichern. Es war ein einziges Schubsen und Drängen, zwischendrin suchten die Leute nach ihren Taschen.

Ich beobachtete, wie die Männer des großen Bootes ein Seil herüberwarfen und die Boote zusammenbanden. Autoreifen an der Außenbordwand sollten verhindern, dass sich die Boote rammten. Ein gefährliches Manöver. Die Wellen waren diesmal viel höher als vorher, das Wetter schlug gerade um, dunkle Wolken hingen am Himmel, ein böiger Wind peitschte das Wasser auf. Die Boote schaukelten fürchterlich.

Nun begannen die Männer nach und nach die Leute von unserem Boot auf das Mutterschiff zu schieben und zu schubsen. Manche packten sie an Armen und Beinen und warfen sie hinüber wie einen Sack Kartoffeln. Ich sah das und war wie gelähmt. Ich hatte Angst, zwischen die Boote zu fallen, und wich unwillkürlich zurück. Es war ein fürchterlicher Lärm an Bord.

»Rüber, rüber!«, riefen die Männer.

Frauen und Kinder schrien, manche der Kleinen hatten in dem Gewusel ihre Eltern verloren und weinten erbärmlich, Namen wurden quer über das Boot gerufen.

Die meisten von uns waren schon drüben, ich konnte meinen Onkel Amir nirgendwo mehr sehen. Er musste schon drüben sein.

Auf einmal schrie der Kapitän des großen Bootes: »Keiner darf mehr an Bord! Zu voll!«

Es war dieser Moment, der mich bis heute in meinen Träumen verfolgt, der Moment, als mir klar wurde, dass ich nun ganz auf mich alleine gestellt war. Der Moment der Todesangst.

»Amir! Amir!«, rief ich nach meinem Onkel.

Er antwortete nicht. Ich konnte ihn nirgendwo sehen.

Unser Kapitän war außer sich.

»Was soll ich mit den Leuten machen?«, schrie er. »Die verhaften uns an der Küste, wenn ich mit denen einlaufe!«

»Mir doch egal!«, schrie der andere Kapitän.

»So war das nicht vereinbart, du Hurensohn!«, schrie unser Kapitän.

»Ihr seid zu viele«, rief der andere, »*das* war nicht vereinbart!«

So ging der Streit zwischen den beiden eine Weile hin

und her. Später, als mir andere Syrer von ihrer Flucht erzählten, hörte ich immer wieder solche Geschichten. Die Schlepper treffen die Absprachen nicht richtig, schicken aus Geldgier mehr Leute auf die Boote als vereinbart, und manchmal weigern sich die Kapitäne dann, die Leute aufzunehmen. Sie mögen geldgierig sein und ihre Boote überladen, aber nur bis zu einer gewissen Grenze. Im Meer sterben, das wollen die Kapitäne gewiss nicht.

Ich schrie und schrie weiter nach Amir, versuchte, irgendwie auf das große Boot zu kommen, aber einer der Männer aus der Crew schubste mich weg, sodass ich hinfiel.

Dann fuhr das große Boot einfach ab.

»Wirf sie ins Meer!«, rief der Kapitän des anderen Bootes unserem Kapitän noch zurück.

Ich merkte, wie Panik in mir aufstieg. Was, wenn er das tun würde? Uns ins Wasser werfen, damit er dem Gefängnis entgeht, das ihm droht, wenn er mit einem Boot mit 20 Flüchtlingen an Bord zurück nach Ägypten kommt?

»Du kannst uns doch nicht einfach ins Meer werfen!«, schrie ich.

Bis auf einen alten Mann waren nur noch Frauen und Kinder an Bord, Asisa war auch darunter.

»Sind wir denn Tiere?«, rief sie. »Ihr Mörder!«

»Ich kann nicht schwimmen!«, sagte der alte Mann und begann zu weinen. Er flehte den Kapitän an: »Bitte, wirf uns nicht ins Wasser!«

Mit dem Kapitän waren nur noch zwei weitere aus der Crew an Bord, auch der Junge, der uns unten in der Kabine so angeschrien hatte. Die anderen beiden Ägypter waren mit auf das große Boot gegangen.

Ich sah zum Kapitän hinüber und versuchte in seinem Gesicht zu lesen, was er wohl mit uns tun würde. Seine Kiefer mahlten, man merkte ihm an, wie es in ihm arbeitete. Es war mittlerweile ein Uhr nachts, um uns herum war es stockdunkel. Wir sahen Blitze am Himmel und ein Donnergrollen, das immer näher kam. Ein Sturm zog auf über dem Mittelmeer. Das Wasser sah aus wie ein schwarzes Loch. Ich hatte keine Ahnung, wo wir waren, nirgendwo war Land in Sicht.

»Keine Angst«, sagte der Kapitän dann, »niemand wird ins Meer geworfen.«

Ich hatte mich also nicht in ihm getäuscht, er war kein schlechter Mensch.

Dann ging er in seine Kajüte, ich sah, wie er über das Satellitentelefon irgendwelche Absprachen traf. Würde uns ein neues Boot holen? Kehrten wir um?

Das Gewitter wurde immer schlimmer, die Wellen waren jetzt meterhoch. Das Boot schaukelte so sehr, dass ich mir sicher war, wir würden kentern. Ich krallte mich an einem Seil an der Reling fest, um nicht herauszufallen. Es war wie beim Rodeo auf einem buckelnden Pferd. Man konnte sich kaum halten. Wir hatten alle Angst, ins Wasser zu fallen.

»Hilfe!«, schrie der alte Mann neben mir und hielt sich an meinem Fuß fest, weil er nichts anderes zu fassen bekam.

»Ich falle, ich falle!«, kreischte eine Frau und krallte sich in meinem Haar fest.

Es tat schrecklich weh, aber ich biss die Zähne zusammen. Was sollte die Frau auch tun. Viele hatten nichts, um sich festzuhalten, außer ihrem Nebenmann.

Der Regen prasselte auf uns herab, es war bitterkalt, Blitze durchzuckten den Himmel, der Donner ließ mich erschauern.

Irgendwie schafften wir es dann, unter Deck zu gehen. Dort kauerte ich mich in eine Ecke. Ich fühlte mich so schrecklich allein. Amir hatte mich im Stich gelassen – die Enttäuschung nagte an mir und ließ kaum mehr einen anderen Gedanken zu. Mein Kopf schmerzte so sehr, dass ich fast die Besinnung verlor.

Wir müssen mehrere Stunden unterwegs gewesen sein, aber wenn ich an diese Zeit auf dem Boot zurückdenke, ist es wie ein Traum. Nichts ist klar in meiner Erinnerung, es ging mir so schlecht, dass ich diese Stunden aus meinem Gedächtnis gestrichen habe.

Irgendwann verlangsamte der Kapitän den Motor. Der Sturm hatte sich mittlerweile gelegt. Wir gingen an Deck und sahen Land vor uns. Es war noch dunkel, wir konnten nur Schemen im Mondschein erkennen. Der Kapitän setzte den Anker.

»Ihr lauft von hier aus ein kurzes Stück, dann seid ihr am Strand von Abu Kir«, sagte er.

Abu Kir?, wunderte ich mich, das hieß, wir waren wieder in Ägypten. Wir mussten also die letzten zwei Tage vor der ägyptischen Küste auf und ab gefahren sein, offenbar hatte der Kapitän die ganze Zeit auf das große Boot gewartet. Und wir dachten, wir seien schon auf dem Weg nach Europa.

Nachdem uns der Kapitän rausgelassen hatte, gab er Gas und fuhr davon. Ich sah dem roten Licht am Mast hinterher, bis es in der Dunkelheit verschwand. Dann machten wir uns auf den Weg – aber schon sehr bald stellten wir fest, dass um uns herum nur Wasser war.

Der Kapitän hatte uns auf einer Sandbank ausgesetzt.

In der Ferne sah ich die grellen Lichter von Abu Kir, die Schornsteine der Fabriken, aus denen weißer Rauch in den Nachthimmel zog – aber dazwischen lag das Meer.

Amir war jetzt auf dem Weg nach Europa, mit meinem Pass und meinem Geld. Und wir saßen fest, mitten im Meer.

15

Es ist acht Uhr morgens, ich blinzele durch die Jalousien, um zu sehen, ob draußen die Sonne scheint. Da fällt es mir plötzlich wieder ein: Heute um zehn ist die Schulkonferenz.

Ich stöhne leise und mache die Augen noch mal zu, ziehe mir die Decken über die Schultern und drehe mich zur Seite. Ich wippe mit dem Oberkörper sanft hin und her, schaukele mich wie ein Baby in der Wiege. Das beruhigt mich.

Nach einer warmen Dusche und einem heißen Kaffee mache ich mich langsam auf den Weg zur Schule, Amir wird vom Deutschkurs aus direkt dorthin kommen.

Auf dem Küchentisch liegen mein Laptop und mein Handy, offenbar findet Amir, dass er mich nun genug bestraft hat und ich die beiden Sachen wiederhaben darf. Mir soll es recht sein. Ich nehme mein Handy und stecke es in die Jackentasche, dann verlasse ich das Haus.

Ein eigenartiges Gefühl befällt mich, als ich eine halbe Stunde später die Schule betrete. Als gehörte ich hier nicht mehr hin, Hunderte Male bin ich schon durch diese Flure gegangen, aber heute kommen sie mir fremd vor. Ich ziehe die Schultern hoch. Hoffentlich begegnet mir jetzt niemand, denke ich mir.

Oben vor dem Direktorat sitzt schon Amir auf einer Bank. Er steht auf und klopft mir aufmunternd auf die Schultern.

»Morgen, Karim«, sagt er.

Ich nuschele ebenfalls ein »Guten Morgen«, dann setze ich mich neben Amir und lasse den Kopf hängen.

Was gäbe ich dafür, jetzt nicht hier sein zu müssen.

Am Ende des Ganges sehe ich Millie kommen, ihre Mutter geht hinter ihr. Als die Mutter mich sieht, blickt sie mich böse an. Millie sieht zu Boden. Die beiden bleiben ein paar Meter von uns entfernt stehen. Wir grüßen uns nicht.

»Ist sie das?«, flüstert mir Amir ins Ohr und sieht zu Millie hinüber.

Ich nicke.

Dann geht die Tür auf und die Sekretärin bittet uns herein.

Im Direktorat sitzen schon alle im Halbkreis vor dem Schreibtisch von Herrn Maus: Frau Helm, der Schulpsychologe und Frau Sturm, die Klassenlehrerin von Millie.

Wir geben uns alle die Hand, Frau Sturm presst ein »Guten Morgen« durch ihre schmalen Lippen, Frau Helm umarmt mich. Nur Millie und ihre Mutter setzen sich auf ihre Plätze und sehen weg, bevor wir uns die Hand geben können.

»Wir sind hier, um eine recht unerfreuliche Angelegenheit zu klären«, beginnt Herr Maus. »Es geht um ein Foto von Millie Steiner, das der ältere Schüler Karim Deeb gemacht haben und über das Internet verbreitet haben soll. Ein Bild, das ...«

Herr Maus räuspert sich kurz.

»Äh, ein Bild, das die Schülerin mit nacktem Oberkörper zeigt. Wir möchten nun allen die Gelegenheit geben, sich zu äußern, und werden dann eine Entscheidung treffen, ob Karim Deeb die Schule weiter besuchen darf oder nicht.«

Ich wage es nicht, irgendjemanden anzusehen, ich stütze meine Ellenbogen auf die Oberschenkel und sehe zu Boden. Mir ist das alles so peinlich, dass mir jede Energie fehlt, mich zu verteidigen.

Herr Maus bittet Millie, ihren Vorwurf noch einmal zu schildern.

Sie spricht sehr leise und monoton, als habe sie ihren Text eingeübt: Ich hätte ihr bei einer Party am See gesagt, sie solle ihr T-Shirt hochheben, dann hätte ich sie fotografiert und das Bild später an Freunde verschickt.

Ich schüttele fassungslos den Kopf. Als Millie fertig ist, nehme ich all meinen Mut zusammen und sehe sie an.

»Das stimmt alles nicht, Millie. Und das weißt du ganz genau. Du hast mir dieses Foto selbst geschickt.«

Millie sieht mich nicht an. Stattdessen schaltet sich nun ihre Mutter ein.

»So etwas würde meine Tochter nie tun!«, ruft sie empört.

»Ich habe Millie selbst in der Toilette aufgefunden«, sagt ihre Lehrerin, »Millie war am Boden zerstört, nachdem ihre Mitschüler sie auf das Foto angesprochen hatten. Ich hatte Angst, dass sie sich etwas antut! Wie können Sie behaupten, sie hätte das selbst verschickt? Das ergibt doch alles keinen Sinn!«

»Herr Deeb«, sagt dann der Direktor, »das ist ein harter Vorwurf, den Sie hier erheben. Das müssen Sie schon beweisen!«

»Ich kann es nicht beweisen«, sage ich kleinlaut. »Ich habe alle Fotos von Millie gelöscht. Sie hatte mir auch davor schon mal eines von sich in Unterwäsche geschickt.«

»Also das ist ja eine Unverschämtheit!«, ruft jetzt ihre Mutter.

»Moment, Moment«, versucht Frau Helm zu beschwichtigen. »Wir haben ja auch keine Beweise, dass Karim Deeb das Foto tatsächlich gemacht und an andere verschickt hat. Alles, was wir gesehen haben, ist dieses Foto. Mehr nicht. Verlassen wir uns möglicherweise aus unserem Schutzinstinkt für ein Mädchen auf dessen Aussage und machen einen ausländischen Jungen vorschnell zum Täter? Einfach, weil das besser in unser Weltbild passt?«

»Also, Frau Kollegin Helm«, sagt nun der Direktor, »da übertreiben Sie jetzt aber. Die Fakten, die wir haben, sprechen gegen Karim Deeb. Seine Herkunft spielt dabei überhaupt keine Rolle!«

Dann wendet er sich direkt an mich.

»Wenn Sie keine Beweise haben, dann fällt es mir sehr schwer, Ihnen zu glauben«, sagt Herr Maus.

Amir meldet sich nun zu Wort.

»Ich kann auch nichts beweisen«, sagt er, »aber ich glaube nicht, dass Karim so etwas tut, ein Mädchen so zu fotografieren und dann noch die Bilder zu verschicken. Das widerspricht allem, was uns unsere Religion lehrt«, sagt er.

Ich bin überrascht, wie gut er das hinbekommen hat.

Leider beeindruckt das Herrn Maus alles gar nicht.

Er spricht nun über die Konsequenzen, dass ich möglicherweise von der Schule gehen müsste, wenn das Kollegium das beschließt, Frau Helm sagt noch einmal, dass sie das für einen Fehler hält. Millies Lehrerin meint, man könne Millie doch nicht zumuten, dass sie länger mit mir in eine Schule gehe, ihr Klassenraum liege doch gleich neben unserem. So geht die Diskussion hin und her.

Ich schalte irgendwann ab, weil ich es nicht mehr ertrage. Offenbar hat sich alles gegen mich verschworen, genau, wie ich es geahnt hatte.

Ich ziehe mein Handy aus der Jackentasche und scrolle abwesend durch meine Mails. Die Stimmen der Lehrer nehme ich nur noch aus der Ferne war. Plötzlich kommt eine neue Nachricht von Petrit an.

»Rettung«, steht im Betreff.

»Schau mal, was ich gefunden habe!!!!!!«, schreibt er.

Als Anhang schickt er mir einen Screenshot einer Facebook-Nachricht von Millie, die sie mir vor Wochen geschickt hat. Ich habe völlig vergessen, dass ich Petrit den mal gezeigt hatte.

Der Screenshot zeigt das Foto, das sie mir geschickt hatte, auf dem sie in ihrem schwarzen Spitzen-BH zu sehen ist. Auch meine Antwort an Millie ist zu lesen: »Schick mir solche Fotos bitte nie mehr wieder. Ich bin nicht so drauf, ich will das nicht sehen.«

Petrit hat recht, das ist meine Rettung! Wie er das nur gefunden hat? Ich liebe ihn für diese Nachricht!

»Entschuldigung«, sage ich. »Ich habe da doch was gefunden.«

Ich gebe das Handy an Herrn Maus. Der sieht sich den Screenshot an, dann zeigt er ihn Millies Lehrerin und schließlich Millie.

»Ist diese Nachricht von dir?«, fragt sie der Direktor.

Als Millie den Screenshot sieht, sagt sie gar nichts. Dann beginnt sie zu schluchzen und nickt.

Ihre Mutter sieht sich das Foto an.

»Millie!«, ruft sie entsetzt.

Sie sieht ungläubig zu ihrer Tochter, Millie hat ihr Gesicht in ihren Händen vergraben.

Der Schulpsychologe, der sich die ganze Zeit noch nicht zu Wort gemeldet hat, geht zu Millie und redet leise auf sie ein. Er streicht ihr über den Rücken.

Als sie sich wieder einigermaßen gefasst hat, gibt sie zu, dass sie das Foto an mich geschickt hat.

»Ich war in Karim verliebt, aber er wollte nichts mehr von mir wissen. Da habe ich ihm ein paar Bilder geschickt. Aber das hat ihn alles nicht interessiert. Und dann kam Matija aus Karims Klasse zu mir und hielt mir eines dieser Fotos unter die Nase. Die kann mich eh nicht ausstehen. Es war das Foto, auf dem ich oben nichts anhabe. Mein Kopf ist darauf gar nicht zu sehen, aber ich habe so ein Muttermal am Schlüsselbein. Daran hat sie mich erkannt und sagte: ›Das bist doch du, oder?‹ Ich habe mich so wahnsinnig geschämt. Ab da ging es los mit dem Mobbing. Ich wurde als ›Schlampe‹ beschimpft und noch eine Menge anderer Sachen.«

Millie beginnt wieder zu weinen.

»Das war so schlimm«, sagt sie. »Alle, die mich eh nicht mochten, hackten jetzt noch mehr auf mir rum. Und als mich meine Lehrerin dann auf dem Klo fand, wusste ich mir nicht mehr anders zu helfen, als zu sagen, Karim hätte das Foto von mir gemacht. Das war alles so entsetzlich peinlich.«

Der Direktor schlägt die Hände über dem Kopf zusammen. Millies Lehrerin sitzt sprachlos da und schüttelt den Kopf.

»Aber wie kam das Foto denn an Matija?«, fragt der Direktor nach.

»Ich habe es ihr geschickt«, sage ich leise, »ich weiß, das war dumm. Aber ich habe nicht verstanden, was mir Millie da geschrieben hatte, und bat Matija, mir das zu übersetzen. Millies Gesicht war ja nicht zu sehen, und ich hätte auch nicht gedacht, dass Matija das Bild anderen Leuten zeigt. Wir sind ja eigentlich Freunde.«

»Das nächste Mal, wenn es Missverständnisse mit Mädchen gibt, kommst du zu mir«, sagt der Schulpsychologe und lächelt. »Du sagst ja selbst, es war dumm, das Foto weiter herumzuschicken. Du weißt nicht, was andere damit anstellen.«

»Tja, das Wort ›Freund‹ wird ja heute recht inflationär verwendet«, sagt Herr Maus. »Manchmal habe ich den Eindruck, die Schüler wissen gar nicht mehr, was das bedeutet.«

Herr Maus räuspert sich, dann dreht er sich zu mir.

»Ich muss mich wohl bei Ihnen entschuldigen, Herr Deeb. Sie dürfen auf der Schule bleiben.«

Während der Schulpsychologe noch mit Millie und ihrer Mutter spricht, darf ich gehen. Ich fühle mich, als sei eben ein riesiges Gewicht von meinen Schultern gefallen.

16

Auf dem Weg nach Hause gehen Amir und ich stumm nebeneinander her. Es ist Mittagszeit, in der Innenstadt ist viel los. Ich wundere mich immer, wie sorglos die Menschen hier aussehen. Sie strömen aus ihren Büros, zufrieden lachend, als gäbe es keine Probleme außer der Frage, wo sie zu Mittag essen oder in welches Geschäft sie zum Einkaufen gehen werden.

Irgendwann legt Amir etwas unbeholfen die Hand auf meine Schulter.

»Ich bin froh, dass sich alles geklärt hat«, sagt Amir.

»Und ich erst«, sage ich. »Aber warum hast du mir nicht geglaubt? Du hättest von Anfang an zu mir halten sollen.«

»Das fiel mir schwer, weil du es mir verheimlicht hast. Hättest du mir gleich gesagt, was los ist, anstatt dass ich es aus einem Brief von der Schule erfahre, dann wäre das was anderes gewesen.«

»Du regst dich ja jedesmal schrecklich auf, wenn ich einem Mädchen zu nahe komme. Wie soll ich dann mit dir reden, wenn es um so was geht wie diese Fotos?«

»Ich sage dir immer: Halte dich von solchen Mädchen fern. Die sind unanständig. Es gibt nur Probleme! Warum glaubst du mir das nicht?«

Ich seufze laut. Amir versteht einfach gar nichts.

»Du musst dich ja hier nicht in der Schule zurechtfinden. Ich will deutsche Freunde haben. Und die sind in manchen Dingen nun mal anders als wir.«

»Aber du sollst deine Herkunft und deine Religion nicht vergessen!«

»Das tue ich ja gar nicht«, sage ich. »Ich suche nach einem Weg, beides zu verbinden.«

Ich merke, dass es keinen Sinn hat, mit Amir über so was zu reden.

»Weißt du, warum ich so wenig Vertrauen habe zu dir?«, frage ich ihn.

Er schüttelt den Kopf.

»Ich bekomme diese Nacht auf dem Boot einfach nicht aus meinem Kopf, als du mich alleine gelassen und dich ohne mich auf den Weg nach Europa gemacht hast.«

Amir bleibt abrupt stehen und sieht mich direkt an. Er fasst mich an den Schultern, als wolle er mich gleich schütteln.

»Karim, du musst mir glauben, ich habe das nicht gewollt! Es war so ein Chaos, das weißt du doch, ich bin einfach auf das andere Schiff gesprungen. Woher sollte ich denn wissen, dass sie nicht alle drauflassen?«

»Du hast vor allem an dich gedacht in dem Moment, du bist einfach rüber, ohne nach mir zu sehen.«

»Das stimmt nicht. Ich konnte dich nirgendwo sehen und dachte, du wärst schon drüben. Also bin ich auch rüber und bin dann sofort zum Bug des Bootes gelaufen. Es waren viel zu viele Leute auf einer Seite, das Boot schwankte gefährlich, ich hatte Angst, dass wir kentern. Dann habe ich dich gesucht und laut deinen Namen gerufen. ›Karim, wo bist du?‹ Viele Male. Aber es kam keine Antwort. Dann merkte ich, dass die Männer das Seil lösen und wir losfahren. Ab da konnte ich nichts mehr tun, ich hoffte einfach nur, dass du an Bord bist.«

»Es mag so gewesen sein«, sage ich. »Aber das Gefühl von damals, dass du mich im Stich gelassen hast, das kann ich nur schwer vergessen.«

»Du musst es versuchen«, sagt Amir, »sonst wird das immer zwischen uns stehen.«

»Ich weiß«, sage ich.

Wir gehen stumm weiter nach Hause.

* * *

Die Sandbank, auf der uns der Kapitän ausgesetzt hatte, war in Wahrheit eine kleine Insel. Nelson Island, direkt vor Abu Kir gelegen, 100 Meter breit, 300 Meter lang. Auf der Insel gab es nichts außer Felsen und einer Ruine, später las ich über diese Insel, dass sie ihren Namen vom britischen Admiral Nelson bekommen hatte, der hier 1798 die französische Flotte unter Napoleon geschlagen hatte.

Aber von diesem ruhmreichen Sieg wusste ich nichts, als ich nass und geschwächt am Strand saß und mich fragte, ob die Flut gleich über uns hereinbrechen würde und wir alle im Meer ertrinken müssten. Das Rauschen in meinen Ohren wurde immer lauter, bis ich das Gefühl hatte, es verschlänge mich.

Ich habe die Angst dann aber auch dank dir besiegt, Mutter.

Ich erinnerte mich an unsere Nächte auf dem Haus, als du mir den Sternenhimmel zeigtest. Ich suchte den Himmel nach dem großen Wagen ab, und als ich ihn fand, war ich sehr beruhigt. Und gleich darüber war auch der Polarstern. Solange er noch so hell leuchtet, ist noch nicht alles verloren, dachte ich mir. Auf diesen Fixpunkt konzentrierte ich mich. Das gab mir Kraft.

Als die Sonne aufging, sahen wir draußen auf dem Meer, nicht allzu weit weg von uns, einen Fischer in seinem Boot. Er war unsere Rettung. Wir riefen nach ihm und wedelten mit unseren Armen in der Luft. Der Mann trug einen Schal um den Kopf gewickelt und eine weiße Gallabija, ein bodenlanges Gewand, wie es die Fischer in Ägypten tragen. Er blickte skeptisch zu uns herüber, versuchte zunächst uns zu ignorieren.

»Hilfe, Hilfe!«, schrie ich. »Hab Erbarmen! Hol uns hier weg.«

Ich sah Angst im Blick des Fischers, er fragte sich wohl, was wir auf dieser Insel taten, eine Horde Verlumpter und Ausgehungerter.

Er kam dann aber doch näher und wir konnten ihn überreden, gegen Bezahlung sechs von uns ans Festland zu bringen. Er versprach, wiederzukommen und den Rest auch noch zu holen. Ich hatte ja kein Geld, also blieb ich mit ein paar anderen zurück und wartete auf die Rückkehr des Fischers.

Doch er kam und kam nicht. Nach etwa einer Stunde war ich mir sicher, dass er uns einfach auf der Insel sitzen lassen hatte.

Dann sahen wir am Horizont ein größeres Boot mit zwei Männern an Bord. Sie kamen direkt auf uns zu! Der Fischer hatte uns also doch nicht angelogen.

»Was habt ihr für uns? Geld? Handys?«, rief einer der beiden Männer zu uns, kurz bevor sie den Strand erreichten.

Ich hatte gar nichts. Aber der alte Mann zog ein Bündel ägyptischer Pfund aus der Hose und wedelte damit.

»Hier! Wir bezahlen euch!«

Auch einige andere zogen Geld aus ihren Taschen und zeigten es den Männern.

»Gut, dann kommt an Bord. Wir bringen euch an Land.«

»Aber keine Polizei!«, rief der alte Mann.

»Nein, ihr bezahlt uns, dafür schmuggeln wir euch ungesehen an Land.«

Als wir auf dem Boot waren, legten alle zusammen, ägyptische Pfund, ein paar Dollar, Euro. Bis die Männer zufrieden waren. Es müssen alles in allem über 400 Euro gewesen sein.

Ein paar Minuten später waren wir im Hafen von Abu Kir. Über einen Steg gingen wir ans Festland. Mein Magen knurrte, ich wollte nichts lieber als etwas essen und dann meine Eltern anrufen, damit sie mich abholen kommen. Ich war enttäuscht, wieder in Ägypten zu sein, andererseits war ich froh, wieder festen Boden unter den Füßen zu haben.

Das rege Treiben am Hafen machte mich nervös, die hupenden LKWs, die Händler, die ihre Ware auf Eselskarren transportieren, die schreienden Gemüseverkäufer – nach drei Tagen auf dem Meer war mir all das zu viel. Ich hatte vergessen, wie anstrengend die Zivilisation sein kann.

Wir waren erst wenige Meter auf dem Festland gegangen, da sah ich drei Polizeiautos der Küstenwache stehen mit sechs Männern in Uniform davor, an ihren Gürteln baumelten Schlagstöcke. Sie blickten direkt in unsere Richtung, dann kamen sie auf uns zu. Sie mussten schon auf uns gewartet haben.

Die beiden Männer mit ihrem Boot hatten uns also verraten! Ich spürte, wie eine heiße Wut in mir aufstieg.

»Ihr Lügner!«, schrie ich und drehte mich um nach ihnen, aber sie waren untergetaucht in der Menge.

Schon stand einer der Polizisten vor mir und versperrte mir den Weg.

»Den Ausweis«, sagte er.

»Ich habe keinen«, sagte ich.

»Komm mit.«

Er packte mich am Kragen meines T-Shirts und schob mich zu einem der Polizeiautos.

Ich fühlte mich so ohnmächtig. Als Flüchtling war ich in diesem Land kein Mensch, sondern eine Ware, die man beliebig verschachern konnte. Erst nahmen die Männer uns unser Geld ab und nun kassierten sie auch noch die Belohnung von der Polizei. Sie hatten uns belogen, benutzt und verkauft. Und ich konnte nichts, aber auch gar nichts dagegen tun.

Später habe ich mich noch oft darüber geärgert, dass wir die Männer nicht bei der Polizei angezeigt haben, wir hätten sagen sollen, dass sie uns für ihre Schlepperdienste Geld abgenommen hatten – denn das war ja verboten. Aber wir waren so eingeschüchtert, dass wir uns nicht trauten.

Alle, die mit mir auf dem Boot in den Hafen von Abu Kir einliefen, wurden verhaftet. Asisa und ihr Baby waren darunter, der alte Mann. Die Polizisten quetschten uns in die drei Autos, dann brausten wir nach Alexandria. Ins Gefängnis.

Unsere Zelle war ein leerer Raum, auf dem Boden nackter Beton. Nichts lag darin, keine Matratzen, keine Decken. Das einzige Fenster war vergittert und ging zum Innenhof hinaus, in dem sich der Müll in Dutzenden Säcken türmte.

»Willkommen zurück in Ägypten«, sagte der diensthabende Offizier, als er uns in die Zelle brachte, die wir alle gemeinsam bezogen, Frauen, Männer und Kinder. »Wenn ihr nicht tut, was ich euch sage, werde ich euch die Hölle auf Erden bereiten.«

Ich setzte mich auf den Betonboden, unter das Fenster, um zumindest etwas Luft zu bekommen. Ich hatte nichts mehr, kein Geld, keine Papiere und nichts Frisches zum Anziehen. Meine Jeans war vom Salzwasser ganz hart geworden, eine Salzkruste hatte sich auf dem Stoff gebildet, sie stand unten von meinen Beinen ab, als sei sie aus Zement gegossen. Ich hatte keine Ahnung, was mit mir geschehen würde. Wie lange musste ich hier bleiben? Würden sie uns schlagen? Würden wir am Ende alle abgeschoben?

Ein Wächter kam und brachte uns Essen und Wasser. Es gab Foul, das traditionelle arabische Bohnengericht.

»Was werden die hier mit uns machen?«, fragte ich ihn.

»Das wirst du schon noch sehen«, sagte er und stellte mir eine Metallschale mit den zerkochten braunen Bohnen hin.

Der Teller sah aus wie ein Hundenapf, aber es war mein erstes Essen seit drei Tagen. Die Bohnen schmeckten für mich wie ein Festschmaus.

Zum Glück durften die Gefangenen hier ihre Handys behalten, so konnte ich mir eins ausleihen, um meinen Vater anzurufen.

»Bist du etwa schon in Italien?«, rief mein Vater aufgeregt, als ich mich meldete.

Als ich die Stimme meines Vaters hörte, spürte ich, wie es mir den Hals zuschnürte. Ich musste mich zusammennehmen, damit ich nicht auf der Stelle losheulte.

»Nein, im Gefängnis in Alexandria«, presste ich hervor. »Bitte hol mich hier raus!«

Ich erzählte ihm, dass Amir und ich getrennt worden waren und wie es zu meiner Verhaftung gekommen war.

Mein Vater versprach, so schnell wie möglich nach Alexandria zu kommen. Aber ich wusste, das konnte frühestens morgen sein, Kairo ist mindestens fünf Stunden Autofahrt entfernt, und erst am nächsten Morgen war wieder Besuchszeit im Gefängnis.

Die Tür ging auf und ein anderer Wächter kam herein. Er hatte Decken dabei, Obst, Babynahrung und Milch für die Kinder. Einer von uns Gefangenen hatte eine Bekannte in Alexandria angerufen, die hatte die Sachen abgegeben.

»Gott wird es ihr danken«, sagte Asisa. Nun hatte sie endlich Essen für ihr Baby.

Als es Nacht wurde, rollten wir uns auf dem Boden zusammen, zum Glück hatten wir genug Platz. Noch.

Ich hörte den regelmäßigen Atem von Asisa neben mir, die mit ihrem Baby im Arm fest schlief. Weiter hinten schnarchte der alte Mann. Nur ich konnte nicht schlafen. Ich fühlte mich schrecklich einsam. Während mein Onkel auf dem Weg nach Europa war, war ich ein Gefangener, allein, ohne meine Familie.

Was, wenn sie mich nicht mehr zu meiner Familie lassen, sondern mich in die Türkei oder sogar nach Syrien abschieben würden? In Ägypten war alles möglich. Sie sperrten ja sogar Frauen mit ihren Babys ein. Düstere Gedanken breiteten sich in mir aus und überwältigten mich. Ich spürte, wie mir warme Tränen über die Wangen liefen. Dann schluchzte ich hemmungslos.

Vom Flur hörte ich Schreie. Die Polizisten hatten neue Verhaftete gebracht, Diebe oder Verbrecher, auf die schlugen sie ein, während sie sie in eine andere Zelle brachten.

Mitten in der Nacht ging dann auch unsere Zellentür auf, ein Wärter schubste einen Jungen herein. Er setzte sich in eine Ecke, weit von uns entfernt, und ließ seinen Kopf zwischen die aufgestellten Beine hängen. Als ich ihn genauer ansah, wusste ich plötzlich, wer er war: der Ägypter vom Boot, der zu uns in die Kabine heruntergekommen war und den kleinen Jungen als Kakerlake beschimpft hatte.

Ihn hatten sie also auch gefasst! Nun war er einer von uns. Ich spürte eine tiefe Genugtuung. Dann schlief ich wieder ein.

Leider hielt diese Genugtuung nicht lange an. Schon am Morgen kam ein Wärter und holte den Jungen wieder raus.

»Yassir! Du kannst gehen!«, rief er.

Irgendjemand musste viel Geld für ihn bezahlt haben. Sicher ein Schlepper, der durch uns Flüchtlinge reich geworden war. So war das also, die Schlepper kamen mit unserem Geld frei und wir mussten hier einsitzen.

Am nächsten Morgen mussten wir alle in ein Büro gehen zur Registrierung. Wir mussten unsere Pässe einem Beamten vorzeigen, der uns die ganze Zeit anschrie. Meinen Pass hatte Amir und ich war nicht der Einzige ohne Papiere.

»Ihr Nichtsnutze, ihr Pack«, beschimpfte er uns. »Euch werde ich zeigen, wo es langgeht!«

Dann holte er seine Pistole heraus und hielt sie uns drohend vor die Augen.

Aber nicht alle ägyptischen Polizisten waren wie er. Später kam ein anderer zu uns in die Zelle und stellte uns Fragen zu unserer Flucht. Er war sehr freundlich und notierte alles.

»Ich hoffe, dass ihr bald wieder freikommt«, sagte er zum Abschied.

Kurz darauf besuchte mich mein Vater im Gefängnis. Der Besuchsraum war eine Halle mit ein paar Plastikstühlen darin. Ganze Familien waren hier und besuchten ihre gefangenen Verwandten.

Sie hatten Essen dabei und verbrachten mit ihnen den Tag. Die Kinder spielten um die Säulen herum Fangen. Wärter machten die Runde und beobachteten die Gefangenen und ihre Besucher. Am Boden lagen Müll und die Schalen von Kürbis- und Sonnenblumenkernen, die die meisten hier zum Zeitvertreib knackten.

Gleich neben dem Eingang stand mein Vater. Ich war noch nie so froh gewesen, ihn zu sehen! Wir rannten aufeinander zu und umarmten uns.

»Zumindest geht es dir gut, mein Junge«, sagte er später. »Das ist das Wichtigste.«

Mein Vater gab mir eine Tüte mit Sachen: Kleider, Kekse, Obst, Getränke.

»Stell dir vor, Amir hat es leider auch nicht geschafft«, erzählte mir mein Vater.

»Was? Ich dachte, der ist schon in Italien!«

»Nein, er sitzt in Raschid im Gefängnis. Er rief mich vorhin an. Kurz nachdem ihr getrennt wurdet, hat es Streit gegeben auf dem Boot, es waren viel zu viele Menschen an Bord und kaum Wasser und Essen. Schließlich kehrte das Boot um und alle Passagiere wurden von der Küstenwache verhaftet.«

»Und wir dachten, wir wären weit weg von Ägypten! Wir waren doch schon zwei Tage unterwegs gewesen.«

»Ja, das dachtet ihr, in Wahrheit seid ihr nur zwei Tage vor der Küste auf und ab gefahren, weit genug vom Festland entfernt, damit ihr es nicht sehen konntet.«

Ich war fassungslos. Auf dem Meer bist du völlig ausgeliefert, verlierst jede Orientierung – wenn du nicht gerade ein Smartphone mit GPS-Funktion dabei hast. Nun verstand ich auch, warum wir nach der Trennung in wenigen Stunden auf Nelson Island waren, direkt vor Abu Kir.

»Amir hat mit einem Bekannten gesprochen, der bei der Polizei in Raschid arbeitet. Ein guter Mann. Der sagt, ihr werdet längstens einen Monat im Gefängnis sein, dann kommt ihr wieder frei.«

»Einen Monat!?«, rief ich entsetzt. »Das halte ich nicht aus!«

»Du darfst jetzt nicht den Mut verlieren, Karim«, sagte mein Vater. »Ich tue, was ich kann. Vielleicht bekomme ich dich gegen Geld früher frei. Ich weiß nur nicht, ob ich so viel habe, wie sie verlangen.«

Ich starrte vor mich hin, schockiert über die Aussicht, so lange ein Gefangener zu sein.

»Du bist am Leben! Sei dankbar dafür. Was sind schon ein paar Tage in Unfreiheit? Danach wird alles wieder gut!«

»Nichts wird gut!«, sagte ich. »Danach sitze ich wieder in Kairo. Und alles ist genau wie vorher. Es ist alles so sinnlos!«

»Wir kennen den Sinn hinter Gottes Entscheidungen nicht. Zweifle jetzt nicht, sondern bete.«

Mein Vater nahm meine Hand und sah mich eindringlich an.

»Ich helfe dir, so gut ich kann.«

Was blieb mir anderes übrig, als auf ihn zu vertrauen?

Am späten Abend kam eine neue Gruppe von Flüchtlingen in unsere Gemeinschaftszelle, etwa 20 Leute. Auch sie waren von der Polizei bei einem Fluchtversuch verhaftet worden.

Die Polizei war in diesen Tagen besonders aufmerksam. Später erzählte mir jemand warum: In Ägypten waren Wahlen, der Präsidentschaftsanwärter Abdel-Fattah al-Sisi, der eigentlich Armeechef war und sich an die Macht geputscht hatte, wollte allen beweisen, dass er Ordnung im Land schaffen würde. Er gewann die Wahlen dann schließlich auch. Später, das versprachen die Schmuggler, mit denen sich mein Onkel Amir unterhielt, würde es wieder leichter werden, die Küstenwache zu bestechen.

So ging das jeden Tag: Immer kamen neue Gruppen von Flüchtlingen, bis wir schließlich über 100 Leute waren. Mit jeder Gruppe, die dazukam, wurde es wärmer im Raum und die Luft knapper. Die Toiletten auf dem Flur waren schmutzige Löcher im Boden. Für die Männer gab es Pissoirs, die so stanken, als seien sie noch nie gereinigt worden. Ich musste mir die Nase zuhalten, wenn ich sie benutzte, sonst war der Gestank nicht auszuhalten.

Nachts schliefen wir Schulter an Schulter, den Atem des Nebenmannes dicht am Ohr. Tagsüber dösten wir vor uns hin oder unterhielten uns. Manchmal spielten die Männer zum Zeitvertreib Armdrücken. Das war ein richtiges Ereignis, bei dem jeder mitfieberte und Wetten abgeben konnte. Wir bildeten einen Ring um die Männer und feuerten sie an – je nachdem, auf wen wir gesetzt hatten. Es gab einen Mann, der alle besiegte. Yussuf war aus Damaskus und hatte eine russische Mutter. Er war hell und hochgewachsen, sein Unterarm war so lang, dass er alle andern schlug, auch die kräftigsten Männer, sie kamen nicht an gegen die Hebelwirkung seines Arms. Ich wagte es erst gar nicht, mich ihm zu stellen!

Am nächsten Tag bekamen wir Teppiche, die Bekannte von Gefangenen gebracht hatten. Endlich hatten wir etwas, was wir auf den Beton legen konnten. Ich hatte Glück und bekam einen der Plätze auf dem Teppich, ich war schließlich in der Gruppe, die am längsten da war. Andere schliefen auf Plastikplanen, die sie auf den Boden legten. Schon bald lag überall Müll am Boden herum, wir hatten keine Eimer und keine Besen, um die Zelle sauber zu machen. In dem Dreck spielten die Kinder.

Asisa hatte mit ihrem Handy Kontakt aufgenommen zu einer Frau in Italien, Nawal, die sich dort um die angekommenen Flüchtlinge kümmerte. Sie war marokkanischer Herkunft und unter den syrischen Flüchtlingen bekannt. Wir nannten sie den »Engel von Mailand«. Sie wollte die Öffentlichkeit in Europa aufmerksam machen darauf, dass in den ägyptischen Gefängnissen Babys gefangen gehalten wurden, deren einziges Vergehen darin bestand, dass ihre Eltern vor dem Krieg nach Europa fliehen wollten. Also half ich Asisa ein Schild zu malen, das wir ihrer kleinen Tochter umhängten. Darauf schrieben wir auf Englisch: »Wir sind keine Kriminellen. Lasst uns frei! Wir wollen nur deshalb nach Europa, weil bei uns Krieg ist.«

Nawal postete das Foto auf Facebook, einige Medien in Italien berichteten darüber.

Nach einer Woche kamen die Frauen und Kinder in einen eigenen Raum. Ich verabschiedete mich von Asisa und ihrem Baby. Wir tauschten unsere E-Mail-Adressen aus und versprachen, uns in Europa zu treffen, wenn wir es irgendwann einmal dorthin schaffen sollten.

Ich selbst war mir noch völlig unschlüssig, wie es weitergehen sollte. Würde ich es noch einmal versuchen? Was würde Amir tun?

Am vierten Tag im Gefängnis rief ich Abu Kamal an, unseren Schlepper, und bat ihn, mir meine Sachen ins Gefängnis zu bringen, die nicht mit aufs Boot gekommen waren. Er hatte längst von unserer Verhaftung gehört, alle hier im Raum waren ja durch seine Vermittlung aufs Boot gekommen.

Wenig später kam Abu Kamal dann tatsächlich ins Gefängnis. Er war bei der Polizei offenbar nicht als Schlepper bekannt. Oder vielleicht war er nur noch nie verhaftet worden, weil er genug Schmiergeld bezahlte. Mit Geld geht fast alles in Ägypten.

Abu Kamal nahm mich zur Begrüßung in den Arm.

»Karim, es tut mir so leid, dich hier zu sehen!«, sagte er. »Junge Männer wie du sollten nicht hier im Gefängnis sitzen. Was hast du schon getan? Du wolltest einfach nur nach Europa!«

Er schüttelte den Kopf und wirkte aufrichtig traurig, dass wir alle verhaftet worden waren. Dann gab er mir meine Tasche, alles war noch genau so, wie ich es gepackt hatte, nichts fehlte.

Er entschuldigte sich für das, was passiert war, dass Amir und ich getrennt worden waren. Er wusste schon über alles Bescheid, Amir hatte mit ihm geredet.

Ein anderer Agent seines Schlepperbosses habe mehr Leute aufs Mutterschiff gebracht als vereinbart, sagte Abu Kamal, deshalb habe sich der Kapitän des Mutterschiffes geweigert, uns alle aufzunehmen. Das sei ein sehr bedauerlicher Zwischenfall, der sich nicht wiederholen würde.

»Sie werden euch nicht mehr lange festhalten hier«, versprach Abu Kamal. »Dann versucht ihr es erneut. Wenn die Wahlen erst vorbei sind, wird es leichter.«

Er bereite schon die nächsten Überfahrten vor, alles ganz sicher. Sie seien bereits dabei, mit Leuten in der Küstenwache zu verhandeln.

»Einmal ist kein Mal«, sagte er. »Die wenigsten schaffen es beim ersten Fluchtversuch.«

Ich wusste nicht, was ich von Abu Kamal halten sollte. Natürlich war er traurig, dass wir im Gefängnis saßen. Denn solange wir gefangen waren, bekam er auch kein Geld. Andererseits vertraute ich ihm, er hatte mir meine Sachen wiedergebracht, und er wirkte ehrlich interessiert, wenn er sich mit mir unterhielt, er nahm mich ernst.

Am nächsten Tag wurde ich krank. Eine Grippe mit Fieberschüben brach über mich herein. Mir tat alles weh, mein Hals schmerzte beim Schlucken, als sei innen alles wund, meine Beine schmerzten, mein Kopf fühlte sich an, als sei er zwischen zwei Bolzen gespannt, die ihn zusammenpressten. Ich lag nur reglos da und dämmerte vor mich hin. Schemenhaft nahm ich wahr, wie mir der alte Mann Tee einflößte und meine Stirn mit einem kalten Lappen abtupfte.

Nach zwei Tagen ging es mir besser.

Und dann, ganz plötzlich, kam ein Wärter in die Zelle und sagte zu mir: »Du bist frei!«

Es war ein unwirklicher Moment. Plötzlich stand die Tür auf und ich konnte einfach rausgehen.

Ich umarmte meine Zellennachbarn. Wir wünschten uns Glück für die Überfahrt nach Europa. Fast alle wollten es noch einmal versuchen.

17

Hinter der Wohnungstür kann ich Petrit schon hören, sein tiefes, volles Lachen, bei dem man nicht anders kann, als einzustimmen. Wir treffen uns heute zusammen mit seinem Cousin bei Clara, ihre Eltern sind nicht da, und wir wollen feiern, dass ich auf der Schule bleiben darf.

Als Petrit mir die Tür aufmacht, umarme ich ihn und klopfe ihm vor lauter Freude ein wenig zu fest auf den Rücken.

»Au!«, schreit er und lacht. »Ist das der Dank? Dass du mir jetzt die Rippen brichst?!«

»Ich muss dich einfach drücken, Bruder!«, sage ich. »Du hast mich gerettet!«

»Ach, weißt du, ich wollte nur nicht alleine mit Moritz und seinen Jungs in der Klasse hocken! Als einzig Normaler unter lauter Idioten«, sagt er und kneift mich in die Wange.

»Ich gratuliere dir!«, sagt Clara und gibt mir die Hand.

Als wir ins Wohnzimmer gehen, trau ich meinen Augen nicht, als ich sehe, wer da neben Petrits Cousin sitzt: Matija.

Ich hatte keine Ahnung, dass sie auch kommen würde.

Warum haben die mir das nicht gesagt?, denke ich mir. Die hätten ja mal fragen können! Schließlich hat sie mich in diese ganze Sache reingeritten!

Matija drückt sich in eine Ecke des Sofas und sieht ziemlich eingeschüchtert aus.

»Ich dachte mir, Matija soll auch dabei sein – schließlich sind wir doch Freunde«, sagt Clara.

»Das dachte ich auch«, sage ich, »aber warum hat sie dann das Foto, das ich ihr im Vertrauen geschickt habe, allen gezeigt?« Ich will sie nicht ansehen, mir geht es richtig auf die Nerven, dass sie hier ist. »Ich glaub, ich gehe wieder«, sage ich und gehe zur Tür.

»Halt!«, ruft Matija.

Ich drehe mich noch mal um zu ihr.

»Du, äh ...«, sagt sie, »es tut mir echt leid, dass du so viel Ärger hattest.«

»Warum hast du das Foto von Millie rumgezeigt?«, frage ich sie. »Machst du das immer so mit deinen Freunden, dass du ihr Vertrauen missbrauchst?«

Matija sieht zu Boden.

»Millie hat mich die ganze Zeit schon genervt«, sagt sie, »jeder weiß doch, dass sie Fotos von sich in Unterwäsche macht und auf Facebook rumschickt. Ich wollte ihr einfach mal klarmachen, wie bescheuert das ist.«

»Und deshalb machst du genau das Gleiche und zeigst das Foto allen? Was ist das denn für ein Blödsinn!«

»Ich wusste ja nicht, dass sie so ausflippt«, sagt Matija.

»Es geht doch nicht nur um Millie«, sage ich. »Es geht auch darum, dass ich dir nicht vertrauen kann. Wegen dir wäre ich fast von der Schule geflogen!«

Matija rutscht auf dem Sofa rum.

»Vielleicht war es ein Fehler, zu kommen«, sagt sie und steht auf.

Clara hält sie zurück.

»Aber du bist doch auch deshalb gekommen, um dich zu entschuldigen«, sagt Clara.

Dann sieht sie zu mir: »Könnt ihr euch nicht wieder vertragen? Ist doch echt schade, wenn wir uns alle jetzt nicht mehr normal treffen können.«

Matija und ich sehen uns an, ich will nicht den ersten Schritt tun, das muss schon sie machen.

»Es tut mir wirklich leid«, sagt Matija leise.

Ich will Clara nicht vor den Kopf stoßen, schließlich hat sie uns zu sich eingeladen.

»Okay, angenommen. Aber ich finde, du solltest dich vor allem bei Millie entschuldigen«, sage ich.

Matija sieht mich entsetzt an.

»Jetzt lasst uns mal nicht so viel quatschen«, sagt Petrit. »Es gibt doch was zu feiern, trotz allem. Setzt euch.«

Dann drückt er mir eine Cola in die Hand und dreht die Musik auf.

»Lasst uns anstoßen auf Karim!«, sagt Petrit.

Er und die andern heben ihr Bier, ich meine Cola.

So ganz überzeugt bin ich allerdings nicht, dass meine Freundschaft mit Matija das unbeschadet überstehen wird. Vielleicht bin ich zu dünnhäutig, aber ich finde, Vertrauensmissbrauch ist so ziemlich das Schlimmste in einer Freundschaft. Und auch wenn mir Millie nur bedingt leidtut, weil sie sich mir gegenüber total mies verhalten hat, finde ich diese ganze Mobbing-Sache ihr gegenüber ziemlich daneben.

Wir hören an diesem Abend noch ein bisschen Musik und unterhalten uns. Früher als sonst mache ich mich auf den Weg nach Hause.

Als mein Telefon unterwegs klingelt, ist meine Mutter dran. Sie weiß nichts von der Sache in der Schule und ich erzähle ihr auch nichts davon. Was würde sie wohl denken, wenn sie erfährt, dass mir ein Mädchen Oben-ohne-Fotos von sich geschickt hat und ich deshalb fast von der Schule geflogen wäre?

Mir ist das alles so peinlich, dass ich überhaupt mit niemandem mehr darüber sprechen will.

»Mein Sohn, ich habe Neuigkeiten«, sagt sie, nachdem wir uns begrüßt haben.

»Stell dir vor, wir haben Flüge nach Istanbul gebucht. Wir verlassen Kairo!«

Damit hatte ich nun überhaupt nicht gerechnet.

»Wirklich? Was habt ihr denn vor?«, frage ich.

»Alle reden jetzt davon, dass es eine neue Route gibt von der Türkei über Griechenland und Serbien weiter nach Deutschland. Ich halte es in Kairo nicht mehr aus, ich will dich wieder in meine Arme schließen, Karim.«

»Mama, ich will dich auch endlich wieder sehen! Aber ist das nicht zu gefährlich für euch? Mit dem Boot nach Griechenland und dann zu Fuß durch halb Europa? Wie soll Papa das denn schaffen mit seinem Herz?«

»Wir werden sehen«, sagt sie.

Dann erzählt sie mir von ihrem Cousin Mohamed, der schon seit einiger Zeit in Izmir lebt und gute Kontakte zu Schleppern hat, die Syrer sicher nach Griechenland bringen. Erst mal wollen meine Eltern bei Mohamed unterkommen und es dann nach Griechenland versuchen.

»Wann fliegt ihr?«, frage ich.

»In einer Woche schon.«

Mein Herz macht einen Sprung. Vielleicht werde ich meine Mutter schon bald wiedersehen!

Als wir auflegen, weiß ich nicht, was in mir überwiegt, die Freude über ihren Aufbruch oder die Angst, dass ihnen etwas zustößt.

Ich habe von dieser neuen Fluchtroute über Mazedonien, Ungarn und Österreich schon von vielen Syrern gehört. Aber der Weg ist gefährlich, sagen viele. Und wie sollen meine Eltern Fußmärsche von bis zu 20 Stunden durch Mazedonien überstehen? Und dann müssen sie auch erst noch über die Grenze von Serbien nach Ungarn kommen. Im Internet habe ich Bilder gesehen, wie die ungarische Polizei dort mit Tränengas gegen die Flüchtlinge vorgeht, damit sie nicht reinkommen. Und selbst wenn sie es schaffen, dann könnten sie in Österreich festgehalten werden und gezwungen sein, dort Asyl zu beantragen. Dann wären wir wieder nicht zusammen.

Es ist schlimm, allein zu sein. Aber zumindest weiß ich, dass meine Eltern und meine Schwester in Kairo am Leben sind.

Nur, wer garantiert mir, dass das schwache Herz meines Vaters die Strapazen der Flucht mitmachen wird?

* * *

Als ich mich das zweite Mal auf den Weg übers Meer machte, war der Abschied noch schlimmer als beim ersten Mal.

Ich hatte selbst viel mehr Angst, weil ich jetzt wusste, was auf mich zukam. Ich wusste, wie sich ein Sturm anfühlt auf dem Boot – ich hatte Todesangst kennengelernt.

Trotzdem wollte ich es noch einmal versuchen.

Abu Kamal hatte uns immer wieder besucht zu Hause und versprochen, dass diesmal, nach den Wahlen in Ägypten, alles gut gehen würde. Er habe zuverlässige Leute bei der Küstenwache, die er bestechen könne, und er habe ein hervorragendes Boot aus Metall, auf das ohne Probleme 80 Leute passen würden.

Amir hatte sich mit den Leuten, mit denen er in Raschid im Gefängnis war, einige Male getroffen. Sie waren Freunde geworden. Sie beschlossen, als Gruppe auf das nächste Boot von Abu Kamal zu gehen.

Ich überlegte hin und her, schließlich schloss ich mich Amir und den andern an. Was hatte ich auch für eine Wahl?

Wenn meine Familie je aus Ägypten wegkommen wollte, war ich der Einzige, der das erreichen konnte. Alles hing von mir ab. Ich war jung genug, um die Überfahrt zu überstehen, und dann könnte ich, so dachte ich, meine Eltern und Schwester über den Familiennachzug holen.

Am Tag unserer Abfahrt hat meine Mutter kein einziges Mal gelächelt. Ihre Mundwinkel hingen nach unten, und ihre Augen sahen so traurig aus, als stünde ihre Hinrichtung bevor.

Als der Minibus, der uns abholte, abends vor dem Haus stand, sagte sie noch einmal zu mir: »Karim, du hast doch noch Zeit. Du musst nicht gehen!«

Dann begann sie zu weinen.

Ich umarmte sie und ging nach unten. Mein Vater schloss sie in die Arme und versuchte sie zu trösten.

Als ich unten mit Amir in den Minibus stieg, sah ich noch einmal hoch zu unserem Balkon.

Dort stand meine Mutter, stumm und reglos, und sah mir nach. Das letzte Bild, das ich von ihr in Erinnerung habe, ist das einer blassen Frau mit tiefen Augenringen.

Die Fahrt mit dem Minibus war ähnlich wie beim ersten Mal. Der Fahrer war nervös und kiffte die ganze Zeit, um sich zu beruhigen. Die Straßen waren leer, es war Nacht. Er brauste in einem Tempo dahin, dass ich Angst hatte, er könnte jeden Moment die Kontrolle über das Auto verlieren. Er fuhr wie ein Verrückter. Einmal überholte er ein Auto vor uns, und ich sah, wie uns auf derselben Spur ein anderes Auto direkt entgegenkam. Die Scheinwerfer leuchteten mir in die Augen, ich hörte das Hupen des Fahrzeugs und war mir sicher, dass ich jetzt sterben würde. Im letzten Moment zog unser Fahrer wieder rüber.

»He«, rief Amir dem Fahrer zu, »wir wollen lebend aufs Boot!«

»Halt den Mund!«, rief der Fahrer nach hinten.

Irgendwann nickte ich ein und erwachte erst wieder, als der Minibus mit quietschenden Bremsen anhielt. Ich konnte das Meer schon rauschen hören.

»Los, raus!«, schrie der Fahrer.

Er drängte uns in ein zweistöckiges Betonhaus am Meer. Da sollten wir erst mal unterkommen, bis das Boot losfuhr. Wir waren 20 Leute, verteilt auf zwei Wohnungen. Die meisten waren Männer, darunter Amirs Freund Walid und einige andere, die er im Gefängnis in Raschid kennengelernt hatte, auch ein Paar war darunter mit einem kleinen Kind. In dem Haus waren noch andere Flüchtlinge untergebracht und auch im Nebenhaus, wie wir später erfuhren, insgesamt waren wir um die 90 Menschen, darunter etwa 25 Kinder.

Wir hatten keine Ahnung, wann es weitergehen würde. Heute noch? Morgen früh?

Der Fahrer sagte keinen Ton und ging einfach wieder.

Amir rief bei Abu Kamal an.

»Heute Nacht wird es nichts mehr. Ruht euch aus, morgen geht es los!«, sagte er.

Das Haus war nur etwa 100 Meter vom Strand entfernt, so hatte ich das Meer – meine Rettung oder mein Grab – immer vor Augen.

Unsere Wohnung hatte zwei Zimmer, ich teilte mir das Zimmer mit Amir und seinem Freund Walid. Amir und ich schliefen auf einem Bett, Walid auf dem andern.

Die Wohnung war nicht besonders sauber, der Boden war staubig, die Matratzen hatten keine Bezüge, die Dusche und das Klo waren auch schon länger nicht mehr gereinigt worden. Aber wir würden ja nicht lange bleiben – dachten wir.

Wir schliefen lange am nächsten Tag, bis nachmittags um zwei. Die Boote konnten nur im Schutz der Dunkelheit ablegen.

Amir zog los und besorgte in der Stadt Falafel, wir waren in Baltim, 130 Kilometer östlich von Alexandria.

Er kam mit Plastiktüten zurück, wir setzten uns alle zusammen auf den Boden und aßen.

Amirs Telefon klingelte, Abu Kamal war dran.

»Heute Nacht geht es los! Haltet euch bereit!«, sagte er.

Wir brachen alle in Hektik aus. Diesmal würde ich meine Sachen gewiss nicht meinem Onkel überlassen. Ich klebte mir meinen Pass und mein Geld, das ich zuvor in Plastiktüten gepackt hatte, mit Klebeband um den Bauch. Danach verpackte ich mein Handy in mehrere Lagen Plastik, so wasserdicht wie möglich. Aus allen Zimmern drang das Rascheln von Tüten und das Reißen des Klebebandes. Nach einer halben Stunde war es wieder still. Wir warteten. Die Männer rauchten. Ich ging in der Wohnung auf und ab, stellte mich auf den Balkon und sah nach unten auf die Straße.

Um elf Uhr abends klingelte Amirs Telefon wieder. Alle wurden still.

»Wieder nichts, tut mir leid«, sagte Abu Kamal. »Die Küstenwache hat eben drei Flüchtlingsboote entdeckt und alle Insassen festgenommen. Wir müssen noch mal verschieben.«

Genervt riss ich mir das Klebeband wieder vom Leib, es tat weh, weil ich mir mit jedem Riss auch ein paar Haare ausrupfte.

Dann gingen wir wieder ins Bett und schliefen lange.

So ging das die nächsten Tage, wir waren bis zwei oder drei Uhr nachts wach und warteten auf das Signal zum Aufbruch, dann wurde doch wieder nichts draus, und wir schliefen bis zum Nachmittag. Mal waren die Wellen zu hoch, mal der zuständige Offizier nicht im Dienst. Dann wieder wurde verschoben, ohne dass wir den Grund kannten.

Mit jedem Tag wurden wir nervöser. Das Warten zermürbte uns.

Ich verbrachte die Tage mit Walid in der Stadt, wir gingen ins Café und spielten Backgammon, dann wieder machte ich Computerspiele auf dem Handy oder ging an den Strand. Ein- oder zweimal ging ich ins Wasser, aber es kam mir nicht so sauber vor, ganz in der Nähe war ein Hafen, an dem riesige Schiffe anlegten. Einmal haben wir uns auch Fahrräder ausgeliehen und fuhren die Küstenstraße am Meer entlang.

Das Warten war auch deshalb so unerträglich, weil die Gedanken in meinem Kopf kreisten. Ich stand am Meer, sah auf die Wellen, die weißen Schaum an den Strand spülten, und überlegte, ob ich die Fahrt wirklich noch einmal wagen sollte. In mir waren zwei Karims. Der eine sagte: Tu es nicht! Vielleicht wirst du deine Eltern nie wiedersehen! Und selbst, wenn du es bis nach Europa schaffst, du wirst alleine sein, es wird dauern, bis deine Eltern nachkommen, und vielleicht kommen sie auch nie.

Die andere Stimme sagte: Tu es! Es ist deine einzige Chance! Wenn du erst mal in Deutschland oder Schweden bist, wirst du ein neues Leben beginnen, endlich wieder eine Schule besuchen, endlich lernen. Du wirst neue Freunde finden. Deine Zukunft liegt in Europa, nicht in Ägypten!

Und ich war auch so stolz auf meine neue Rolle. Ich war zwar der Jüngste in der Familie, aber ich hatte die Möglichkeit, unser Schicksal in die Hand zu nehmen. Ich war derjenige, der übers Meer ging.

Bei Sonnenaufgang war es am schönsten am Meer, wenn der gelbe Ball sich aus den blauen Wellen erhob und es immer heller wurde. In dieser Stimmung war ich besonders melancholisch, Hoffnung und Angst lagen dann nah beieinander. Ein paar Mal stand ich extra morgens ganz früh auf, um das Schauspiel mitzuerleben.

An einem Nachmittag begann ich vor lauter Langeweile,

Namen in den Sand zu schreiben, erst meinen, dann den meiner Mutter und den meiner Schwester Sarah.

Ich schickte Sarah ein Foto ihres Namens am Strand. Sie war total begeistert.

»Das sieht so toll aus! Meine Freundin Sema will auch so was«, schrieb sie mir zurück.

Also ging ich wieder zum Strand und schrieb »Sema« in den Sand. Am nächsten Tag schrieb ich noch »Roweida«, »Halina«, »Samira« und »Laila« in den Sand. Alle Freundinnen meiner Schwester wollten jetzt so ein Foto haben. Ich verstand nicht so recht, was daran so toll sein sollte, aber Mädchen sind eben manchmal eigenartig.

Nach zehn Tagen waren einige von uns in den Wohnungen so mürbe und aggressiv, dass sie nicht mehr warten wollten. Draußen war ein heftiger Wind aufgekommen, er rüttelte an den Fensterrahmen, Sand wirbelte durch die Luft. Auf dem Meer sahen wir, wie die Gischt spritzte.

Ich hielt mich raus aus den Diskussionen, ich vertraute auf meinen Onkel Amir, aber ich bekam mit, wie die Männer im Wohnzimmer zusammensaßen und stritten.

»Abu Kamal ist ein Lügner«, sagte einer, »immer vertröstet er uns. Wir werden hier nie wegkommen!«

»Beruhigt euch«, sagte mein Onkel, »er ist ein guter Mann. Draußen tobt der Wind, das seht ihr doch, die Boote können nicht auslaufen.«

Ein hitziges Wortgefecht entspann sich zwischen den Gegnern von Abu Kamal, um die zehn Männer, und der Gruppe um meinen Onkel, die zu unserem Schlepper hielten.

Am Ende riefen die Gegner bei Abu Kamal an und machten Druck.

»Wir wollen nicht mehr warten, wir wollen jetzt aufs Boot!«, schrie ihr Wortführer. »Entweder du bringst uns jetzt auf ein Boot oder wir gehen!«

Für Abu Kamal hätte es einen großen Verlust bedeutet, wenn die Männer tatsächlich zur Konkurrenz übergelaufen wären. Es gibt viele Schlepper in Ägypten und jeder wirbt um die potenziellen Kunden. Wären die Männer tatsächlich abgesprungen, hätte das Abu Kamal 20 000 Euro gekostet.

Nach einer halben Stunde klingelte das Telefon, Abu Kamal war dran.

»Alle, die alleinstehend sind, können sich fertig machen, ich hole euch ab. Keine Familien«, sagte er dann.

Wir fragten uns, was das zu bedeuten hatte. Einige von uns, die eigentlich zu Abu Kamal gehalten hatten, wurden jetzt unruhig.

»Warum sollten einige jetzt gehen und wir andern nicht?«, fragte einer.

»Wir wollen doch auch weg!«, rief ein anderer.

Amir war wieder derjenige, der alle beruhigte, offenbar sei nicht genug Platz auf dem Boot, auf dem Abu Kamal die Männer einschiffen wolle, deshalb könnten nur Einzelne mit und keine Familien.

»Vertraut auf Abu Kamal, er ist ein guter Mann!«, sagte Amir.

Nachts um zwölf stand Abu Kamal dann unten an der Tür und holte die zehn Männer ab.

Wir andern gingen bald zu Bett.

Morgens um acht wurde ich wach, weil ich draußen vor dem Haus einen Mann nach Amir rufen hörte.

Ich ging ans Fenster.

»Weck Amir auf!«, rief mir der Mann zu. »Die andern sind entführt worden!«

Er war, wie sich später herausstellte, der Vater von einem der Männer, die um Mitternacht mit Abu Kamal aufgebrochen waren.

Ich ließ den Mann in die Wohnung und holte Amir.

»Mein Sohn hat mich angerufen, zum Glück konnte er sein Handy verstecken«, sagte der Mann. »Sie haben ihnen alles genommen, Handys, Geld, und sie dann in eine Wohnung gebracht und die Tür von außen zugesperrt.«

Amir rief sofort bei Abu Kamal an und stellte ihn zur Rede. Was der Mann sagte, stimmte tatsächlich.

Ich hörte Abu Kamals Stimme durch das Telefon, er war sehr aufgeregt und entschuldigte sich viele Male.

»Wir wollten die Männer wirklich auf ein Boot bringen, das gestern Nacht auslief. Aber dann hat es nicht geklappt, der Kapitän weigerte sich auszulaufen, wegen der Wellen.«

»Aber warum habt ihr die Männer eingesperrt?«, fragte Amir. »Seid ihr verrückt?! Das ist eine Entführung!«

»Nein, nein«, wehrte Abu Kamal ab. »Wir wollten die Männer nur nicht verlieren, deswegen haben wir vorübergehend die Tür abgesperrt. Aber sie sind natürlich keine Gefangenen. Sie können jederzeit gehen.«

»Du sagst mir jetzt sofort, wo die Männer sind«, sagte Amir wütend, »und dann hole ich sie dort ab.«

Kurz darauf waren wir an der Wohnung, sie war nur ein

paar Straßenzüge weiter, und holten die Männer zurück in unser Haus.

Dann gingen die Diskussionen bei uns in der Wohnung erneut los. Jetzt waren es noch mehr von uns, die zurück nach Kairo wollten, um einen anderen Schlepper zu finden. Sie fanden das, was vorgefallen war, zu schlimm, um Abu Kamal noch zu vertrauen.

»Wenn ihr gehen wollt, dann geht!«, sagte Amir. »Aber wir kehren nicht nach Kairo zurück, Abu Kamal ist besser als die anderen Schlepper, glaubt mir. Er lügt vielleicht, aber er ist kein Krimineller wie die anderen. Die andern Schlepper sind außerdem Drogenhändler und Zuhälter, sie machen alles, was Geld bringt. Abu Kamal ist keiner von ihnen.«

Einige verließen uns trotzdem und gingen nach Kairo zurück.

Wir nicht.

Am nächsten Tag ging es dann tatsächlich los. Nach zwei Wochen Wartezeit!

Ein Pick-up kam zu unserem Haus, wieder mussten wir auf die Ladefläche, wieder kam eine Plane darüber, aber diesmal dauerte die Fahrt nicht lange. Durch einen Schlitz im Plastik sah ich, dass wir an der Küstenstraße von Baltim entlangfuhren. Dann kamen wir zu einem Leuchtturm, dort stiegen wir alle aus.

Draußen auf dem Wasser, ein paar Meter vom Strand entfernt, sahen wir schon die Lichter eines Bootes, das auf uns wartete. Die Schlepper teilten uns in zwei Gruppen, erst würde die eine zum Mutterschiff rausfahren, dann würde das kleine Boot umkehren und die anderen holen.

Amir und ich waren in der ersten Gruppe, wir legten unsere Schwimmwesten an.

Wieder musste alles ganz schnell gehen.

»Lauft, ihr Hunde!«, schrie einer der Fahrer und trieb uns ins Meer.

Wir rannten, so schnell wir konnten, und stürzten uns ins Wasser. Das Boot war ziemlich weit draußen, viele Männer hatten Kinder auf den Schultern. Mir ging das Wasser bis zum Hals, als ich endlich am Boot ankam. Mein Handy hatte ich mir in den Mund geklemmt, damit es nicht nass wurde. In der Hektik war ich nicht mehr dazu gekommen, es zu verpacken. Jeder von uns durfte eine Tasche mitnehmen, die schmiss ich als Erstes ins Boot. Dann half ich noch einer Frau vor mir, die es nicht ins Boot schaffte. Ich schob sie von unten, jemand zog sie von oben, aber sie kam einfach nicht hinauf. Ich hatte das Gefühl, unter ihrem Gewicht unterzugehen.

»Geh hoch!«, schrie ich sie an.

Endlich schaffte sie es. Ich war der Nächste.

Mit den pitschnassen Kleidern suchte ich mir ein Eck in dem Boot, es war völlig überladen, gedacht für zehn oder zwölf Leute, wir waren um die 50.

Als wir losfuhren, merkte ich, wie wahnsinnig kalt mir war. Ich kauerte mich zusammen, aber das half nichts, ich zitterte am ganzen Körper und fragte mich, wie ich die nächsten Stunden bis zum Sonnenaufgang in nassen Kleidern durchhalten sollte. Aber ich hatte keine andere Wahl, auch meine Wechselkleidung war nass geworden. Mir war klar, dass wir alle krank werden würden. Es gab kaum jemand, der nicht Husten und Schnupfen bekam, viele auch Fieber.

Nach etwa 20 Minuten kamen wir zu einem größeren Boot. Ein türkisfarbener Holzkutter mit einem Dach darüber und einer orangefarbenen Kapitänskajüte. An vielen Stellen war die Farbe abgeblättert, aber Amir meinte, das Boot sei gut. Der Motor ratterte gleichmäßig und der Kapitän Ahmed war ein ruhiger, besonnener Mann.

Diesmal ging alles gut beim Umsteigen. Amir und ich blieben zusammen, alle kamen aufs Boot. Amir und ich suchten uns einen Platz und waren erst mal glücklich, dass wir es bis hierher geschafft hatten. Insgesamt waren wir um die 90 Leute an Bord.

Als es Tag wurde, sahen wir etwas Wunderschönes: Delfine schwammen neben uns her. Die aufgehende Sonne funkelte auf dem Wasser, und es sah so aus, als tanzten die Delfine mit den Strahlen. Ganz nah bei mir saß ein Mann, der stumm war. Er lachte mich an und machte Gesten mit seinen Händen, die ich nicht verstand. Sein Bruder übersetzte für mich:

»Nur Gott weiß, wie viele Menschen hier sind«, sagte er.

Später ging ich nach unten in die Kabine zu den Frauen und Kindern. Ich war zwar schon 15 und damit der Älteste von den Kindern, aber dort war man geschützter vor den Wellen, die immer wieder ins Boot spritzten. Amir blieb oben bei den Männern.

Als ich nach unten kam, sah ich Asisa mit ihrer kleinen Tochter Susu sitzen. Ich war überglücklich, sie zu sehen! Wir fielen uns in die Arme.

»Du versuchst es also auch noch mal mit Abu Kamal?«, sagte ich zu ihr.

»Haben wir eine Wahl?«, antwortete sie.

Susu, ihrer Tochter, ging es nicht sehr gut. Genau wie die andern Kinder reagierte sie sofort auf das Schaukeln im Meer und wurde seekrank. Die ersten ein bis zwei Stunden weinte sie, dann erbrach sie sich. Ich konnte ihr gerade noch eine Plastiktüte hinhalten. Mir selbst wurde auch schlecht und mein Kopf begann zu schmerzen.

Als die Nacht hereinbrach, kam die Angst. Die Kinder weinten und schrien, ihre Furcht übertrug sich auch auf mich. Irgendwann hörte Susu dann auf zu weinen. Sie war still und starrte einfach vor sich hin, wie in Trance. In der Dunkelheit irgendwo auf dem weiten Meer zu schaukeln hat auch für kleine Kinder etwas sehr Beunruhigendes.

18

Auf der Facebook-Startseite sehe ich das Foto eines kleinen Jungen, zwei Jahre alt. Er trägt ein rotes T-Shirt und eine blaue Jeans und liegt am Strand, die Ausläufer der Wellen reichen bis an seinen Kopf. Seine Arme liegen eng am Körper, die Füße nebeneinander. Er sieht aus, als schlafe er.

Aber er ist tot, angespült von den Wellen, als habe Gott ihn den Menschen vor die Füße gelegt, damit alle sehen, was da draußen auf dem Meer passiert. Nun hatte der Tod ein Gesicht und einen Namen: Alan Kurdi.

Das Boot, in dem der Junge saß, war gekentert, mit ihm starben seine Mutter und sein älterer Bruder, nur der Vater überlebte. Er konnte seine Familie nicht retten.

Überall im Internet ist das Foto jetzt zu sehen, die Zeitungen und Fernsehsender in der ganzen Welt berichten über den Jungen. Wenn der Tod eines Kindes überhaupt irgendeinen Sinn haben soll, dann den, dass alle Welt jetzt alarmiert ist.

Ich sitze wie gelähmt vor dem Computer und starre auf das Bild des Jungen. Warum macht das Bild gerade heute die Runde? Soll ich es als Warnung verstehen?

Morgen werden meine Eltern und meine Schwester nach Istanbul fliegen und genau auf diesem Weg, den Alans Familie nahm, versuchen übers Meer zu kommen.

Als ich mich damals aufmachte, gab es so ein Foto noch nicht. Ich habe oft gehört, dass man es in Deutschland unmoralisch findet, so eine Leiche wie die des kleinen Jungen zu fotografieren. Das sei voyeuristisch und verletze die Gefühle der Familie des Toten.

Das mag sein. Aber ich finde trotzdem, dass jeder dieses Foto sehen sollte. Alle sollen endlich verstehen, was passiert auf dem Mittelmeer. Einst galt es als Wiege der Zivilisation, nun ist es ein riesiges, dunkles Grab.

Hätte ich ein Foto wie dieses kurz vor meiner Abreise aus Ägypten gesehen, ich wäre vermutlich trotzdem gefahren.

Ich wusste, wie gefährlich es war, ich hatte ja schon einen Fluchtversuch hinter mir. Ich ging in vollem Bewusstsein über die Gefahren an Bord. Aber schon in der ersten Nacht, als die Angst wieder in mir hochkroch, bereute ich es.

Ich lag unten in der Kabine, in der normalerweise Fisch transportiert wurde, und konnte den Gestank kaum mehr ertragen. Der stechende Geruch nach verrottetem Fisch und Erbrochenem raubte mir fast den Atem. Nach wenigen Minuten an Bord waren die Ersten seekrank geworden und mussten sich übergeben. Nicht jeder schaffte es, sich rechtzeitig oben über die Reling zu beugen, vor allem die Kinder nicht. Und selbst wenn man es schaffte, saß man vielleicht neben jemandem, der sich aus Versehen über einem erbrach. Später kam noch der Geruch von Urin und Kot dazu. Am Anfang hatten noch alle versucht, nach oben auf die Toilette zu kommen, aber diejenigen, die wegen der Seekrankheit mit Kopfschmerzen und Übelkeit vor sich hin dämmerten, ließen ihren Bedürfnissen irgendwann freien Lauf.

Ich hatte mich unter Kontrolle, darauf legte ich Wert, und ich hatte Glück, dass sich niemand über mir erbrach.

Ich ging immer wieder nach oben, um frische Luft zu bekommen, und blickte zum Horizont. Aber das nützte auch nichts, um das flaue Gefühl in meinem Magen wegzubekommen. Bei mir half nichts gegen die Seekrankheit, nirgendwo auf dem Boot entkam ich dem Schwindel in meinem Kopf, egal ob ich auf den Horizont blickte oder nicht. Obwohl ich fast nichts gegessen hatte – an Essen war nicht zu denken –, übergab ich mich immer wieder. Irgendwann spuckte ich Blut. Mein Kopf schmerzte, mich fröstelte, und gleichzeitig brach mir der Schweiß aus.

Fast allen um mich herum, die an Deck am Boden lagen, ging es ähnlich. Wir waren alle blass und schläfrig, aber schlafen konnte ich fast gar nicht. Die Kopfschmerzen hielten mich davon ab und auch die Angst. Wie soll man schlafen, wenn man denkt, man könnte jeden Moment sterben?

Amir ging es aus irgendeinem Grund besser als mir. Er war ganz der Macher, der Ingenieur, vielleicht erlaubte er es sich einfach nicht, seekrank zu werden.

Amir war die meiste Zeit vorne bei der Kajüte des Kapitäns und unterhielt sich mit ihm. Die beiden verstanden sich gut, Amir war eine wichtige Kontaktperson für den Kapitän. Wir waren in einer großen Gruppe von fast 20 syrischen Bekannten auf das Boot gekommen. Ein sehr großer Teil des Geldes, das Abu Kamal am Ende bekommen sollte, wenn das Boot sicher ankäme, war bei meinem Vater deponiert. Insgesamt 44 000 Euro.

Von Anfang an hatte sich der Kapitän bei Amir beschwert, dass Abu Kamal ihm seinen Lohn für die Überfahrt noch nicht bezahlt hatte. Das Geld hätte schon längst bei Ahmeds Familie in Baltim sein sollen, so war die Vereinbarung mit Abu Kamal. Immer wieder nahm der Kapitän das Satellitentelefon zur Hand, um seine Frau zu fragen, ob das Geld schon da sei.

Der Kapitän Ahmed war Ende 30, nur ein bisschen älter als mein Onkel. Er hatte noch einen zweiten Kapitän dabei und vier Männer, die ihm halfen. Sie stammten alle aus der Küstenstadt Baltim, in der wir zwei Wochen verbracht hatten, und waren erfahrene Seeleute. Amir hielt große Stücke auf Ahmed. Schon bald, als es große Probleme an Bord gab, wurde er darin bestätigt. Noch heute ist Amir davon überzeugt, dass Ahmeds Erfahrung als Kapitän uns das Leben gerettet hat.

Aber erst einmal brauchte Ahmed die Hilfe meines Onkels. Das GPS-Gerät an Bord war kaputtgegangen, mit dem wir im Falle eines Unglücks geortet werden konnten. Ohne GPS waren wir verloren. Unter den gut 20 Männern an Bord war Amir der einzige Ingenieur. Amir schaffte es, das Gerät zu reparieren, ein Kabel war gerissen. Ich war sehr stolz auf meinen Onkel. In technischen Belangen war er eine riesige Hilfe. Wenn es um Gefühle ging, eher weniger.

»Du musst noch etwas anderes für mich tun«, sagte Ahmed dann zu Amir. »Abu Kamal hat meinen Lohn noch immer nicht zu meiner Familie gebracht. Rede mit ihm, auf dich wird er hören, weil er auf dein Geld angewiesen ist.«

Ahmed bekam 10 000 Euro für die Überfahrt, es war das

siebte Mal, dass er ein Flüchtlingsboot für Abu Kamal nach Italien fuhr. Jedesmal hatte Abu Kamal das Geld rechtzeitig bei Ahmeds Familie abgegeben.

Der Ablauf war immer der gleiche: Wenn die italienische Küstenwache die Boote aufgriff, wurden die Schlepper verhaftet – und nach einem Monat, spätestens nach zwei bis drei, kamen sie wieder frei. Für 10 000 Euro ging Ahmed gerne einen Monat ins Gefängnis, es war so viel Geld, wie er als Kapitän eines Fischkutters in Ägypten in einem ganzen Jahr nicht verdienen konnte.

Die ägyptischen Schlepperbosse verlieren bei der Überfahrt ihre Boote, deswegen ist es ihnen auch so wichtig, dass die Boote richtig voll sind, sonst lohnt es sich nicht, sie zu opfern. Ich habe oft von Fahrten gehört, die wieder abgebrochen wurden, weil weniger Flüchtlinge aufs Boot kamen als geplant, zum Beispiel weil viele schon auf den Zubringerbooten von der Küstenwache verhaftet worden waren. Dann kurvten die Boote, oft schon beladen mit einem Teil der Passagiere, auf dem Meer herum und warteten auf neue Flüchtlinge. Das System ist wie bei einem Sammelbus: Erst wenn er voll ist, fährt er los.

Ich hatte aber auch schon von Fällen gehört, wo der Kapitän die Flüchtlinge in Beibooten auf dem Meer aussetzte und dann wieder wegfuhr. Viele ertranken so im Mittelmeer.

Ahmed würde so etwas nicht tun mit uns, da waren wir uns sicher. Aber dennoch hatten wir jetzt ein Problem.

Ahmed machte Amir klar, dass er nicht weiterfahren würde, solange Abu Kamal das Geld nicht zu Ahmeds Familie gebracht hatte. Um seine Forderung zu unterstreichen, schaltete er die Maschinen ab. Das Boot stach jetzt nicht mehr gleichmäßig durch die Wellen, sondern schaukelte plötzlich ganz eigenartig hin und her. Die Wellen schienen von allen Seiten zu kommen. Ein sehr unangenehmes Gefühl, bei dem mir gleich noch schummriger wurde im Magen.

Amir griff zum Satellitentelefon und rief Abu Kamal an. Er war außer sich, dass Abu Kamal unsere Fahrt aufs Spiel setzte, indem er den Kapitän mit der Bezahlung hinhielt. Der Kapitän war schließlich der wichtigste Mann in dieser ganzen Unternehmung. In seinen Händen lag unser Leben.

»Abu Kamal, was soll das?!«, rief Amir so wütend in das Satellitentelefon, dass die Antenne oben dran heftig wackelte.

Mit einiger Verzögerung war Abu Kamals Antwort zu hören. Er versuchte sich offenbar rauszureden.

»Ahmed droht damit, nicht weiterzufahren, solange seine Familie das Geld nicht hat!«, entgegnete Amir. »Du riskierst unsere Fahrt! Du wirst auch unser Geld nicht bekommen. 44 000 Euro! Überleg dir gut, ob es dir das wert ist!«, schrie Amir.

Abu Kamal verlangte nach Ahmed. Zwischen den beiden Männern ging ein Wortgefecht hin und her.

»Bring das Geld oder ich kehre um!«, schrie Ahmed ins Telefon.

Offenbar schlug Abu Kamal ihm einen Deal vor.

»Nein, die Maschinen bleiben so lange aus, bis das Geld bei meiner Familie ist«, sagte Ahmed.

Er hatte ja Zeit, ob er einen Tag früher oder später in Italien ins Gefängnis kommen würde, konnte ihm egal sein. Und er hatte auch seine eigenen Wasser- und Essensrationen dabei. Unsere Reserven hingegen wurden mit jedem Tag auf dem Meer weniger.

Amir verlangte wieder nach dem Telefon. Er wollte noch mal mit Abu Kamal reden und zwischen den beiden Männern vermitteln, es musste einfach eine Lösung geben. Wir konnten ja schlecht so lange auf dem Meer dahintreiben, bis Abu Kamal tatsächlich nach Baltim gefahren war zu Ahmeds Familie. Abu Kamal war gerade in Kairo, von dort aus waren es mehrere Stunden nach Baltim.

Am Ende, nach langem Reden mit beiden Männern, gelang es Amir, eine Lösung zu finden: Abu Kamal würde jetzt gleich zu Ahmeds Familie aufbrechen, um das Geld so bald wie möglich abzugeben, andernfalls würde Amir Geld abziehen von unserer Zahlung. Dafür würde Ahmed den Motor wieder starten und wir konnten unsere Fahrt fortsetzen.

Ich hatte das ganze Hin und Her mitbekommen und war sehr froh, als Ahmed tatsächlich den Motor startete.

Einige um mich herum begannen etwas zu essen, ich brach mir nur ein wenig von einem Fladenbrot ab. Es war am Rand schon ein bisschen schimmelig, weil es noch vor uns auf das Boot gebracht worden war. Außerdem gab es an Bord einen sehr harten und salzigen Käse, der fürchterlich stank und bereits nach einem Tag ungenießbar war. Von da an gab es nur noch ein paar harte Würste und Dosenthunfisch für die Kinder.

Am vierten Tag ging uns das Wasser aus. Wir hatten nur noch die sechs Flaschen für die Kinder. Das war der Abend, an dem der Kapuzenmann meinen letzten Wasserrest stahl.

Das Essen und Trinken hat mir eigentlich gar nicht gefehlt. Während der ganzen sechstägigen Überfahrt habe ich nur einmal gegessen. Man verändert sich bei so einer Fahrt, man ist nicht mehr man selbst, und die üblichen Bedürfnisse werden unwichtig. Ich spürte mich nicht mehr, bemerkte nicht, wie es mir ging. Ich schlief auch kaum, aber mein Körper war während der ganzen Fahrt in einem permanenten Alarmzustand.

In der Nacht sah ich plötzlich meine Mutter vor mir. Ich sah ganz deutlich ihr Gesicht, so als stünde sie ein paar Meter vor mir. Sie sprach mit mir, so wie sie es immer getan hatte, wenn es mir nicht gut ging.

»Karim, mach dir keine Sorgen, morgen wird es dir bestimmt wieder besser gehen. Du wirst das überstehen. Ich bin bei dir, hab keine Angst.«

Ich wusste, dass es nur Einbildung war, aber es fühlte sich nicht an wie ein Traum, ich schlief ja nicht. Es war sehr real. Ich hörte ihre Stimme danach noch ein paar Mal. Sie gab mir Kraft.

Neben mir in der Kabine lag eine junge Frau, Rasan, sie war 21 und wurde immer wieder ohnmächtig. Man konnte die Uhr danach stellen, jede Stunde verlor sie für kurze Zeit das Bewusstsein, einmal sogar für fünf Minuten. Auch Rasan sah offenbar jemanden vor sich. Sie redete mit ihrem Vater, allerdings war ihr Vater schon tot, wie uns eine ihrer Begleiterinnen erzählte.

»Ich komme zu dir«, sagte Rasan, »ich weiß, ich werde bei dir sein, warte auf mich.«

Als sie wieder zu sich kam und Asisa mit ihr redete, erinnerte sie sich nicht mehr an das, was sie gesagt hatte.

Als sie das nächste Mal ohnmächtig wurde, schüttelte Asisa sie und sagte: »Bleib bei mir, bitte, bleib bei mir.«

Jemand gab Asisa Riechsalz, das hielt sie Rasan unter die Nase. Sie klopfte ihr leicht auf die Stirn und legte ihre Beine hoch. Aber Rasan wurde nicht wieder wach. Nun rieb Asisa Rasans Gesicht mit etwas Meerwasser ein, sodass die Luft es kühlte. Zum Glück kam sie dann wieder zu sich. Sie war schwanger, wie mir später ihr Mann erzählte.

Das, was mich auf der Fahrt am meisten berührte, waren Mütter wie Asisa, die alles dafür taten, damit es ihren Kindern gut ging. Wenn Asisa mal eingenickt war und dann aus dem Halbschlaf erwachte, sah sie als Erstes nach ihrer Tochter. Sie griff nach ihr und beruhigte sich erst dann, wenn sie sah, dass Susu noch da war und sich ihr Brustkorb vom Atmen auf und ab bewegte.

Unten in der Kabine roch es zwar schlecht, aber dafür war man vor der Sonne geschützt. Auf dem Boot war es fast so, als würde man zwei Jahreszeiten erleben. Nachts war es an Deck fürchterlich kalt, der Wind und das Wasser, das von den Wellen ständig ins Boot spritzte, ließ die Männer oben auskühlen. Tagsüber war es an Deck unerträglich heiß, die Sonne knallte an manchen Stellen erbarmungslos hinunter. Wer nicht unter dem Dach saß oder keinen Hut aufhatte, bekam schlimme Verbrennungen auf der Stirn. Ich sah einen Mann, dessen Haut im Gesicht an manchen Stellen aufgesprungen war und blutete.

Die fünfte Nacht an Bord werde ich nie vergessen. Es war die Nacht, in der Kapitän Ahmed sein Können beweisen musste. Erst spürten wir nur den Wind, der in Böen aufkam und das Meer aufpeitschte. Er war der Vorbote eines fürchterlichen Sturms, der diese Nacht über uns hereinbrechen sollte.

Bald setzte prasselnder Regen ein, Blitze durchzuckten den tiefschwarzen Himmel, ein Donnergrollen lag in der Luft. Ich hatte das Gefühl, der Weltuntergang steht bevor.

Die Wellen wurden immer höher, das Boot kam gar nicht mehr voran, es wurde zum Spielball des aufgewühlten Meeres.

Wir kippten nach links, dann schrie der Kapitän:

»Setzt euch nach rechts! Sonst kentern wir!«

Dann wieder kippten wir nach rechts. Und er schrie:

»Auf die andere Seite!«

Ich hörte das Wasser, wie es gegen das Schiff schlug, immer wieder schwappten riesige Wellen ins Boot, der Boden war mit Wasser bedeckt.

»Wir sind verloren!«, schrie ein Mann neben mir.

Ich hörte Frauen weinen und Kinder schreien.

»Das Wasser kommt rein!«, schrie jemand.

»Wo ist Wasser?«, schrie einer von der Crew zurück.

»Das ist egal, das macht nichts!«, rief ein anderer.

Ich hörte eine Mutter nach ihrer Tochter schreien.

»Keine Sorge, deine Tochter ist bei mir!«, rief jemand zurück.

Der Kapitän redete auf uns ein: »So Gott will, passiert nichts.«

Ein Mann neben mir versuchte seine völlig panische Frau zu beruhigen.

Ein anderer rief: »Wenn Gott will, dass du ins Wasser fällst, kann niemand dir helfen!«

»Nein, nein, beruhige dich«, sagte der Mann wieder zu seiner Frau.

Sie schimpfte jetzt auf den Kapitän: »Der fährt viel zu schnell. Wir werden alle ertrinken!«

Eine riesige Welle knallte gegen den Bug, das Boot neigte sich bedrohlich zur Seite.

»Das Boot kippt um!«, schrie die Frau.

Dann versuchte sie auch noch aufzustehen.

»Bleib sitzen!«, rief ich ihr zu.

Sie schlug in Panik um sich und traf mich im Gesicht. Menschen fielen übereinander. Die Frau schrie und schrie, sie glaubte offenbar, dass wir schon gekentert waren. Sie lag irgendwo unter anderen Leuten, in dem Knäuel von Menschen hatte sie die Orientierung verloren. Gleichzeitig spritzte von allen Seiten das Wasser herein, wir waren so nass, als seien wir schon ins Meer gefallen.

Während die andern um mich herum schrien, verstummte ich. Ich ergab mich meinem Schicksal und war wie gelähmt vor Angst. Ich rechnete damit, dass wir jeden Moment kentern würden.

In diesem ganzen Chaos riss auch noch das Lenkseil, das Boot war manövrierunfähig. Ich war gerade vorne mit Amir beim Kapitän, als es passierte. Der Sturm hatte das Seil, das an beiden Seiten des Bootes vom Lenkrad nach hinten zum Ruder ging, an einer Seite abgerissen.

Bislang war der Kapitän ein ruhiger, besonnener Mann gewesen, jetzt geriet sogar er in Panik.

»Wir sind verloren«, schrie er, »wir werden alle sterben!«

Seine Stimme überschlug sich, ich sah die Verzweiflung in seinen weit aufgerissenen Augen.

Amir schaffte es, ruhig zu bleiben. Er machte sich mit seinem Freund Walid und ein paar anderen daran, das Seil zu reparieren. Das Boot trieb ohne jede Steuermöglichkeit in den Wellen. Das Steuerseil war auf den ersten Metern aus Metall, im weiteren Verlauf aus Fasern. An einer Stelle war es gerissen. Amir und die anderen schafften es, mit Seemannsknoten ein weiteres Stück Seil als Verbindungsstück zwischen den gerissenen Enden einzusetzen. Dann konnte Ahmed das Boot wieder steuern.

Die akute Gefahr war gebannt, aber der Sturm nahm noch mehr an Fahrt auf.

Ich ging nach unten in die Kabine, um nach Asisa zu sehen. Sie saß starr vor Angst da. Sie hatte sich ihre Schwimmweste angezogen und hielt Susu auf dem Arm. Ihr hatte sie eine Kinderschwimmweste angezogen, aber die war für das sechs Monate alte Mädchen viel zu groß.

Als Asisa mich sah, begann sie zu weinen. Sie hielt mich fest am Arm und redete beschwörend auf mich ein.

»Wenn wir gleich untergehen, musst du mir eine Sache versprechen: Ich kann nicht schwimmen, ich werde nicht lange durchhalten. Nach einer Stunde bin ich tot«, sagte sie.

»Was redest du, Asisa«, sagte ich zu ihr, »wir gehen doch gar nicht unter. Und selbst wenn, du hast eine Schwimmweste.«

»Nein, ich bin mir sicher, ich schaffe das nicht. Du musst dich um Susu kümmern, du musst sie retten!«, sagte sie unter Schluchzen. In ihrer Stimme lag Panik, das Boot schaukelte noch immer auf und ab. Um uns herum schrien die Kinder.

»Natürlich würde ich das tun, Asisa«, sagte ich, »aber jetzt beruhige dich! Es ist doch noch gar nicht so weit.«

Asisa hörte nicht, was ich sagte, sie stand unter Schock, die Angst raubte ihr den Verstand.

»Schwör bei Gott, dass du dich um das Kind kümmerst. Du nimmst Susu und hältst sie fest, wenn etwas passiert. Mich lässt du zurück!«

»Nein«, sagte ich, »ich lasse niemanden zurück. Wir sind zusammen hier auf das Boot gekommen, wir werden es auch alle zusammen verlassen.«

Dann begann sie auf Susu einzureden, die leise wimmerte.

»Mein Schatz, mein Ein und Alles. Ich werde dich vermissen! Denk daran, dass deine Mutter dich geliebt hat.«

Asisa verabschiedete sich von ihrem Kind, sie bereitete sich auf den Tod vor.

Ich bekam eine Gänsehaut, dennoch redete ich, so ruhig es ging, auf Asisa ein. »Es wird alles gut, glaub mir, wir kommen hier raus. Der Sturm wird sich legen.«

Ich weiß nicht, was ich noch alles zu ihr sagte.

Irgendwann wurde der Wind schwächer, die Wellen flacher.

Dann war der Sturm vorüber, so plötzlich, wie er gekommen war.

Am Morgen des sechsten Tages schien die Sonne über dem Mittelmeer.

Wir hatten überlebt!

Ich stand an Deck und war so unendlich glücklich, dass ich mir die Fahne der FSA wie ein Stirnband um den Kopf band. Es war vorbei!

Walid blickte auf sein iPhone, mit dem er auch ohne Netzempfang GPS hatte.

»300 Kilometer vor Italien!«, rief er.

»Bind dir eine Krawatte um!«, scherzte Walid. Allerdings hätte die auch nicht mehr viel geholfen, um uns hübsch zu machen. Wir stanken wirklich erbärmlich nach sechs Tagen auf dem Meer. Aber das war uns jetzt egal.

Ich tanzte mit Walid auf dem Deck im Kreis.

Dann riefen wir über das Satellitentelefon meinen Vater an, damit er das Geld an Abu Kamal gab. Jetzt waren wir in internationalem Gewässer.

Ich durfte nur kurz mit meinem Vater reden.

»Gleich haben wir es geschafft!«, sagte ich aufgeregt zu ihm.

Ich hörte noch, wie er am andern Ende der Leitung vor Freude weinte. Dann mussten wir das Gespräch beenden.

Aber noch waren wir nicht am Ziel, noch war weder Land noch ein rettendes Boot der Küstenwache in Sicht.

19

Ich wundere mich über die Nummer auf meinem Telefon, eine Vorwahl, die ich nicht kenne.

Meine Mutter ist dran.

»Karim, wir sind in Izmir angekommen«, sagt sie.

»Gott sei Dank!«, rufe ich.

»Wir haben schon einen Schlepper gefunden, der uns von Bodrum aus nach Kos bringen will«, sagt sie.

Ich weiß nicht, was ich davon halten soll, mir geht das alles zu schnell. Ich habe Angst um sie und will mehr Zeit haben, um mich mit dem Gedanken anzufreunden, dass sie tatsächlich die gefährliche Bootsroute nehmen.

»Wollt ihr nicht noch warten? Euch erst mal ausruhen?«, sage ich.

»Nein, ich kann es nicht mehr erwarten, dich endlich in die Arme zu schließen. Morgen Abend um zehn, wenn es dunkel ist, soll es losgehen.«

Sie ist fest entschlossen. Ich glaube, sie weiß nicht, was diese Flucht wirklich bedeutet.

* * *

Auch als wir auf unserem Boot den Sturm überlebt hatten und glaubten, der Rettung nah zu sein, waren wir in Wahrheit noch nicht außer Gefahr.

Am sechsten Tag an Bord hatten wir überhaupt kein Wasser mehr. Die paar Schluck, die ich noch hatte, nachdem mir der Mann das Wasser geklaut hatte, waren weg. Auch die sechs Flaschen, die wir für die Kinder aufgehoben hatten, waren jetzt leer. Wir wussten, wir sind nah an Italien, aber wir wussten nicht, wie lange es dauern würde, bis wir gerettet würden.

Ich hatte kaum Durst gehabt die letzten Tage und habe in den fünf Tagen eigentlich nur drei Mal etwas getrunken. Auch weil es mich geekelt hatte, denn von den Flaschen, die in den letzten Tagen die Runde gemacht hatten, tranken alle gemeinsam. Auch die Kinder, die sich zuvor übergeben hatten.

Aber jetzt war der Durst plötzlich da. All meine Gedanken kreisten nur noch um Wasser. Ich stellte mir vor, wie ich vor einem Hahn stand, aus dem klares, kaltes Wasser herausströmte und dass ich meinen Mund darunterhielt und tiefe Schlücke davon nahm, so viel, dass mir das Wasser an den Wangen herunterlief. Für ein paar Minuten ging es mir besser bei dem Gedanken, aber dann kehrte der Durst zurück.

Ich hörte, wie ein Mädchen neben mir jammerte.

»Papa, ich habe so Durst!«

»Wir haben kein Wasser mehr, Schatz, aber ganz bald sind wir da, dann bekommst du Wasser.«

»Aber Papa, da ist doch so viel Wasser um uns herum!«, sie zeigte auf das Meer.

»Das kann man nicht trinken«, sagte er.

»Wieso nicht?«, rief das Mädchen.

»Es ist ganz salzig, danach hast du noch mehr Durst.«

Das Mädchen gab nicht auf, sie rief immer wieder, sie wolle das Wasser da draußen trinken, so ging das eine ganze Zeit lang, der Vater nahm sie schließlich in den Arm, und das Mädchen weinte hemmungslos.

»Ich hab so Durst, ich hab so Durst«, wimmerte sie.

Amir kam, um nach mir zu sehen, und hörte, wie die Kinder jammerten.

»Man kann das Kühlwasser trinken«, sagte er.

»Was?« Ich verstand nicht, was er meinte.

»Der Motor zieht zur Kühlung Wasser aus dem Meer, wenn es durch den Kühlungskreislauf durch ist, hat es kaum mehr Salz. Es ist warm, aber man kann es trinken.«

Mein Onkel ging und kam mit einer Plastikflasche zurück, das Wasser sah trüb aus. Aber ich hatte solchen Durst, dass es mir egal war. Ich stülpte mein T-Shirt über die Flaschenöffnung und trank so aus der Flasche, um zumindest die größeren Partikel herauszufiltern. Es schmeckte eigentlich ganz okay, ein klein wenig salzig.

Nach mir tranken noch viele andere Leute davon, auch das kleine Mädchen, das so geweint hatte. Danach ging es ihr besser.

Es ist erstaunlich, wozu man in Notsituationen fähig ist. Hätte mir jemand in Homs vor dem Krieg gesagt, dass ich einmal bräunliches Wasser trinken würde, das aus einem Motor kommt, hätte ich ihn für verrückt erklärt.

Am Nachmittag spürten wir, wie der Wind wieder stärker wurde. Ein weiterer Sturm kam auf. Ich wusste nicht, wie wir noch einen Sturm überleben sollten. Wir waren körperlich und geistig am Ende. Wir waren schwach und ausgehungert, erschöpft von der Seekrankheit und der ständigen Übelkeit im Magen. Ich wusste nicht, ob ich noch die Kraft haben würde, dem Sturm ein weiteres Mal standzuhalten.

Ich ertappte mich selbst bei dem Wunsch, dass diese Reise nur bald vorbei sein würde. Egal wie.

20

»Du bist ja immer noch da, Deeb«, höre ich eine hämische Stimme hinter mir im Flur. Es ist Moritz.

Heute ist der erste Schultag nach den Ferien, ich war seit der Schulkonferenz vor einer Woche nicht mehr im Unterricht. Es hat sich herumgesprochen, was vorgefallen ist. Offenbar wäre es Moritz lieber gewesen, dass sie mich rauswerfen.

»Du musst mich leider noch eine ganze Weile ertragen«, sage ich.

Ich hatte Moritz fast vergessen in der letzten Woche. Das wäre der einzige Vorteil gewesen, wenn sie mich rausgeschmissen hätten: dass ich mich nicht mehr mit ihm hätte rumschlagen müssen.

Zum Glück muss ich zumindest Millie heute nicht gegenübertreten, sie ist noch krankgeschrieben, ihr scheint es jetzt so zu gehen wie mir, nachdem ich von ihren Anschuldigungen erfuhr. Irgendwie tut sie mir leid, aber ich bin froh, dass ich sie erst mal eine Zeit lang nicht sehen muss.

Als ich das Klassenzimmer betrete, ist Frau Helm schon da. Sie strahlt mich an.

»Karim, wie schön, dass du wieder hier bist!«

Zumindest noch jemand außer Petrit, der sich freut, mich zu sehen.

In den ersten beiden Stunden haben wir Mathe. Ich warte sehnsüchtig auf den Pausengong.

Als es klingelt, springe ich auf und vergesse mein Handy auf dem Tisch. Moritz geht daran vorbei, nimmt es und schaut aufs Display.

»Ah, Deeb hat eine neue Nachricht bekommen!«, ruft Moritz durch die ganze Klasse. »Wollen wir doch mal sehen, ob es wieder ein Nacktfoto von Millie ist.«

»Gib das sofort her!«, rufe ich und laufe auf Moritz zu.

Der dreht sich um und schirmt das Handy vor mir ab, sodass ich nicht gleich rankomme.

»Nun mal langsam!«, sagt er.

»Gib das sofort her!«, rufe ich noch mal und schaffe es, ihm das Handy aus der Hand zu winden.

»Ah«, sagt Moritz, nachdem er noch einen Blick aufs Display erhascht hat. »Nachricht von ›Mama‹. Wie niedlich!«

Ich packe ihn am T-Shirt und ziehe ihn ganz nah an mich ran.

»Wenn ich nicht gerade beinahe von der Schule geflogen wäre, würde ich mich jetzt mit dir prügeln«, flüstere ich ihm zu.

Dann lasse ich ihn los und gehe aus dem Zimmer.

»Hört, hört!«, ruft er mir noch hinterher.

Aber ich lasse mich von diesem Idioten nicht provozieren.

Draußen auf dem Pausenhof gehe ich in eine ruhige Ecke, um die Nachricht meiner Mutter zu lesen.

»Wir sind jetzt im Wald bei Bodrum. Sobald es dunkel wird, geht es los. Danach sind wir in wenigen Stunden auf Kos«, schreibt sie.

Kos ist nur acht Kilometer entfernt von Bodrum. Acht Kilometer, die lebensgefährlich sein können.

Ich denke an den kleinen Alan, als ich zurück in den Unterricht gehe. Und an meine Eltern.

Ich habe Angst.

Abends lege ich mich gegen elf Uhr ins Bett, das Handy neben mein Kopfkissen. Meine Eltern und Sarah müssten bald ankommen auf Kos.

Ich versuche zu schlafen. Draußen heult der Wind durch die Straßen, der Regen prasselt ans Fenster, es hört sich an, als schleuderte jemand Tausende kleiner Reiskörner gegen das Glas. Ich hoffe, es springt nicht.

Ich döse ein, irgendwann habe ich das Gefühl, ich wäre wieder auf dem Boot. Wieder auf dem Mittelmeer, wieder im Sturm.

* * *

Damals, als wir 300 Kilometer vor Italien dahinfuhren, wussten wir zwar, dass uns die italienische Küstenwache in diesem Gebiet retten würde – aber eben nur, wenn sie uns auch sah.

Der Wind wurde immer stärker, die Wolken über uns zogen sich zu dunklen Ungetümen zusammen.

Ich hörte ein Grollen am Himmel, es klang wie Donner. Aber es hörte nicht auf. Ich blickte nach oben, plötzlich kam ein Flugzeug hinter den Wolken zum Vorschein.

»Schaut, da oben!«, rief ich.

Wir wurden alle nervös und begannen zu winken, ich schwenkte meine syrische Rebellenfahne und schrie, bis ich heiser wurde. Der Kapitän schickte einen Laserstrahl in den Himmel, um auf uns aufmerksam zu machen. Die Maschine war ein graues Militärflugzeug mit griechischer Fahne am Seitenruder.

Hatten sie uns gesehen?

Es begann zu regnen, wieder ertönte ein Grollen am Himmel, diesmal war es Donner. Die Wellen wurden wieder höher, die Kinder begannen zu schreien – da sahen wir ein Militärboot am Horizont.

»Ein Boot, ein Boot!!!!«

»Wir sind gerettet!«

Alle schrien durcheinander. Offenbar hatte die Besatzung des Flugzeuges das nächste Boot in unserem Umkreis verständigt.

Ich war noch nie so glücklich in meinem Leben! Ich schrie, ich lachte und weinte gleichzeitig. Amir, Walid und ich fielen uns in die Arme.

»Die Italiener retten uns!«, rief jemand.

Das Boot kam nur sehr langsam näher, aber irgendwann war es so nah, dass ich die Fahne an seinem Heck erkennen konnte. Und was ich sah, war nicht gut.

»Das ist keine italienische Fahne«, sagte ich, »die Fahne von dem Boot ist rot-weiß.«

»Doch, doch«, sagte jemand, »das sind die Italiener.«

»Nein«, entgegnete ich. »Ich kenne diese Fahne, glaubt mir. Diese Fahne hat ein Kreuz darauf, das ist die Fahne von Malta.«

Niemand wollte mir glauben.

Als das Boot näher kam, sahen wir, dass es nicht besonders groß war, vielleicht 17 Meter, die Männer an Bord trugen Uniform, es war ein Militärschiff.

Unser Kapitän stoppte den Motor.

»Ich und meine Crew sind Syrer wie ihr, verstanden?«, sagte er zu uns. »Den Europäern sagt ihr, der Kapitän und die Crew hätten das Schiff im Beiboot verlassen.«

Von nun an gab auch er sich als Flüchtling aus.

Er verließ die Kapitänskajüte, die Jungs aus seiner Crew begannen sich umzuziehen, sie holten frische Kleidung heraus und spritzten sich Parfum auf den Körper. Sie wollten anständig aussehen, wenn sie Italien erreichten.

Als das andere Boot nah genug war, rief einer von uns hinüber:

»Bitte helft uns! Wir sind syrische Flüchtlinge. Wir haben kein Wasser mehr! Wir haben Kranke und Schwangere an Bord!«

»Wir können euch aufnehmen!«, rief der Kapitän des anderen Bootes zu uns herüber.

Ich bekam die Verhandlungen nicht mit zwischen dem Kapitän des Militärbootes und unseren Leuten.

In der Zwischenzeit warfen die Soldaten Wasser und Kekse zu uns herüber.

Erst nach einigem Hin und Her war klar, dass das Boot aus Malta war. Wenn wir auf das Boot gehen würden, könnte der Kapitän uns nicht nach Italien bringen, sondern müsste uns nach Malta mitnehmen. Und aus Malta, das hatten wir gehört, würde man uns vermutlich nach kurzer Zeit wieder ausweisen, und wir hätten nach Ägypten oder gar Syrien zurückkehren müssen. Wenn wir nun also auf das Militärboot gingen, wäre die Flucht umsonst gewesen, die ganzen Tage auf dem Meer, die Angst, das viele Geld. Alles für nichts. Nein, nach Malta wollte keiner von uns.

»Was sollen wir tun?«, fragte ich Amir.

Die Wellen waren mittlerweile wieder so hoch, dass wir alle von oben bis unten nass gespritzt wurden. Würden wir diesen Sturm überhaupt überleben?

Eine Mutter mischte sich ein, deren kleine Tochter halb ohnmächtig an Deck lag. Sie war zuckerkrank und ihre Medikamente waren ausgegangen.

»Sie wird sterben!«, schrie die Frau. »Wir brauchen schnelle Hilfe!«

Dann begann Walid mit dem Kapitän des Militärschiffes zu verhandeln, er konnte am besten Englisch.

»Einige Kilometer von hier fährt ein großes Schiff aus der Türkei, ich werde es verständigen«, sagte der Kapitän schließlich. »Wir können euch hinbringen. Das wird auf euch warten. Sein Zielort ist Catania.«

Wir waren also doch gerettet! Jubel brach aus an Bord.

Das Militärboot fuhr neben uns her und eskortierte uns. Bald sahen wir hinten am Horizont den riesigen türkischen Tanker, etwa 180 Meter lang.

»Die Titanic!«, rief ich.

Noch nie zuvor hatte ich so ein großes Boot gesehen – außer im Film »Titanic«.

Walid lachte.

»Ich weiß nicht, ob das der richtige Name ist. Die Titanic ist schließlich untergegangen.«

Aber für uns war die Titanic die Rettung. Bis heute nennen mein Onkel Amir und ich den türkischen Tanker so.

Das maltesische Militärboot blieb neben uns, solange der Tanker auf uns zufuhr. Es dauerte Stunden, denn der Tanker konnte nur ganz langsam fahren. Die Bugwelle, die so ein riesiges Boot erzeugt, hätte ein kleines wie unseres sonst zum Kentern gebracht.

Um uns herum war immer noch Sturm, es regnete, die Wellen waren hoch. Wir hofften, dass das Boot noch rechtzeitig bei uns wäre, bevor der Sturm richtig losbrechen würde. Wir sahen die Blitze, die in nicht allzu weiter Entfernung einschlugen, und hörten den Donner immer näher kommen.

Ich blieb bei der Mutter mit ihrer kranken Tochter. Sie streichelte ihrem Kind immer wieder übers Gesicht und redete leise auf es ein. Aber das Mädchen regte sich kaum mehr. Eine Frau neben uns betete für das Mädchen. Ich stimmte mit ein. Ich wusste nicht, was ich sonst noch hätte tun sollen.

Die Wellen waren jetzt so hoch, dass das Wasser auf unser Boot spritzte. Wir waren alle wieder pitschnass.

Dann war der Tanker plötzlich da.

Jemand rief von oben mit einem Megafon auf Englisch herunter: »Bitte Ruhe bewahren. Drängeln Sie nicht. Frauen und Kinder zuerst. Wer kann gut Englisch, um uns bei der Rettung zu helfen und unsere Anweisungen weiterzugeben?«

Walid meldete sich, er koordinierte die Rettung.

Von dem riesigen Boot wurde eine Strickleiter heruntergeworfen.

Ich merkte, wie plötzlich eine Angst in mir aufkam, die Erinnerung an die erste Überfahrt, wo ich nicht mehr aufs Boot kam. Wo Amir ohne mich davonfuhr. Mein Herz begann zu rasen, der Schweiß brach mir aus allen Poren.

Amir bemerkte, was los war.

»Beruhige dich, ich bleibe bei dir«, sagte er.

Er half Walid bei der Rettungsaktion.

Es war wichtig, dass nicht alle auf die Leiter zuströmten, sonst würden wir kippen.

»Bitte geht auf die andere Seite!«, rief Amir den Männern immer wieder zu. Ich half ihm und schob Männer weg, die sich vordrängelten. Nicht alle gehorchten, manche schrien mich an und wollten zuerst aufs Boot.

Von oben kam die Megafonstimme des türkischen Kapitäns:

»Wer drängelt, kommt als Letzter aufs Boot!«

Das half ein paar Minuten, um die Menge zu beruhigen.

Zuerst ging die Mutter mit ihrer zuckerkranken Tochter die Strickleiter hoch. Ein Mann half ihr und nahm das kranke Kind auf seinen Rücken.

Dann ging Rasan hoch, die schwangere Frau, die ständig ohnmächtig geworden war.

Es dauerte etwa zwei Stunden, bis alle oben waren.

Amir blieb bis zum Ende bei mir. Auch Asisa mit ihrer Tochter war noch da. Sie hatte Angst vor der Strickleiter und dachte, sie schaffe es nicht alleine.

»Wenn ich hochgehe, wird mir schwindelig«, sagte sie. »Ich will nicht hinunterfallen!«

Amir redete ruhig auf sie ein.

»Ich kann nicht!«, rief sie.

»Doch, du kannst!«, sagte Amir.

Ich nahm Susu auf den Arm und ging mit dem Baby zuerst hoch, langsam, Schritt für Schritt. Die kleine Susu lächelte mich an.

Ich blickte noch einmal zu Amir zurück. Er hatte sein

Versprechen gehalten, er hatte mich nicht noch einmal zu-
rückgelassen.

Amir war der Letzte, der von Bord ging, neben ihm stand
die zitternde Asisa. Er schob sie zur Leiter und setzte ihren
ersten Fuß darauf. Er war ganz nah hinter Asisa, um ihr
Sicherheit zu geben.

»Du schaffst das«, sagte er zu ihr, »hab keine Angst.
Schau nicht nach unten! Einen Fuß nach dem anderen,
langsam, ganz langsam.«

Ich war bereits oben und sah, dass Asisa die Tränen über die
Wangen liefen, während sie die Leiter hinaufstieg. Ihre Beine
zitterten. Aber nach ein paar Minuten war auch sie oben.

Als alle oben auf dem großen Boot angekommen waren,
blickte ich noch einmal hinunter auf unser kleines Boot, in
dem wir die letzten Tage verbracht hatten. Es sah so win-
zig aus. Ich hätte in dem Moment eigentlich glücklich sein
müssen, dass wir es geschafft hatten, aber beim Anblick
dieses kleinen Bootes wurde mir das ganze Grauen der letzten Tage noch einmal bewusst. Eine riesige Welle brachte
das Boot zum Kentern, dann brach es entzwei. Nach ein
paar Minuten hatte das Meer es verschluckt.

Die Crew auf dem Tanker war sehr nett zu uns, sie gaben
uns Wasser und Sandwiches. Das Boot transportierte Gas.
Überall waren Schilder zu sehen: »No Smoking! Safety
first«.

Wir legten uns unter eine überdachte Fläche an Deck
und ruhten uns aus. Ich war so erschöpft, dass ich in eine
Art Koma fiel. All die Anspannung der letzten Tage fiel von
mir ab und ich wollte einfach nur noch schlafen.

Kurz bevor wir am Hafen von Catania ankamen, weckte

mich Amir. Der Sturm hatte wieder nachgelassen, der Himmel war klar. Ich sah, wie über dem Meer eine rote Sonne unterging. Es war bizarr. Eben waren wir noch in Lebensgefahr, nun saßen wir zufrieden an Deck und beobachteten den Sonnenuntergang, als seien wir auf einer Urlaubsreise. Ich holte mein Handy heraus und machte Fotos von dem glühenden Himmel.

Nun begann meine Zukunft.

21

Als wir im Hafen von Catania einliefen, war es dunkel. Im Scheinwerferlicht sahen wir dort schon die vielen Leute, die auf uns warteten. Überall standen weiße Zelte bereit, manche Helfer hatten Schutzanzüge an, andere signalorangefarbene Kleidung, viele Polizisten waren da. Alle trugen Mundschutz und Handschuhe. Ich konnte sie ehrlich gesagt verstehen, so dreckig, wie wir waren, und so, wie wir rochen, hätte ich mir auch einen Mundschutz umgebunden.

Eine Gangway wurde an unser Boot geschoben, dann kamen die ersten Helfer mit Decken an Bord.

Asisa bekam eine kuschelige Decke für Susu, darin hüllten wir sie ein. Bevor wir von Bord gingen, machte ich noch ein Erinnerungsfoto von Asisa und Susu, die in ihrer flauschigen Decke jetzt aussah wie ein glücklicher Teddybär.

Dann gingen wir ans Festland. Eine Ambulanz stand schon bereit, die das zuckerkranke Mädchen und seine Mutter ins Krankenhaus brachte. Die Kleine überlebte, wie wir später erfuhren.

Rasan, die Schwangere, konnte sich kaum mehr auf den Beinen halten. Obwohl ihr Mann sie stützte, brach sie zusammen, sobald sie an Land war. Helfer stürzten mit einer Trage heran und brachten auch sie zu einem Krankenwagen. Später erfuhren wir, dass es Rasan zwar wieder gut ging, aber ihr Baby hatte sie verloren.

Als wir an Land waren, befragte uns ein Arzt, wie es uns ging und ob uns etwas fehlte. Dann gaben uns die Helfer Kekse, Äpfel und Wasser und brachten uns zu Bussen.

Später erfuhren wir, dass Ahmeds Trick, sich als Syrer auszugeben, nicht geklappt hatte. Irgendjemand unter den Passagieren muss den Kapitän verraten haben. Er und vier seiner Männer wurden verhaftet. Nur einer schaffte es, unerkannt in Europa zu bleiben.

Wir fuhren zu einer umfunktionierten Basketballhalle – dem Notlager für ankommende Flüchtlinge. Auf dem Boden lagen Matratzen, wir bekamen Decken und Jacken. 105 Leute waren in der Halle insgesamt untergebracht.

Ich war glücklich, hier zu sein, ich wusste, wir hatten es geschafft. Aber ich wusste auch: Das war nur die erste Etappe, nun hieß es warten und hoffen, dass wir es bis nach Deutschland schaffen würden.

Kurz darauf bekamen wir unser erstes Essen in Europa, Spaghetti, so wie sich das für Italien gehört. Außerdem gab es noch Backfisch, ein rundes, paniertes Ding, das ungewöhnlich orange aussah. Ich hatte so etwas vorher noch nie gesehen, geschweige denn gegessen. Ich probierte nur ein kleines Stück.

Im Lager nahmen sie unsere Personalien und Daten auf. Aber sie sagten uns, dass diese Daten nicht an die europäischen Behörden weitergegeben würden. Sie erklärten uns, dass wir in Italien unsere Fingerabdrücke abgeben und einen Asylantrag stellen konnten. Wenn wir das nicht wollten, seien wir frei, weiterzureisen. Eigentlich war das laut damaligem Gesetz illegal. Der europäische Staat, in den ein Flüchtling als Erstes einreist, muss den Flüchtling in der europäischen Datenbank registrieren und ist für sein Asylverfahren zuständig. Aber Italien war zum damaligen Zeitpunkt schon so überfordert mit dem Andrang, dass man das Gesetz nicht mehr so genau nahm. Wie sollten sie an der Außengrenze Europas auch alleine zurechtkommen mit all den Menschen, die von den Küsten Ägyptens und Libyens zu ihnen aufbrachen?

Amir, Walid und ich wollten nicht in Italien bleiben, also gaben wir unsere Fingerabdrücke nicht ab.

Drei Tage nach unserer Ankunft fuhren wir mit dem Zug nach Mailand, 22 Stunden dauerte die Fahrt. Asisa und die kleine Susu kamen mit uns. Wir beschlossen, gemeinsam nach Deutschland zu reisen, ihr Mann durfte Deutschland offiziell noch nicht verlassen, weil sein Asylantrag noch lief. Deshalb kümmerten wir uns um sie, bis ihr Mann sie in Süddeutschland treffen konnte.

Der Bahnhof in Mailand hat mich überwältigt, all die weißen Statuen und prächtigen Stuckverzierungen an der Decke. Er sah aus wie ein Palast – aber nicht wie ein Bahnhof! Wenn das Europa war, dann würde es mir hier gut gefallen.

Wir übernachteten in einem ehemaligen Krankenhaus, in dem viele syrische Flüchtlinge untergebracht waren. Um das Gebäude war ein schöner Garten angelegt mit Bänken und Schaukeln, Susu quietschte vor Glück, als wir sie einmal auf eine draufsetzten und vorsichtig anschubsten.

Wir blieben vier Nächte, damit ich eine Erkältung auskurieren konnte, die mich gleich nach der Ankunft in Catania überfallen hatte. Mit einem Mal war der Stress vorbei, die permanente Anspannung, und darauf reagierte mein Körper, indem er krank wurde.

Als es mir besser ging, brachen wir nach Deutschland auf. Wir nahmen nicht den direkten Weg über Österreich, weil wir gehört hatten, dass auf dieser Route strenger kontrolliert wurde.

Also nahmen wir den Zug von Mailand nach Nizza in Frankreich. Bei Ventimiglia überquerten wir die Grenze, ohne dass irgendjemand uns kontrolliert hätte. In Nizza stiegen wir aus und blieben über Nacht am Bahnhof.

* * *

Ich schrecke aus einem unruhigen Schlaf hoch, es ist fünf Uhr morgens. Meine Eltern und Sarah müssten längst auf Kos sein. Aber ich habe keine Nachricht von ihnen. Ich rufe auf dem Handy meines Vaters an, die Leitung ist tot. Ich wähle die Nummer meiner Mutter, die meiner Schwester – nichts, die Handys sind abgeschaltet.

Nervös springe ich aus dem Bett und mache den Computer an. Ich suche nach Nachrichten über ein Boot, das vor Bodrum gekentert sein könnte, ich klicke mich von Seite zu Seite, aber da ist nichts.

Mir wird schlecht, ich renne aufs Klo und muss mich übergeben. Ich weiß nicht, was schlimmer ist, selbst auf einem Boot zu sitzen, im Sturm, in Todesangst, oder hier in Konstanz in der warmen Wohnung zu sitzen und Angst um meine Familie zu haben. Ich glaube fast, die zweite Variante ist die schlimmere.

»Alles okay, Kleiner?«, ruft Amir aus seinem Bett. Er ist aufgewacht.

»Mir ist nur schlecht geworden«, antworte ich.

»Gibt es was Neues?«, fragt er verschlafen.

»Mutter und Vater haben noch keine Nachricht geschickt. Ich verstehe das nicht! Sie müssten doch längst angekommen sein!«

Amir schält sich aus dem Bett und macht Licht in der Küche.

»Jetzt beruhige dich doch«, sagt er.

Er sieht, wie ich zitternd in der Tür stehe.

»Setz dich erst mal, ich mache uns einen Tee.«

Amir setzt Wasser auf und gibt Teepulver in eine Kanne. Ich vergrabe meinen Kopf in den Händen.

»Du weißt doch, wie das ist. Manchmal sitzt man stundenlang hinter einer Düne am Strand und wartet, dass es losgeht. Vielleicht haben sie ihnen die Handys abgenommen. Wir mussten unsere doch auch vor der Flucht ausmachen. Oder die Handys sind ins Wasser gefallen. Es gibt so viele Möglichkeiten, Karim!«

Amir versucht mich zu beruhigen, aber ich merke, dass auch er nervös ist, seine Hand zittert, als er sich eine Zigarette anzündet.

Er bietet mir auch eine an. Ich zögere kurz, dann lehne ich ab.

22

Anfangs, als wir mit dem Zug nach Frankreich kamen, hatten wir große Angst, entdeckt zu werden. Wir hatten uns in Italien saubere Kleidung besorgt und die Haare anständig geschnitten, damit wir ordentlich aussahen.

Irgendwann merkten wir aber, dass in Frankreich ohnehin keiner von uns Notiz nahm. Im Zug gab es keine Kontrollen, auch der Schaffner interessierte sich nicht besonders für uns, er stempelte unser Ticket ab und ging. Keine Fragen, woher wir kämen oder wohin wir wollten.

In Frankreich hatte offenbar niemand ein Interesse daran, Flüchtlinge aufzugreifen – denn dann hätten sie uns ja versorgen müssen.

So fuhren wir also unbehelligt weiter über Dijon in Richtung Deutschland und passierten bei Müllheim in Baden die Grenze.

Wir hatten es geschafft!

Amir, Walid und ich umarmten uns.

Aber was nun, wo sollten wir hin?

»Bremen soll schön sein, hat mir jemand auf dem Boot erzählt«, sagte Amir.

»Wo ist das denn?«, fragte Walid.

»Ich glaube, irgendwo im Norden«, sagte er, aber so genau wusste er es nicht.

»Aber in Bremen kennen wir niemanden«, warf ich ein.

»Genau«, sagte Walid. »Lieber nach Schweden, mein Cousin lebt dort.«

Vorerst blieben wir einfach im Zug sitzen, es war noch eine Weile bis zur Endhaltestelle. Dort wollte Asisa ihren Mann anrufen.

Alle schliefen ein, nur ich blieb wach und sah aus dem Fenster.

Ich war ja noch nie in Deutschland gewesen und war gebannt von dem, was ich da draußen sah. Von den saftig grünen Wiesen, den dunkelgrünen Wäldern und den weiten unbewohnten Landstrichen. Ich fragte mich, warum dieses Land wohl so reich war, man sah hier ja nichts, keine Industrie, keine Städte.

Während ich so vor mich hin träumte, sah ich zwei Polizisten, die durch den Zug gingen. Sie sahen uns an, aber schienen nichts Ungewöhnliches an uns zu finden. Sie waren schon fast vorbei, als einer der Polizisten aus dem Augenwinkel Walid sah, der schlafend im Sitz hing. Sein T-Shirt war ihm über dem Rücken hochgerutscht, man sah die nackte Haut, die Boxershorts guckten am Hosenbund heraus. Er sah unmöglich aus. Ich konnte regelrecht dabei zusehen, wie es im Kopf des Polizisten arbeitete, wie er bei diesem Anblick stutzte, plötzlich stehen blieb und über die Schulter zurückblickte. Dann wusste er: Das sind Flüchtlinge. Er und sein Kollege drehten sich um und kamen auf mich zu. Sie fragten mich etwas auf Deutsch, das ich nicht verstand.

»Do you speak English?«, sagte der eine dann.

»Yes«, antwortete ich.

»Visa?«, war die nächste Frage.

Dann weckte ich Amir.

Als sich herausstellte, dass wir kein Visum hatten, sagten sie, wir sollten mitkommen. Bei der nächsten Haltestelle stiegen wir aus und gingen mit den Polizisten zur nächsten Wache.

»Was passiert jetzt?«, fragte ich Amir.

Ich hatte Angst. Sie konnten uns schließlich einsperren oder nach Frankreich zurückschicken.

»Keine Ahnung«, sagte Amir.

Auf der Wache wollten sie, dass wir unsere Fingerabdrücke abgeben, ich fühlte mich elend dabei, weil ich mir vorkam wie ein Krimineller. Mir war in diesem Moment nicht klar, dass das die übliche Registrierungsprozedur ist. Ich dachte, das ist der Beginn vom Ende, sie würden uns gleich zurückschicken nach Frankreich, und dann könnten wir nie mehr nach Deutschland einreisen.

Ich war total eingeschüchtert. Dann holte uns auch noch ein Beamter einzeln in ein Zimmer, der Mann zog sich Gummihandschuhe an.

»Take off your clothes«, sagte er.

Ich musste mich komplett ausziehen, er sah mir in den Mund und wollte dann, dass ich mich bücke. Er ließ keine Körperöffnung aus. Noch nie hatte ich mich so geschämt und so erniedrigt gefühlt.

Die Polizisten gaben uns dann die Adresse eines Erstaufnahmelagers in einer anderen Stadt, es war mittlerweile nach Mitternacht.

»No train at this time«, sagte der Polizist noch, als er uns den Zettel in die Hand drückte.

Wir würden dort also an diesem Tag nicht mehr hinkommen.

»Where should we sleep?«, fragte ihn Amir dann noch.

Der Mann zuckte nur mit den Schultern.

»Not here«, sagte er.

Amir redete noch auf ihn ein und bat ihn, ob wir nicht doch noch für ein paar Stunden hier bleiben könnten, weil wir keine Schlafsäcke und keine Decken hatten.

»You must go«, sagte der Beamte. Dann kümmerte er sich wieder um seine Akten, die vor ihm auf dem Schreibtisch lagen. Er gab uns nicht mal Decken, einfach nichts, es war ihm egal, dass wir eine Frau und ein Baby dabeihatten.

Wir gingen raus auf die Straße, dort hörten wir Flaschen klirren und einen Betrunkenen lallen. Mir war das unheimlich, wir wussten nicht, wo wir am besten hingehen sollten, also legten wir uns ein paar Meter neben dem Eingang zur Polizeistation auf den Boden. Schon nach ein paar Minuten wurde uns kalt, dann begann es auch noch zu regnen.

Asisa rief ihren Mann an, aber er war weit weg in Bayern und konnte erst am nächsten Morgen mit dem Zug losfahren. Er war außer sich vor Wut über die Polizisten, die seine Frau und sein Kind auf die Straße gesetzt hatten.

Susu legten wir auf eine Plastiktüte und eine wattierte Jacke, damit zumindest das Baby nicht fror. Keiner von uns schlief in dieser Nacht, wir dösten nur so vor uns hin und hofften, dass es bald Morgen würde.

Ich sah eine Spinne, die sich langsam ihren Weg an uns vorbei bahnte und in einem kleinen Beet mit Sträuchern verschwand. Drinnen im erleuchteten Gebäude der Polizeistation saßen die Beamten vor ihren Computern. Oben im ersten Stock sah jemand zu uns heraus, er beobachtete uns eine Weile, aber auch er tat nichts. Sie ließen uns einfach dort liegen.

Am nächsten Morgen fuhren wir dann in das Erstaufnahmelager, wo Amir, Walid und ich die nächsten drei Wochen bleiben würden, bis wir in ein Asylbewerberheim in Konstanz kamen.

Kurz nach uns traf Asisas Mann ein. Er weinte, als er seine Frau sah und seine Tochter zum ersten Mal wieder auf dem Arm hielt. Er schüttelte uns minutenlang die Hände, um sich zu bedanken, dass wir sie mitgenommen hatten. Meine Hand ließ er gar nicht mehr los, sodass sie mir am Ende ziemlich wehtat.

Ich besuchte Asisa und ihre Familie danach noch ein Mal, sie wohnt leider sehr weit weg. Aber sie wird für mich immer eine gute Freundin bleiben, wir haben gemeinsam dem Tod ins Auge gesehen, das schweißt zusammen.

Im Erstaufnahmelager stellte sich Amir zum ersten Mal nach Wochen wieder auf eine Waage. Bevor wir Kairo verlassen hatten, wog er 94 Kilo, jetzt, nach der Flucht, gerade noch 79. Ich stellte mich erst gar nicht drauf, ich war mittlerweile so dünn, dass mir meine Hose ohne einen Gürtel bis in die Kniekehlen rutschte.

23

Eine Nacht und ein Tag sind vergangen, seitdem meine Eltern Bodrum verlassen haben. Ich habe noch immer nichts gehört von ihnen. Ich laufe durch die Wohnung, vom Wohnzimmer in die Küche, von der Küche ins Wohnzimmer und wieder zurück.

Immer wieder schaue ich auf mein Handy, ob ich nicht doch irgendeine Nachricht oder einen Anruf verpasst habe. Es ist sinnlos, aber ich tue es trotzdem.

Ich rufe beim Cousin meiner Mutter in der Türkei an, ob er irgendwas gehört hat von ihnen. »Nein«, sagt er, »nichts«.

Ich suche im Internet nach irgendeinem Hinweis auf den Verbleib meiner Eltern und Sarah, stundenlang surfe ich und gehe auf alle Nachrichtenseiten, die mir einfallen. Nichts.

Ich spüre, dass irgendetwas nicht stimmt. Aus der Stille um mich herum lösen sich Geräusche, ein Rauschen, das in Wellen kommt und immer stärker wird. Ich halte mir die Ohren zu, aber es ist noch immer da. Dann höre ich ein lautes »Bling«. Eine neue Nachricht auf dem Computer. Ich renne hin.

Die Nachricht ist nicht von meinen Eltern, sie ist von Alaa, meinem Freund, der in Beirut lebt.

Im Betreff steht »Hischam«. Auch darauf warte ich seit Wochen, hastig beginne ich zu lesen.

»Lieber Karim. Ich habe in Beirut zufällig einen Verwandten getroffen von Hischam. Ich habe lange überlegt, ob ich dir überhaupt schreibe, aber ich glaube, du solltest es erfahren: Hischam lebt nicht mehr. Er kam bei einem Autounfall in Jordanien ums Leben, ein LKW-Fahrer hat ihn übersehen, als er mit dem Fahrrad auf der Straße fuhr. Er war sofort tot...«

Weiter komme ich nicht. Alles verschwimmt vor meinen Augen.

Ich denke zurück an den Tag, als ich mit Hischam vor der Konditorei in Homs saß, inmitten der Trümmer. Dort, so war unser Plan, wollten wir uns wiedersehen, das war unsere Hoffnung.

Nun weiß ich, dass es nie so weit kommen wird. Es gibt keine Hoffnung mehr.

In diesem Moment geht etwas kaputt in mir, ich spüre einen Ruck, als reiße etwas in mir entzwei.

Wieso kam Hischam nach all dem, was er durchgemacht hat, bei einem banalen Autounfall ums Leben? Nicht in Syrien, im Krieg, starb er, auch nicht auf der Flucht. Sondern an einem Ort, an dem er doch eigentlich in Sicherheit war. Er hatte doch das Schlimmste schon hinter sich!

»Das ist nicht fair!«, schreie ich und haue mit der Faust auf den Tisch. Ich springe vom Stuhl, er kippt laut krachend um, ich dresche gegen die Wohnzimmertür, trete mit dem Fuß gegen den Küchenschrank, bis das Geschirr klirrt.

Welcher Gott lässt es zu, dass einem Jungen, der so lange überlebt hat, so etwas passiert?

* * *

Ich weiß nicht, wie lange ich auf dem Küchenboden saß, mit dem Rücken zur Wand, den Kopf zwischen den Beinen hängend. Draußen ist es mittlerweile dunkel geworden. Ich höre, wie sich ein Schlüssel im Schloss dreht. Kurz darauf steht Amir vor mir. Als er mich so sitzen sieht, entweicht alle Farbe aus seinem Gesicht.

»Was ist passiert?«

»Hischam ist tot.«

In dem Moment, als ich es ausspreche, beginne ich hemmungslos zu weinen. Es schüttelt mich vor Schmerz. Amir setzt sich zu mir auf den Boden und nimmt mich in den Arm.

»Schhh, schhh«, sagt er immer wieder.

So sitzen wir minutenlang da.

Das Klingeln meines Handys durchbricht die Stille. Für einen Moment hatte ich das Hier und Jetzt ganz vergessen, ich trieb auf dem Schmerz dahin wie auf einem Floß in eine andere Sphäre.

Ich schrecke hoch und blicke auf das Display. Eine ausländische Nummer ist zu sehen.

»Hallo«, antworte ich hastig.

»Karim!«, meine Mutter schreit meinen Namen heraus.

»Mutter, Mutter! Wo seid ihr?«

»In Sicherheit, mein Sohn. Mit Gottes Hilfe haben wir es bis nach Athen geschafft.«

Ich bin unendlich froh, als ich diese Worte höre, aber auch sehr wütend.

»Warum habt ihr euch nicht gemeldet«, schreie ich, »wir sind gestorben vor Angst!«

»Es tut mir so leid! Aber wir sind froh, dass wir mit dem

Leben davongekommen sind. Es war knapp. Unser Boot kenterte, wir haben alles verloren, was wir hatten.«

Ich hatte also recht gehabt, ich hatte gespürt, dass irgendetwas nicht in Ordnung war.

»Die griechische Marine hat uns gerettet, aber sie nahmen uns erst mal fest und sperrten uns ein. Einen Tag später durften wir dann gehen, man brachte uns auf eine Fähre nach Athen. Und erst jetzt kann ich anrufen.«

Ich spüre, wie mein Herz heftig schlägt, diesmal vor Freude, nicht aus Angst.

Sie haben es geschafft!

Meine Mutter gibt das Telefon an meinen Vater weiter, er erzählt mir von der Reiseroute, die ihnen bevorsteht. Sie würden nun den Zug nach Thessaloniki nehmen, von dort müssten sie zu Fuß über die Grenze nach Mazedonien. Ein Fußmarsch von 20 Stunden.

»Wie wollt ihr das schaffen?«, frage ich meinen Vater. »Dein Herz ist schwach.«

»Wir haben die Bomben in Homs überlebt und die Flucht nach Kairo. Wir sind übers Meer nach Griechenland gekommen. Nun wird uns Gott auch auf unserem weiteren Weg schützen.«

Ich bin mir nicht so sicher, ob er sich allein auf Gott verlassen sollte.

Von Mazedonien aus würden sie mit dem Bus nach Serbien fahren und zu Fuß über die Grenze gehen, dann weiter nach Belgrad reisen und von dort mit dem Bus an die ungarische Grenze fahren. Hier, das weiß jeder, ist der schwierigste und gefährlichste Abschnitt der Reise. In Ungarn, an der Außengrenze der EU, geht die Polizei rücksichtslos gegen Flüchtlinge vor. Mit Tränengas versucht die ungarische Polizei, die Leute am Überqueren der Grenze zu hindern. Flüchtlinge, die man im Land aufgreift, sperrt man ins Gefängnis.

»In einer Stunde geht der Zug nach Thessaloniki«, sagt mein Vater. »Wir haben jetzt wieder ein Handy, die Nummer hast du.«

Wir verabschieden uns, dann legen wir auf.

Amir sitzt neben mir und sieht mich an. Wir sagen beide kein Wort.

Plötzlich weiß ich, was ich zu tun habe. Ich gehe zum Schrank und packe ein paar Kleider in meine Sporttasche. Amir holt aus der Küche ein paar Geldscheine und drückt sie mir in die Hand.

»Soll ich dich begleiten?«, fragt er.

»Nein«, antworte ich, »ich werde das alleine durchziehen.«

Amir umarmt mich zum Abschied und lacht mich an.

»Viel Glück.«

Dann verlasse ich die Wohnung.

Als ich unten auf die Straße trete, strömt Sommerluft in meine Nase. Ich weiß nicht, was mir bevorsteht, aber ein Gefühl von Wärme durchfährt meinen Körper. Meine Schritte fühlen sich leicht an, ich spüre den Boden kaum unter den Füßen. Hinter dem Bahnhof sehe ich den See in der Sonne glitzern. Der Zug steht schon bereit.

NACHWORT

Als ich dieses Buch über Karim Deebs Flucht zu schreiben begann, ahnte ich nicht, wie aktuell seine Geschichte bald wieder sein würde. Im Herbst 2015 schien sein gefährlicher Fluchtweg über das Mittelmeer vorübergehend der Vergangenheit anzugehören: Die meisten Flüchtlinge nahmen die einfachere und billigere Route von der Türkei über Griechenland und den Balkan. Rund eine Million Flüchtlinge gelangten so bis zum Frühjahr 2016 nach Deutschland. Dann war die »Balkan-Route« plötzlich wieder dicht, weil die Länder Mazedonien, Serbien, Kroatien und Slowenien ihre Grenzen schlossen.

Nun ist die gefährliche Flucht über das Mittelmeer also wieder der bevorzugte Weg, um nach Europa zu gelangen. Allein 2015 wurden 3770 Tote gezählt, die beim Fluchtversuch über das Mittelmeer ertranken. Die Dunkelziffer liegt weit höher. Das Mittelmeer ist zum Massengrab geworden. Karim, der in Wahrheit anders heißt, hatte Glück. Er hat überlebt.

Mittlerweile wohnt er mit seiner Familie vereint in Deutschland. Er besucht hier die Schule und hofft, dass er trotz der vielen Lücken, die er in fast allen Fächern hat, in den nächsten Jahren das Abitur schaffen wird.

Für diese Geschichte wurden nicht nur sein Name und der seiner Freunde und Familienmitglieder geändert, sondern auch einige biografische Details. Dies war notwendig, um die Persönlichkeitsrechte aller hier auftauchenden Personen zu schützen. Nicht jeden konnte ich fragen, ob er einverstanden ist, dass er in diesem Buch auftaucht.

Obwohl Karims Geschichte fiktionalisiert wurde, spielte sich seine Flucht doch weitgehend so ab, wie ich sie in diesem Roman beschreibe. In zahlreichen Gesprächen hat mir Karim von seiner Flucht und seiner Ankunft in Deutschland erzählt, ich bin diesen Erzählungen treu geblieben und habe dieses Buch auf den wichtigsten Ereignissen seines Lebens aufbauend geschrieben.

Karim sieht seine Zukunft in Deutschland und will die verlorene Zeit während seiner Flucht, in der er nicht zur Schule gehen konnte, möglichst schnell wieder aufholen. Er hat die Hoffnung auf Rückkehr in seine Heimatstadt Homs aufgegeben. Im Frühjahr 2016 verhandelte zwar die syrische Regierung unter Präsident Baschar al-Assad vorübergehend mit verschiedenen Oppositionsgruppen, um eine Friedenslösung für Syrien zu finden, aber die Gespräche wurden immer wieder abgebrochen. Schnelle Ergebnisse sind nicht zu erwarten. In vielen Teilen des Landes kämpfen unterschiedlichste Rebellengruppen und Regierung noch immer gegeneinander. Auch ist die Bedrohung durch die Terrororganisation »Islamischer Staat« (IS), die in einigen Teilen Syriens und des Irak ein Kalifat ausgerufen hatte, noch nicht gebannt. Die Stadt Palmyra, in die Karim mit seiner Familie vorübergehend geflüchtet war, hat die Regierung mittlerweile vom IS zurückerobert, aber ein Ende des Krieges oder des Terrors, der mit den Anschlägen von Paris und Brüssel auch Europa erfasst hat, ist nicht in Sicht.

Europa befindet sich heute an einem Scheideweg, noch nie zuvor waren innerhalb so kurzer Zeit so viele Flüchtlinge nach Europa gekommen. Noch weiß man nicht, wie die Politiker hier mit dieser neuen Herausforderung umgehen werden, ständig ändern sich die Regelungen und Gesetze. Grenzen werden geschlossen, Zollkontrollen wieder eingeführt. Selbst das vereinte Europa, diese so großartige Errungenschaft des 20. Jahrhunderts, scheint auf dem Spiel zu stehen.

Aber eines bleibt: die Todesangst der Menschen, die den Kriegen in Ländern wie Syrien, Irak, Somalia oder Afghanistan entfliehen wollen, um sich und ihren Kindern ein Leben in Würde zu ermöglichen. Die Beweggründe für die Flucht dieser Menschen zu verstehen, ihnen nahezukommen und sich in ihre Lage versetzen zu können, dazu will dieses Buch beitragen.

Annabel Wahba im Sommer 2016

DANKSAGUNG

Mein großer Dank geht an meinen Kollegen, den Reporter Wolfgang Bauer, der mir so viel unkomplizierte Hilfe zukommen ließ, damit dieses Buch gelingen konnte. Kefah Ali Deeb, Ayham Tahan und Maya Hanano, die ihr Heimatland Syrien verlassen mussten, möchte ich für ihre Freundschaft und die wertvollen Ratschläge danken. Meiner Familie, und allen voran Barry Thomson, danke ich besonders, weil sie mir den Rücken frei hielten während der Recherche und des Schreibens. Und natürlich Karim, dafür, dass er mir seine Geschichte erzählte, und meiner Lektorin Katrin Künzel für ihre sensible Arbeit am Text.

Manfred Theisen
Checkpoint Europa –
Flucht in ein neues Leben

ca. 300 Seiten, ISBN 978-3-570-31076-2

Basil ist aus Syrien nach Deutschland geflohen. Und versucht, hier Fuß zu
fassen. Aber er hat nicht nur seine Eltern im Krieg verloren, sondern auch
seine große Liebe Sahra. Er und sie wurden auf der Flucht getrennt.
So macht er sich auf die Suche nach ihr. Mit von der Partie ist der
Journalist Tobias, der sich an ihn heftet, um einen Roman zu schreiben.
Basil merkt jedoch bald, dass die Suche ein Wagnis ist, denn die
Gespenster der Vergangenheit sitzen ihm im Nacken ...

30267

www.cbj-verlag.de

Wolfgang Böhmer
Hesmats Flucht

288 Seiten, ISBN 978-3-570-40300-6

Seine Mutter ist gestorben, sein Vater wurde umgebracht:
Hesmat hat keine Wahl, er muss aus Afghanistan fliehen!
Zu Fuß geht es über den Hindukusch, weiter mit dem Zug nach
Moskau und von dort in den Westen. Er landet immer wieder
in Gefängnissen, er wird bestohlen, gequält und misshandelt.
Manchmal ist er kurz davor, aufzugeben. Aber der Traum von
einem besseren Leben treibt ihn weiter ...

www.cbj-verlag.de

Nadia Ghulam; Agnès Rotger
Das Geheimnis meines Turbans

352 Seiten, ISBN 978-3-570-31378-7

Unter dem dunklen Turban leitet ein Junge mit vom Bombenangriff
vernarbten Gesicht das Morgengebet in der Moschee an. Jeder
respektiert ihn und hört zu, obwohl seine Stimme schwach ist und
sein Körper klein und zierlich. Er ist ein guter Moslem, aber was
seine Freunde und Nachbarn nicht wissen: Unter dem Turban
steckt gar kein Junge, sondern ein Mädchen, das bei jedem Kontakt
mit den Taliban innerlich zittert vor Angst, ihr Geheimnis könnte
entdeckt werden.

Das Buch erzählt die wahre Geschichte von Nadia Ghulam, einem
Mädchen, das im Afghanistankrieg schwer verletzt wurde und sich
schließlich unter den Taliban zehn Jahre lang als Junge ausgab, um
arbeiten und die Familie ernähren zu können.

www.cbj-verlag.de

30434

Badeeah Hassan Ahmed;
Susan Elizabeth McClelland

Eine Höhle in den Wolken

320 Seiten, ISBN 978-3-570-31370-1

Badeeah Ahmed Hassan ist gerade einmal 18, als IS-Kämpfer ihr Dorf
im Irak überfallen. Mit Hunderten anderer jesidischer Frauen und
Mädchen wird sie verschleppt und nach Syrien verkauft. Dort landet sie
als Haussklavin bei einem hochrangigen IS-Kämpfer in Aleppo. Sie wird
regelmäßig misshandelt. In Monaten der Gefangenschaft sind es die
Erinnerungen und Geschichten aus ihrer Kindheit, die ihr Halt geben.
Daraus schöpft sie die Kraft, zu fliehen und ihre Familie wiederzufinden.

Die junge Autorin erzählt ihre Geschichte, um ihrem Volk eine Stimme
zu verleihen, auf den Genozid der Jesiden aufmerksam zu machen und
unterdrückten Menschen auf der ganzen Welt Mut zu machen.

www.cbj-verlag.de

30423

Robert Domes
Nebel im August – Romanvorlage zum Film

384 Seiten, ISBN 978-3-570-40328-0

Deutschland, 1933: Ernst Lossa stammt aus einer Familie von »Jenischen«, Zigeuner, wie man damals sagte. Er gilt als schwieriges Kind, wird von Heim zu Heim geschoben, bis er schließlich – obgleich völlig gesund – in die psychiatrische Anstalt in Kaufbeuren eingewiesen wird. Hier nimmt sein Leben die letzte, schreckliche Wendung: In der Nacht zum 9. August 1944 bekommt er die Todesspritze verabreicht. Ernst Lossa wird mit dem Stempel »asozialer Psychopath « als unwertes Leben aus dem Weg geräumt.

www.cbj-verlag.de